U0024437

有華人的地方就有

龍人的作品

戰神之路

卷·5 糾纏千年

龍人作品集

CONTENTS

內容簡介

他能列位全球第一殺手，這只因他擁有一身奇特的絕技。

但他為了追求真愛，而進入了另一個陌生的國度——幻魔大陸。

在這擁有人、神、魔的幻魔大陸國度裡，他才知道自己的力量是多麼的渺小，但不知是宿命的安排，還是天地對他的憐惜，超越自然的能力與毀滅空間的魔法竟不能置他於死地。無數次的征戰中，他卻發現了自己的體內竟孕含著蒼天萬物之靈——天脈！他才知道他原本屬於這裡，於是——

他成了遊盪大陸的落魄劍士！

他成了一個強大帝國的未來君主！

他成了控制黑暗力量魔族的聖主！

他成了大陸萬族美女心目中的英雄！

他成了三界強者眼中不可擊敗的神！

但在擁有數種身分與無數情人的他，卻發現幻魔大陸出現了另一個強大的自己。

是什麼力量能複製幻魔大陸人、神、魔三界第一強者的身體？

會有誰擁有控制人、神、魔三界的能力？

他為了擺脫命運的安排，無奈之下踏入了挑戰自己的路！

第一章 妖魔比法

泫澈一時之間似乎並沒有反抗的意思，只是發出暢快的咯咯笑聲，而與笑聲相映成趣的是馬不斷的嘶鳴。

旋轉著的馬已不再能夠分清其形體，變成一團白影之時，安心突然將馬拋了出去。

一團白影在虛空中迅速向前滑行，就像是一條白色的拋物線。

而就在馬即將落地之時，併在一起的馬蹄突然張開，平穩地落在地面，絲毫不受影響地向前馳騁。

安心心裡清楚，剛才他已將馬的骨骼捏散，按理說，馬根本就沒有站起來的可能，而牠卻在安心的眼前奔馳。

在這麼短的時間內可以將馬的骨骼全部續接好，這並不比一匹死馬活過來容易。

安心的臉色顯得有些凝重，他知道，這個女人並不比樓夜雨好對付，更重要的是自己對她的身分和目的一無所知，還有她口中的「我們」。

安心看著泫澈和馬在眼前消失，尚未消失的是泫澈留在夜空中的一串笑聲……

雪，大片大片地自空中飄落。

白茫茫的天地間，一輛馬車在獨自前行。

這裡是位於幻魔大陸極北的苦寒之地，誰都不曾想過，在這樣一個暴風雪肆虐的極寒之地會有馬車行駛。而馬車所行駛的方向是極寒之地的縱深處，被譽為「死亡寒區」的極境。

早有人說過，極北之地是一個天象反覆無常的地方，會連續半個月是白天，連續半個月是夜晚，白天與夜晚的概念在這裡變得很模糊。

而此時，這裡是連續十幾個夜晚的某一個時段，只是漫天的雪光讓這裡的夜晚不像別處那麼明顯。

趕馬車的是銘劍，他的身上穿著厚厚的禦寒風衣，是用嘯雪獸的皮毛所織成的，他已經趕著這輛馬車進入極北之地十天了。

其實，這輛馬車稱為馬車並不十分準確，因為拉著這輛馬車前進的並不是馬，而是一頭在幻魔大陸被譽為最兇狠動物之一的嘯雪獸，也只有嘯雪獸才能拉著馬車在這極北之地前行，也不知銘劍是怎樣弄到牠的，車輪也並非輪子，而是兩條很寬的金屬條，兩頭向上翹起，磨得很光滑。

嘯雪獸的樣子看上去很忠實憨厚，從牠的樣子來看，顯然難以讓人將之與「兇狠」兩個字

聯繫起來，但牠確實是幻魔大陸最兇殘的動物之一。牠一聲長嘯可以召喚出暴風雪，看似笨重的身子動起來迅如疾風，看似很小的嘴，張大卻可以一口將人吞沒。

但眼前的這隻嘯雪獸顯然已經疲憊不堪了，牠移動的步伐不似當初那麼敏捷，緩緩踏行，一付隨時倒地不起的樣子，這是連續十天前行不停歇的結果。

終於，牠還是倒了下去。

銘劍下車踢了嘯雪獸一腳，嘯雪獸一動不動，毫無聲息。

銘劍知道，即使牠沒死，也不可能再站起來了。他伸手接過一片雪花，放至口中，雪花入口便融，沒有一點味道，銘劍知道此地離他所要到達的目的地還很遠，因爲他所要去的地方，雪不會入口即融，還有一個四至五秒的過程，而且略帶甘甜的味道。

銘劍回到車上，掀開厚厚的抵禦風雪的簾子，裡面影子正被厚厚的皮毛緊裹著，臉上沒有一點表情。

他已經死去。

銘劍將裹在影子身上厚厚的皮毛掀開，將影子抱出了車廂，接著用一件嘯雪獸的皮毛把他裹住，縛在了背上，然後似疾風一般從雪地裡飛掠而去……

西羅帝國帝都阿斯腓亞。

所謂國不可一日無君，褒姒成了西羅帝國新一任君王，君臨天下。

對於西羅帝國所有居民來說，這是再正常不過的事情，舉國為新君王的登基歡慶十天，而且褒姒也是西羅帝國有史以來第一位女君王，更具有另一番意義。

可對於褒姒而言，她的臉上並沒有半絲欣喜之色。影子死了，師父天下死了，所有計劃都發生了改變，這是她從未曾想過的事，這種打擊對她不可謂不大。

而在今天，又有一件十分重要的事情影響了她的心情：當她走進那間放置空悟至空的密室時，裡面的人卻已經不見了。

而十天來，她是第一次來到這裡，她不知道空悟至空是什麼時候不見的，也不知他是被人救走，還是自己離開的。

師父的話她清楚地記得，她知道空悟至空的重要性，但如今師父已經死了，影子也已經死了，空悟至空與她又有什麼關係呢？

此時，她一個人坐在偌大的幻雪殿，冷風在她身周流動，雖然穿著厚厚的嘯雪獸風衣，但她仍是感到了寒冷。

她倒了一杯酒，一口飲盡，想暖暖身子，可十杯下肚，她卻愈喝愈冷，手一推，酒壺墜地，壺中的酒便濺在了地上。

一個人的世界是孤獨的，而這種孤獨對於褒姒來說才剛剛開始。

她不禁想起小時候曾對自己發過的誓：一定要嫁給聖魔大帝！當時她只是一個無家可歸、流浪街頭的孩子，是天下讓她成爲了西羅帝國嬌貴的公主，教給她所有的一切，直到現在成爲西羅帝國的君王。

對於一個無家可歸的孩子而言，她能得到的已經得到，不能得到的也都已經得到，爲何還會如此不開心？她還希望得到什麼呢？

這些天，她發現自己想得最多的不是師父天下，而是影子，是影子陪她一起在雲霓古國屋頂喝酒的情景，那是她有生以來度過最快樂的時光，也是真正屬於她自己的一段時光。而回到西羅帝國之後，她就從未感到快樂過，所做的一切都是師父的意願，包括僞裝成被軌風抓進軍部大牢，說自己是假冒的，而事實上是與真的褒姒調了包，自己脫身進入皇宮，真的褒姒關進大牢。

如今看來，這一切又有什麼意義呢？

師父曾說過，要影子成爲西羅帝國的君王，讓他完成一場宿命之戰，與朝陽作最後生死的角逐，自己卻始終弄不懂這到底有什麼意義，對西羅帝國又有什麼好處？

她發現自己雖然從小跟隨師父長大，卻從未真正瞭解過師父，直到那天在玄武冰層之戰，她才知道師父與星咒神殿有著關係，才知道幻魔大陸的一切都是由星咒神殿在主宰著，而所有人的命運在星咒神殿面前，似乎都顯得微不足道。

而現在出現的這種局面難道也是星咒神殿希望看到的嗎？

顯然有些事情並不一定完全都被星咒神殿控制著，或者說已經脫離了他們預設的軌道，至少影子的死對他們來說是這樣，從銘劍的反應來看，他們並不希望影子死去。

而銘劍帶走影子，又是意欲何爲呢？

褒姒又不禁想起了漓焰，想起了死亡地殿，她摸不透漓焰是怎樣的一個人，也不明白死亡地殿爲何要與星咒神殿作對。讓她感興趣的是，人的死並不是一種消亡，而是一種重生，如果這般說來，那影子又是否會重新活過來呢？

思及此處，褒姒不禁有些愧疚，她竟從未想過師父是否會重新活過來，獲得重生。

她走到幻雪殿門前，那棵櫻花樹仍獨自佇立於風雪中，雪一片一片地覆蓋在枝頭上。

她不禁想起自己曾經說過的一句話：當哪一天不下雪的時候，它便是自己世界裡的雪。

一個人能夠活在如此唯我的世界裡，無論什麼樣的孤獨，她都是幸福的，而在這剛剛開始的漫長歲月裡，自己能夠孤獨而幸福地活著麼？

漫漫長夜，沒有人能回答褒姒這個問題……

翌日，早朝。

西羅帝國肅穆的朝會大殿內，褒姒習慣性地聽著政、史、軍等各部大臣彙報著西羅帝國發

生的大大小小事件。雖然昨夜一晚沒睡，但她還得裝著神情專注地聽著各大臣的彙報，不時地提出可有可無的問題，並讓那些大臣想出各種解決辦法。

師父天下曾說過，作為一個王者，要學會讓別人去解決問題，這比自己解決問題要有用得多。王者，就是怎樣利用身邊人的一種藝術，無論是忠、奸、善、惡，抑或是普通意義上認為的好與壞，都應該是自己學會利用的對象。其實這個世上又哪裡有絕對的好與壞？一切善與惡都是一時之念，來自各自利益的出發點不同而已。這個世界又本是形形色色的，不可能要求全都是單一的「好」人。要是這樣，那這個世界永遠都不會進步，也不需要一個王者的存在。王者，就是向所有自己的居民指出哪是「好」，哪是「壞」，制定以自己為標準的對錯尺度。

褒姒正在努力讓自己向天下所說的這種「標準」靠攏。

就在一切如往日一般，所有事件彙報完畢，褒姒的眼睛掃過每一個人的臉，欲宣佈退朝之時，軍部首席大臣軌風從自己的佇列中走了出來。

這是褒姒登基以來，軌風首次有事站出了自己的佇列。

褒姒看著軌風，她知道有重大的事情要發生了。

軌風依照往昔、千年不改的冷傲語氣道：「軍部昨晚剛收到南方邊界的消息。」

褒姒知道南方邊界所接攘的是妖人部落聯盟，南方邊界從前一向是大小戰事不斷，但自從雲霓古國發生內亂以來，卻從未再發生過什麼戰事。她也知道，朝陽的大軍正在北方邊界與怒哈形成對壘之勢，其中怒哈有妖人部落聯盟的幫助，難道朝陽已經徹底平定北方邊界，躍過妖人部落聯盟，直指西羅帝國？

褒姒心中雖有所猜測，但她並沒有將心中的疑問直接道出，而是極爲平靜地道：「軌風大人有什麼事就直接彙報吧，朕在聽著。」

軌風道：「朝陽的軍隊已經徹底平定北方邊界，現正在北方邊界蓄勢待發，相信不日便會對妖人部落聯盟有所行動。」

事情果如褒姒所料。

褒姒想了想道：「軌風大人對此有何看法？」

軌風道：「臣以爲，是臣該動身去南方邊界的時候了。」

「哦？」褒姒道：「爲什麼？」

軌風道：「相信陛下早已知曉，外面盛傳有關朝陽是千年前的聖魔大帝之事。」

褒姒點了點頭。

軌風接著道：「而聖魔大帝旨在統一幻魔大陸，重塑千年前的輝煌，他之所以親自率兵平定雲霓古國北方邊界，其目的並非是平亂而已，而是想躍過妖人部落聯盟，率兵直指我西羅帝國！」

軌風此言一出，滿朝文武百官不由得交頭接耳，竊竊私語。他們雖然有所耳聞朝陽是千年前的聖魔大帝轉世之身，但僅僅是耳聞，不敢有所確定，而軌風的話無疑證明了這一傳聞的真實性。如果這是事實，那西羅帝國只有兩條路可走，是戰，一是降。戰則注定要勞民傷財；降則現今西羅帝國的一切都會改變，包括在朝的官爵，這是所有文武百官都不願看到的。但無論是戰還是降，最後所出現的結果很可能都是一樣，西羅帝國是幻魔大陸大聯邦的一部分，就像千年前一樣。

這時，所有文武百官不禁同時想起了雲霓古國所派來的使臣天衣，想從天衣處瞭解朝陽對西羅帝國的態度，但沒有人知道天衣的下落。

褒姒已從文武百官的議論之中看出了大部分人是偏向於降的，原因是如果朝陽真是聖魔大帝的轉世之身，而且有魔族的相助，西羅帝國根本沒有取得勝利的機會，只會陷入血流成河的局面。但降也是有前提的，他們希望西羅帝國現有的制度得以保證，至少是他們這些大臣的爵位，僅僅只是向朝陽稱臣納貢。

褒姒望向軌風，道：「軌風大人認爲如何？」

軌風毫不猶豫地道：「戰！這是作爲一個軍人的職責！」

「戰？」褒姒思索著不語。

而偏向於降的大臣見褒姒之態，則誠惶誠恐地道：「陛下可得三思，作爲軍部首席大臣，軌風大人提出戰固然沒錯，但從政治角度和全國人民的利益出發，戰則絕不是最好的解決辦法。千年前的教訓已經很清楚地告訴我們，戰爭帶來的是西羅帝國的沒落，『三百年一蹶不振、落後於幻魔大陸其他許多國家』，這是誰也不願意再見到的局面。」

話一說完，一半以上的大臣都點頭稱是。

軌風望向這些人，冷傲地道：「那你們認爲應該投降囉？做一個亡國奴?!不戰而降，難道你們不怕被天下人恥笑？你們這種投鼠忌器的思想，還配站在這裡說話麼？」

剛才發言的那名大臣顯然對軌風有幾分忌憚，不敢與之針鋒相對，但仍固執地道：「軌風大人此言差矣，我們並不是降，更不希望成爲亡國奴，我們只是引以爲鑒，希望找到更好的解決辦法。」

軌風冷然道：「那你認爲有何更好的解決辦法？」

那大臣道：「目前戰事尙未開始，並無定論，這對於西羅帝國來說，無疑擁有絕對的優勢。目前，幻魔大陸以雲霓古國與西羅帝國爲最大，並且西羅帝國擁有幻魔大陸最爲寬廣的疆土，已成爲幻魔大陸其他諸多小國的旗幟。他們都在看西羅帝國的態度行事，若是我們歸附於朝陽，無異於整個幻魔大陸都屬於他，對他取得幻魔大陸的一統無疑是水到渠成。我們可以以此作爲條件，與朝陽進行談判，挑明利害，要求他保全西羅帝國的最大利益，在形式上依附於他，這樣對大家都有好處，雙方皆大歡喜。」

軌風冷笑道：「這與投降又有何區別？戰爭尙未開始，你們便急著投降，而且如此直言不諱，這在幻魔大陸可謂天下第一大奇聞！難道你們不爲自己的這種想法感到可悲麼？你們還能夠作爲一個堂堂正正的人站在這裡說話麼？簡直是一群垃圾！」

那名大臣對軌風本存有幾分敬重之心，此刻見其如此出言不遜，不由得火起，而且軌風罵倒一大片，不由得擺出一副「正義」狀，道：「軌風大人豈可口出穢言，在朝會議事之地說出此等有傷國體之話？縱然不顧及我們諸位大臣之顏面，也應該尊重到陛下的存在！」

此言一出，群臣之中附和聲甚眾，紛紛指責軌風言語粗鄙。

就在此時，「鏘……」地一聲，軌風的佩劍脫鞘而出，自那名大臣頭頂飛射而過，刺進了朱紅的朝會大殿立柱之上。

那名大臣的官帽不由得一分爲二，那些指責軌風的大臣們頓時緘口不語。那名大臣更是冷汗都從頭頂冒出，剛才，軌風的劍若是再往下一寸，此刻刺進的恐怕就是他的頭顱了。

軌風立時道：「口出穢言？像爾等叛國投敵之人，軌風沒有一劍殺之，已經夠給你們面子了！若是有誰再敢提出叛國投敵之言，軌風的劍決不留情！」

說完，右手伸出，內力一吸，劍自立柱中倒飛而出，回手入鞘。

眾大臣紛紛把目光投向褒姒，等待著褒姒的意見。敢在陛下面前動劍，罪當至死！

褒姒把目光投向軌風，道：「軌風大人認爲非戰不可麼？」

軌風無比堅決地道：「非戰不可！」

褒姒又道：「那軌風大人認爲有絕對取勝的把握麼？」

軌風道：「沒有。」

褒姒道：「沒有又何以爲戰？」

軌風道：「但我們至少擁有一半的勝算。」

「一半的勝算？」褒姒問道：「這一半的勝算又從何而來？」

軌風道：「信心，更有整個西羅帝國居民和二百萬軍人的支援！」

褒姒道：「就憑這些麼？這些每一位大臣心中都清楚地知曉。」

軌風道：「可作爲一個軍人，這些已經足夠了。」

正當所有大臣期待著褒姒對軌風有所駁斥之時，褒姒卻只是一笑，然後道：「今天就到此爲止，退朝！」

說完，便率先離去。

眾文武百官都不明白褒姒這最後一笑是什麼意思，望著她離去的背影，眼露茫然……

第二章　幻雪殿主

幻雪殿，今日來求見的大臣特別多，擾亂了這裡慣有的寧靜。

褒姒也不知今天送走了多少位大臣，總之，該來的都來了，而褒姒所等的那個人卻還沒有來，但她相信他一定會來。

院外的櫻花樹旁，雪已經隱去了那些大臣所留下的腳印，寂靜無聲的雪，又讓這裡恢復了寧靜。

終於，褒姒要等的人來了，火紅的斗篷與潔白的櫻花相映成趣，他站在了幻雪殿門口。

來者自然是軌風，軌風在門口道：「軍部大臣軌風求見陛下！」

褒姒並沒有立即宣軌風進入，只是略帶倦意地道：「軌風大人有什麼事嗎？有事明日再說，朕有些倦了。」

軌風道：「軌風有事非見陛下不可！」

褒姒道：「但朕累了，想休息。」

軌風道：「此事非常重大，希望陛下見臣一面。」

褒姒在裡面道：「朕已經說過，朕累了，需要休息。」

軌風欲轉身離去，但剛走出兩步，便又重回到剛才的位置站定，道：「那臣便等陛下休息好後，再見臣之面。」

幻雪殿內不再有聲音傳出，軌風就這樣筆挺地站在雪地中。

今晚的櫻花樹似乎有了伴……

翌日天亮，積雪已經在軌風身上堆了厚厚的一層。

幻雪殿內傳出褒姒的聲音：「軌風大人還在麼？」

「在。」軌風道。

褒姒道：「既然真的有事，那就進來吧。」

軌風抖落一身的積雪，走進了幻雪殿。

幻雪殿內燃起了檀香，在褒姒面前正擺放著一張古琴，她沒有理會走進的軌風，伸出雙手，十指在琴弦上款款而動，渾厚的琴聲便蕩漾開來，縈繞在軌風耳際。直到一曲終了，褒姒方擡起頭來，道：「軌風大人認爲朕的琴藝如何？」

軌風道：「陛下被稱爲西羅帝國最富才情之人，琴藝自是卓絕不凡。」

褒姒道：「但軌風大人對我的琴藝並無所動。」

軌風直言道：「聽琴須有知音，而我卻不是陛下的知音，亦無聽琴之心境。」

褒姒輕輕一笑，道：「因爲你心中有事。但軌風大人可知爲何朕讓你等如此長的時間麼？」

軌風道：「因爲臣冒犯了陛下的威嚴，這是陛下對臣的懲罰。」

褒姒道：「不，這並不是懲罰，而只是告戒！」

「對臣都是一樣。」

「可對朕卻並不一樣！」褒姒威嚴的目光注視著軌風，眼睛一動不動。

軌風沒有再說什麼。

片刻，褒姒道：「好了，此事算已過去，朕不會再計較，也不希望再有下次。你有什麼事就說吧，待會兒朕還要上早朝。」

軌風道：「臣要見一個人。」

褒姒彷彿早有所料，道：「你想見哥哥？」

軌風點了點頭。

「爲什麼？」褒姒道。

軌風道：「因爲他會告訴我該怎麼做。」

褒姒道：「這就是你要見朕的目的？」

軌風道：「這只是其中之一，另外我想知道陛下的態度。」

褒姒望著軌風道：「你想知道我的態度？」

「是的。」軌風答道。

褒姒道：「想知道這一點並不難，誰能夠給朕向西羅帝國所有居民交代的理由，取得所有居民的信任和支持，朕便會支持他。這是朕對你所說的話，也是對其他文武百官所說的話。」

軌風道：「臣所能夠說的理由已經在昨天說過，陛下也已經聽到。」

褒姒道：「但這些並不夠，沒有誰比你更清楚，你的軍隊是否能夠阻止朝陽大軍的挺進！」

軌風不說話了，褒姒所言沒錯，單以千年前的經驗和現在西羅帝國的軍力來看，是無法與朝陽相抗衡的。當然，這裡的軍力並不單指軍隊所擁有的人數，而是起著決定作用的領導者之能力，能夠獨支一方的大將之材，比如朝陽手下的驚天、安心，還有無語，還有……他們隨便哪一人便可抵上百萬的軍隊。

半晌，軌風才道：「所以我才要見漓渚殿下。」

褒姒無奈地道：「你認爲哥哥能夠幫你？」

「一定能夠！」軌風無比肯定地道。

褒姒道：「可他連離開玄武冰層都不能夠，又如何能幫你？他並不如你想像中那般強

大。」

「不，他比我想像中還要強大，當初他能夠告訴我如何烤乳豬給漠吃，就一定有辦法對付魔族的其他人，包括朝陽！」軌風無比自信地道。

褒姒道：「你認爲這話是哥哥對你說的麼？」

軌風感到詫異，道：「難道不是？」

褒姒道：「當然不是，是朕假借哥哥之口，讓人轉告你的。」

「是陛下？」軌風感到十分意外，道：「陛下又是如何知道這些的？」

褒姒道：「這是朕的事。」

軌風仿若恍然大悟般道：「難道陛下心中已有了應對之策？」

褒姒心中不由得一陣苦笑，其實讓人把這些話說給軌風知道的是師父天下，而並不是她，現在師父已經死去，又有何對策可言？當然，褒姒是不會將這些說給軌風知道的。但她心中確實已經有了應對策略，道：「我說過，若沒有一個可以給西羅帝國居民交代的理由，無論是降還是戰，朕都不會同意。如軌風大人願意，朕倒可以讓你去做一件事情。」

「什麼事情？」軌風對褒姒似乎已經開始刮目相看了，這是一個比安德烈三世更富智慧和治理天下能力之人。

褒姒道：「朕讓你親自去南方邊界一趟，但僅僅代表的是你個人，而並非西羅帝國的軍部首席大臣。」

軌風道：「陛下想要臣如何做？」

褒姒道：「去殺朝陽。」

軌風懷疑自己的耳朵聽錯了，重複道：「陛下是讓我去殺朝陽？」

褒姒道：「是的，朕的確是欲讓你去殺朝陽，只要朝陽一死，一切問題便會迎刃而解，也不用考慮是戰還是降。」

軌風道：「但陛下認爲屬下能夠做到麼？」

褒姒道：「只要你願意，你一定能夠做到！」

軌風這才發現褒姒話中有話，他道：「陛下這話是什麼意思？」語氣重又變得冷傲。

褒姒道：「難道軌風大人要朕說得更明白些麼？你乃魔族中人，是陰魔宗魔主安心最得力的助手隱風魔使，要是你去刺殺朝陽，當然比任何人都更爲合適。」

軌風不由得內心一震，卻仍強作鎮定道：「臣不明白陛下所說之話是什麼意思，也沒聽說過什麼隱風魔使。」

褒姒道：「你又何必再裝呢？二十年前，哥哥夜有一夢，夢見自己騎著戰馬率領大軍馳騁於幻魔大陸，爲西羅帝國開拓疆土。每當他遇到絕境之時，總有一個人救他脫離危險，那人自稱軌風，身著火焰般燃燒的紅色斗篷，他說他是一個可以幫助哥哥完成理想之人。哥哥醒來後，便固執地尋找這樣一個在夢中出現之人，而恰在這時，你出現在了阿斯腓亞，當哥哥見到你時，便發現你正是他夢中所見之人，於是將你推薦給父皇，供職軍部，直到今天你成爲軍部的首席大臣。」

軌風道：「這並不是什麼天大的秘密，知道的人並不少。」

褒姒道：「但沒有人知道哥哥爲什麼會做那樣一個夢，更沒有人知道夢是可以由人控制的。而可以控制夢的這個人正是陰魔宗魔主安心，他的『精神遙感入夢術』便可控制別人的夢，連哥哥都不知，他之所以做這個夢正是因爲安心對他施以『精神遙感入夢術』。安心就是想通過哥哥將你安插在西羅帝國，爲將來做準備，而沒有人會懷疑哥哥所舉薦之人。」

軌風也不再強作辯解，他的眼睛射出逼人的神芒，道：「那你又是如何知曉的？」

殺氣已經開始彌漫。

褒姒似乎並沒有感覺到，若無其事地道：「因爲我是天下唯一的弟子，世上所有權術伎倆之事，沒有什麼可以瞞過我。」

軌風道：「我是說你什麼時候知道我的身分的？」

褒姒道：「在我回到西羅帝國之時，天衣出現幫助你之時，而天衣是陰魔宗魔主安心唯一的兒子。」

軌風道：「那你爲何直到現在才道出我身分的真相？」

褒姒道：「因爲你以前還有利用的價值，有些事情需要你替我們去做。」

軌風道：「你說的是對付影子？」

褒姒並不否認，道：「不錯，而你現在卻沒有任何存在的價值了。」

軌風道：「這就是你不作任何決定的原因？其實你心中早已知道，無論是降還是戰，只會有利於聖主。因爲西羅帝國若降，那聖主便可以不費一兵一卒而贏得西羅帝國，乃至天下；戰也是一樣，西羅帝國的軍隊掌握在我的手中，只要我率領大軍到達南方邊界，聖主過得妖人部落聯盟，西羅帝國的軍隊便會紛紛投向於聖主的旗下，這與降沒有任何區別。」

褒姒道：「在你的計謀還沒有得逞之前，我必須除去你。」

「但你以爲憑你的實力可以做得到麼？」軌風如火焰般燃起的斗篷被風鼓動著，以意念驅動魔咒召喚出的無數風刃貼著褒姒身周旋動著。只要褒姒有任何異動，這些無形的風刃便會刺穿她的身體。

而褒姒的樣子看上去彷彿什麼事都沒有發生一般。她微微一笑，道：「軌風大人認爲朕會打無準備之仗？這也是朕最後一次稱你爲軌風大人了。」

軌風心念一緊，褒姒的攻勢突然變得猛烈。

這不是任何有形的攻擊，而是強大的精神力進攻，當軌風心念一動，其強大的精神力便侵入了軌風的大腦。

面對褒姒強大的精神力，軌風無法占到絲毫的便宜，儘管單以精神力的修練程度來講，軌風甚至有可能比褒姒更深厚一些，但在利用精神力的進攻上，他顯然不如褒姒這單修精神力之人。更重要的是，他還得集中一部分精神力感應著四周的變化，以防其他人的突然襲擊。是以，一時之間，軌風與褒姒的抗衡不占任何優勢。

但他又知道，必須儘快擺脫褒姒的精神力糾纏，取得勝利，長時間拖下去只會對他不利。

就在軌風感應不到四周有任何危險之時，他集中了所有精神力對褒姒施以最凜冽的反擊。

而就在這時，一柄冷劍從軌風背後疾射而至，瞬間便刺進了他的身體，劍尖自胸前透出。

軌風還未來得及轉身，即倒在了地上，在他身後出現的是月戰以及月戰的劍。

褒姒看著倒地而亡的軌風，面無表情，良久，才轉向月戰道：「你爲何要一劍殺死他？」言語中帶有責備之意。

月戰木然地道：「因爲他該死，這是師父曾經說過的話。」

褒姒顯然不願意看到軌風就這樣死去，但此時，這已經成了不可改變的事實。她看著軌風的屍體，眼中帶著一絲歉疚。之所以知道軌風是陰魔宗的隱風魔使，這也是師父告訴她的。

褒姒深吸了一口氣，望向月戰，道：「師父還說了什麼？」

月戰道：「師父還說，必須戰！」

褒姒不由得苦笑一聲，道：「看來師父死前什麼都想到了，也什麼都安排好了，但——何以爲戰？難道讓西羅帝國的軍隊去送死嗎？」

月戰道：「師父只說過必須戰！」

褒姒轉過頭去，望向院中的櫻花樹，不再說什麼。她不知自己是否應該按照一個已死之人的意願去行事，但這，似乎又是不可抗拒的。她心中不禁問自己：「難道自己就沒有意願嗎？而自己的意願又是什麼？」

褒姒心中感到茫然。

良久，她對著身後的月戰道：「你去吧，我知道該怎麼做。」

月戰攜起地上軌風的屍體，從幻雪殿飛掠而出。

褒姒看著月戰從風雪中消逝，忽然想起了漓渚。無論漓渚是不是她哥哥，他都是一個可憐的人，軌風的死有必要讓他知曉。

於是，褒姒來到了皇宮最底層的玄武冰岩層。當她站在螺旋形的石階上，快要到的時候，她看到了那堵將漓渚隔離開的石壁已經破碎。褒姒清楚地記得十幾天前，漓渚幫她解開冰封離開這裡時，他已將那堵牆重新修復完整，可現在卻又破碎了，裡面的寒氣肆無忌憚地從破碎之處向她迎面撲來，讓她的心都感到了寒冷。

褒姒立即有了一種不祥的預感，她運功在體外形成一層保護牆，以抗寒氣，口中喊道：「哥哥，褒姒來看你了。」

裡面無人應答。

褒姒再一次喊道：「哥哥，褒姒來看你了。」

裡面依然沒有聲音傳出。

褒姒想衝進去看個究竟，但上次被寒氣冰封不能動彈的情形餘悸猶存，不能冒然而爲，只得以精神力的延伸進入漓渚的冰封之地探個究竟。結果裡面沒有任何生物存在的氣息，更別說一個活人。

「難道漓渚已經死了？」褒姒心中禁不住思忖道：「但他又怎麼會死呢？難道漓焰去而復返，殺了漓渚？」

想到此處，褒姒心中不由得一震……

極北寒區。

銘劍的腳步終於停了下來，在他面前矗立著一座高達萬仞的雪山。

銘劍擡頭望去，雪山四面陡峭如刀削，雖然山的四周下著大雪，但山之巔卻碧空如洗，星芒燦爛，形成兩個完全不同的世界。

銘劍面露神聖的表情，自語般道：「終於到了，二十年都沒有回到星咒神殿了！」言語之中難掩唏噓、感慨、激動之情。

這裡正是位於極北寒區的星咒神殿所在地——星咒神山。相傳，星咒神殿位於幻魔大陸最東方，可誰會想到是在極北寒區？無語曾耗盡一生尋找，他做夢都想不到東的極限之地便是北了。

銘劍放下背上已死去的影子，脫去身上以嘯雪獸皮毛做成的禦寒風衣，取出一件華麗、潔白、鑲著金邊的占星袍穿在身上，背後繡有一隻展翅欲飛的鳳凰。腰間佩劍持在手中，白芒閃過，變回了占星杖。

現在，他是星咒神殿的鳳凰護法，帶著使命，回到了闊別二十載的星咒神殿。

他的左手拇指扣起食指，占星杖的靈力疊加，銀光大盛，一縷奇光射向星咒神山上空。

「偉大的主神，您的居民將回到您的身邊，請您開啓隔世之門。」銘劍口中咒語念完，單膝跪地。

星咒神山上空一顆星星發出極度耀眼的星芒，隨即，一座氣勢恢宏、金碧輝煌的宮殿在星咒神山上空懸浮而起。

宮殿在虛空中縱橫數十里，城牆高逾幾千仞，垂直於天地間，呈六芒星狀分佈。

正是神族四大神殿之一，主宰著幻魔大陸這片空間的星咒神殿。

一片雪花自虛空飄落至銘劍眼前，白芒一閃，雪花破滅，一條綿延九萬九千九百九十九級的台階出現在銘劍身前，連接懸浮於虛空中的星咒神殿正大門。

第三章　星咒神殿

銘劍起身，重新背起影子，踏上台階。

台階迅疾回收，倏忽之間，銘劍便站在了星咒神殿的大門口。

這時，一個飄渺的聲音自虛空中傳來：「鳳凰護法，你完成了你的使命了麼？」

銘劍立即單膝跪地道：「主神英明，鳳凰護法未能完成主神所托之重任，而致使影子中劍而亡。這次回星咒神殿，就是懇求主神能將他救活，去完成上天的安排。」

那飄渺的聲音道：「你可知他爲何會死麼？」

銘劍如實道：「他是死於自己所發出的『月魔的心刃』，但鳳凰不知，鳳凰從未占卜到會有這種結果。他的星象軌跡也並未中斷，所以特來求見主神，以示原因。」

那聲音道：「他是故意讓自己死去的，你占卜不到這種結果，因爲這不是命運對他的安排，更重要的是，你的占卜靈力被一個靈力更強之人壓制住了。」

銘劍聽得心中一驚，忙道：「他是自己讓自己死去的？」顯然不敢相信，更不敢相信的是以他占星護法的身分，竟有被他人欺騙的可能。

接著，他又道：「那個可以壓制我靈力的人是誰？」

那聲音沒有回答銘劍，卻道：「空悟至空既然已來，就沒有必要再躲躲閃閃了，你的計謀可以騙過鳳凰護法，又焉可放在本神的眼中？現身吧。」

一道極光自星咒神殿內射出，若驚電一般從銘劍頭頂疾逝而過。

一個好似玻璃碎裂的聲音傳出，銘劍忙回過頭，赫然看到了漠，抑或是空悟至空的那張臉。

銘劍已然明白，原來空悟至空一直利用結界隱身跟隨在自己身後。而讓銘劍無比驚駭的是，他竟然一點都沒有感覺到！看來先前影子所謂的死亡全都是對方共同設定的計策，一切只爲了讓自己將他們帶來星咒神殿，最重要的是他們早知自己不會讓影子死而利用了這一點。

「你……你……」望著空悟至空，銘劍氣得不知該說什麼，這對他來說，無疑是奇恥大辱。

空悟至空卻微笑道：「你所猜測的沒錯，我們就是爲了引你出現，再讓你帶我們來見這幕後主宰之人。這怪不得誰，要怪也只能怪你不夠聰明而已，可能是因爲別人曾經叫你傻劍，把你叫笨了吧。」

銘劍強壓著心中的怒火，儘量讓自己保持鎮定。他並不是一個輕易受別人言語相激便失去分寸之人，只是這突然的變化對他的打擊太大了，才讓他一時之間失去言語的能力。

他站了起來，道：「你以爲跟著我來到星咒神殿，便能改變一切嗎？」

空悟至空微微一笑，顯得無所謂地道：「我並沒有想過改變什麼，只是想知道是什麼人而已，卻沒有料到是星咒神殿在背後弄的鬼，所以就跟過來看看星咒神殿是一個什麼樣的地方，以後見到別人，也可以向其吹噓吹噓。」

銘劍冷哼一聲道：「你以爲星咒神殿是一個可以讓人隨便來去的地方麼？你也太看得起自己了。」

空悟至空卻道：「不是我太看得起自己，而是幻魔大陸的人太給面子，將我稱爲『幻魔大陸三大奇人之一』，既然是奇人，當然要有點驚人之舉才對。」

銘劍道：「只怕你還沒有這樣一個機會，你背叛死亡地殿，已是神族的公敵，人人得而誅之，居然還恬不知恥，自稱『幻魔大陸三大奇人之一』。」

空悟至空無所謂地道：「這已經是世所周知的秘密，我也曾經想過死了會變成什麼樣子。只是可惜，『他』所主宰的整個世界，每個地方都肯收留我，因此只好一次又一次地遊蕩於幻魔大陸了。其實說實在的，我也想換個地方待，如果你們星咒神殿勉爲其難收留我的話，我倒可以考慮考慮待在這裡不走了。不知那『只聞其聲，不見其人』的老傢伙願不願？」空悟至空說完，朝虛空處望了望。

「大膽！豈可對主神如此無禮？」銘劍大聲喝道。

空悟至空笑了笑，道：「我對誰都這般無禮，否則也不會成爲神族的叛徒了。」

銘劍本欲再說些什麼，那聲音卻又響起：「好了，鳳凰護法不要再與他作言語上的糾纏了。」轉而道：「空悟至空，本神明知你跟來，可知爲何會讓你進星咒神殿？」

空悟至空卻道：「我還沒有進去，站在大門外，連個坐的地方都沒有，真是有失禮數。」

那飄渺的聲音道：「我是想給你一次機會，向你保證，你根本沒有機會，也沒有能力改變這個世界的。」

空悟至空道：「這樣的話我不知聽過多少遍了。」他伸出左手小指，掏了掏耳朵，道：「我的耳朵都快聽出繭來。前些天，就有一個老東西在我耳邊嘀嘀咕咕、嘰嘰歪歪地囉嗦了老半天，簡直讓人煩透。」

那聲音道：「黑暗之神沒有殺死你，算是你撿回了一條命，你認爲自己還有這樣的機會麼？」

空悟至空顯出很厭煩的樣子，道：「看來你們這些自以爲高高在上的神都有教訓人的毛病，難道你們不能顯得可愛，或是親切一點嗎？我最討厭的就是你們這一套，別以爲自己什麼都是對的，容不得有半點不同，這個世界遠比你們想像的要豐富，每一種存在都是一種可能，一種生機。」

那聲音道：「好！既然你煩，我也不再和你講什麼大道理，你認爲你有機會戰勝我麼？」

空悟至空望著虛空道：「我本打算在你動用靈力救治影子時，對你猝下殺手；或是待你將影子救活之後，與影子一起聯手殺了你。看來現在這兩個計策都行不通了，只有我獨自一人碰碰運氣，看能不能一不小心殺了你。」

那聲音道：「既然如此，我們不妨來個賭約。」

「賭約？」空悟至空道：「這才像人說的話，什麼賭約，說吧。」

那聲音也不計較空悟至空對他的辱罵，道：「一天之內，如果你能在星咒神殿找到我，我便幫你救治影子，並回答你想知道的一切問題；如果找不到，便要任我處置。不知你同不同意？」

空悟至空道：「找人？我可沒興趣，還不如痛痛快快地大戰一場，贏者爲勝，敗者任憑處置，這樣豈不來得痛快？」

「但你覺得自己有可能勝我麼？」那聲音道。

空悟至空想了想，道：「也是，我所擁有的實力的確無法與你這主宰整個幻魔大陸的主神相比，但我卻不想像一隻沒頭的蒼蠅一樣，到處亂撞。」

「那你有更好的辦法麼？」

空悟至空想了想，道：「確實沒有什麼更好的辦法，那就試試吧。不過，要是你不在星咒神殿，那我又如何找到你？」

「你以爲我會這樣做麼？」那飄渺的聲音反問道。

「那倒也是，你們一向都自視甚高。好吧，從什麼時候開始？」空悟至空問道。

「現在。」

「現在？」

「現在。」那聲音道。

「好吧，如果我找到你，你可千萬別後悔！」空悟至空著重強調道。

「一言爲定！」

「嗖……」地一聲，一道黑影從銘劍眼前掠過，空悟至空便從原地消失，進入了星咒神殿。

銘劍不解，爲何主神要對空悟至空如此客氣？難道怕了他？顯然不是。他知道主神這樣做一定有其用意，但用意又何在呢？

銘劍一時想不明白。

與此同時，空悟至空剛一進入星咒神殿，一片雪花便自空中飄落，他撞了進去，裡面卻是一片蔚藍色的蒼穹，繁星點點，一望無際，其他的什麼都沒有，雙腳所踏之地是一片虛無，人就站在虛空當中，上不著天，下不著地。

他回頭望去，連剛才進來的門都沒有了，彷彿他剛才進來的不是星咒神殿，而是進到了一片虛無的空間。

空悟至空望著這一片虛無的空間想了想，然後挪開步子，向前疾掠而去。

虛無的風自耳際呼嘯而過，他一路飛奔，一口氣跑了數百里，卻仍是一片虛無的蒼穹，彷彿根本未曾移動過，與先前沒有任何改變。

空悟至空道：「我偏不相信，這一片空間會沒有盡頭。」話音落下，又一次向前疾掠而去。

可當他又一次停下來的時候，結果與前一次毫無二致，四周望去，繁星點點，一片虛無。

空悟至空這一次想也沒想，也不去管這裡是不是星咒神殿，又是一路向前疾掠而去，他相信，無論這是哪裡，星咒神殿的主神必在其中。這是一場智慧的較量，在這片虛無空間的某一個地方，是他所要到達和突破的所在……

銘劍站在門外，他望著空悟至空消失的身影，似乎在想些什麼，又似乎什麼都沒想。那飄渺的聲音這時又響起：「鳳凰護法，你是在占卜空悟至空是否會贏麼？」

「主神英明。」銘劍謙恭地道。

「那你占卜出結果了麼？」

銘劍如實道：「還沒有。」

「回到你的鳳凰星宮去吧，你已經二十年沒有回來了。」那飄渺的聲音道。

銘劍想了想，問道：「那影子呢？難道主神不打算救他麼？」他知道空悟至空根本沒有可能贏過主神的。

那聲音道：「我決定不了他的命運，但他似乎不該死，他的星象也沒有斷。」

銘劍疑惑地道：「鳳凰不明白，既然他的星象沒有斷，也就說明他沒有死，但他自己偏偏又死了，這是不是說明，他已經擺脫了上天對他命運的安排？把握了自己的命運？」

「世間萬物的一切運行法則，既在意料之中，又在意料之外，何是生？何是死？並沒有實際的界限。就算最偉大的命運之神也不能完全把握這世間所存在的一切。」那聲音道。

「既然如此，為何所有人都逃不脫命運對他們的安排呢？」銘劍問道。

「那你可知『命運』為何物？」那聲音問道。

「『命運』為何物？」銘劍心中猛地一怔，他從來沒有去考慮這個問題。

「『命運』其實只是一個人一生的運數，是他的經歷和所遭遇的一切。人們真正逃不過的其實並不是命運，而是他自己。那些想逃脫命運安排的人其實都是在用一輩子的時間與自己抗衡，試問，他又怎麼能夠戰勝得了自己呢？」

銘劍恍然大悟，道：「與命運抗爭其實就是在與自己抗爭！其實這世間根本不存在所謂的『命運』的說法！」

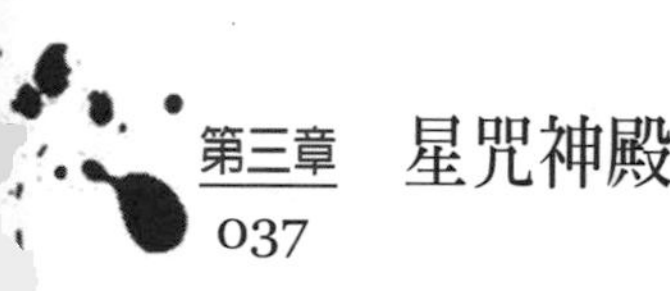

那飄渺的聲音道：「你總算明白了。」

銘劍道：「原來空悟至空卻是悟不空。」

銘劍說著，忽然又想起了什麼，道：「那影子與朝陽豈不是……」

「知道了便可，無須說出來。」那聲音道。

銘劍道：「鳳凰明白了，謝主神點撥。」

說完，走進了星咒神殿的大門。

星咒神殿是一座以六芒星形狀佈置的宮殿，六芒星的六個角便是六大護法的星宮，其分別是鳳凰護法的鳳凰星宮、翼龍護法的翼龍星宮、天狼護法的天狼星宮、天馬護法的天馬星宮、白虎護法的白虎星宮、玄武護法的玄武星宮。在六芒星的中間，是星咒神殿的靈殿，是主宰幻魔大陸的主神——咒星神的王宮。其最中心，則是咒星神的王座，王座彙聚著強大靈力，控制著整個幻魔大陸的白天黑夜，一年四季的轉換，還有災難的降臨。這也是星咒神殿的禁地，除了咒星神，沒有人可以隨意進入，而在主殿的上空，則是用來占星的祭星台。

整個星咒神殿，懸浮在星咒神山的上空，一般人若非咒語開啓，根本無法看到星咒神殿的存在，最多只能看到四面陡峭的星咒神山。

幻魔大陸中人雖然知道星咒神殿及占星家族的存在，但卻從沒有人真正見過，更不知整個幻魔大陸是星咒神殿在主宰著。對他們而言，星咒神殿只是一個遙遠的傳說。

星咒神殿主殿。

四周深藍色如蒼穹的牆壁上，佈滿了各種星宿圖案，如同一個小型天宇，閃動著深沈的星芒。曾經在無語的夢中，這些佈滿星宿圖案的牆壁，一度出現。

主殿有一個水光激蕩的水池，池中盛開著紅白相間的蓮花，這些不是一般的蓮花，而是可以讓死去的人重新活過來的聖蓮。

此刻蓮池邊正躺著一個已經死去的人，是影子。

被「月魔的心刃」刺死的人，心已經化爲虛無，沒有人可以救，除非有聖蓮可以重新給他一顆心，這也是銘劍不得已回星咒神殿的原因所在。

此時，蓮池中一朵火紅的蓮花應聲折斷，然後飄移到影子的身體上方，隨即，蓮花綻放出耀眼的紅芒，籠罩著影子的身軀，而蓮花的花瓣此時正在一片一片地頹敗掉落……

片刻，只剩下光禿禿的花蕊。

花蕊自空中緩緩地旋動，那些敗落的花瓣重又飄起，將花蕊包裹，而此時，花蕊的旋動也愈來愈快，竟然變成了一顆心形。

倏地，旋動的花蕊花瓣化作一道紅光，一下子竄進了影子心臟部位。

瞬間，寂靜的大殿傳來一聲強有力的心臟跳動聲，隨即，影子的眼睛睜開了。望著這陌生的環境，他知道自己又一次活了過來，也知道自己已經來到了他想來的地方。

這是他以死的代價所換來的結果。

影子望著大殿頂部的星宿圖案，半晌沒有動。他已經感到在這大殿內有一強者的存在，但這個人並不是事先約定、隱藏著跟隨他的漠，而是一個比漠強大十倍，或是百倍的人。他知道漠一定被發現，也許已經出了事，否則，漠無論如何都不會離開自己。

「你是不是在想空悟至空？」大殿最中央，那個飄渺的聲音迅速傳來。顯然，他已經知道影子重新活了過來。

影子站了起來，面向聲音傳來的方向。

一個人正斜坐在大殿最中央的王座上，意態顯得有些慵懶。在他的身體四周，縈動著一層星芒，讓人無法看清他的面目。

影子只是看著他，卻沒有說話，不知爲何，兩人之間相距不過二十丈，但影子卻感到彼此之間相隔千山萬水。

「我想你已經猜到了這裡是什麼地方，不錯！正如你心中所想，這裡乃星咒神殿！你是第一個進入星咒神殿的凡塵中人，而我是星咒神殿的主神——咒星神！」

影子似乎並不太奇怪咒星神知道他心裡所想，他道：「你將漠怎麼了？」

「你是說空悟至空吧？我們之間有一個賭約，他可能在另一個空間找我，你說他會找到我嗎？」咒星神淡淡地道。

影子稍稍放下心來，只要漠沒有出事，對他來說，已經達到目的了，剩下的事，自有解決的辦法。

影子道：「知道我爲什麼來這裡麼？」

「因爲你想見我。」咒星神道。

「因爲我想知道到底是誰在操縱著這一切，目的到底何在！」影子冷冷地道。

「你認爲我會回答你這個問題麼？」咒星神道。

「你會回答的。」

「何以如此自信？」

「因爲我是第一個站在星咒神殿和你說話的凡塵中人。」影子道。

「你的確很自信，也夠聰明。你可以用自己的生命作賭注，贏得鳳凰護法將你帶至星咒神殿，這是你的智慧和勇氣，沒有人可以做到如此了，這是我破例見你的原因，但我不會回答你的任何問題。」咒星神道。

影子遙望著咒星神，道：「如果我一定要知道這一切呢？」

咒星神哈哈一笑道：「這就要看你的智慧和能力了，空悟至空想知道的和你一樣，但他現

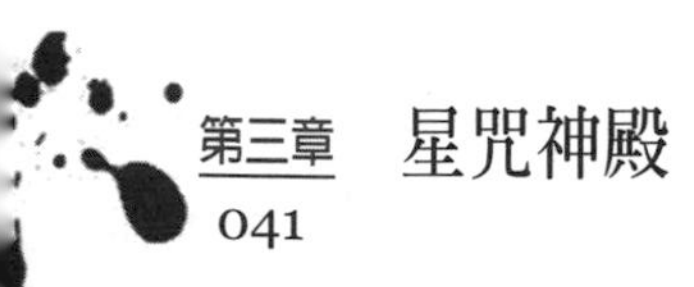

在卻在另一個空間尋找我。」

影子想向前邁出一步，以拉近與咒星神的距離，卻聽到咒星神道：「你最好站在原地不要動，在你前面有成千上萬個結界，我不敢保證你進入的世界是漫天銳嘯的冰刀，還是洶湧澎湃的火山，抑或是陽光明媚的草地……運氣好的話，也許你可以直接站在我的面前。」

影子道：「你在嚇我？」

「不信你可以試一試。」咒星神輕淡地道。

但影子終究沒有動，咒星神根本沒有必要騙他，他也察覺到了自己與咒星神這段距離的不尋常，他沒有必要冒險。

第四章 咒星神術

影子整理了一下自己的思緒，他知道必須換一種思路，於是道：「我想你見我，並非僅僅因爲我騙過了銘劍吧？」

咒星神道：「不錯，你們能夠來到星咒神殿，只是我見你的原因之一，另外，還有一個原因讓我想見你。」

「什麼原因？」

「一個人的囑託。」

「一個人的『囑託』？」

「月魔。」咒星神的嘴裡吐出了兩個字。

影子的心不由得一緊，無論他保持著什麼樣的平常心態，這兩個字都會像子彈一樣擊中他，令他無法保持鎮定。

咒星神道：「月魔說，她想見你。我曾答應過她，會讓你們見上一面，卻不知你願不願意見她？」

影子想也不想道：「她現在在哪兒？」

咒星神一笑，道：「看來她對你也同樣重要。」

「是的，重要！我可以放棄自己的生命，卻不能放棄對一個人的承諾。我答應過羅霞找到月魔，答應月魔找到月石，但我現在卻什麼都沒有做到。我曾經是一個殺手，從未背棄過自己的承諾，所以我成了地球上最好的殺手。現在，即使我不再是一個殺手，也同樣不能背棄自己的承諾，這是我的信念。」影子義正詞嚴地道。

「但僅僅是這些麼？」咒星神道，言語中包含著另一層意味。

影子道：「這些已經足夠了！」

咒星神道：「好吧，既然我答應過月魔，我會讓你們見面的。」

說完，咒星神離開了王座，走向影子，毫無阻礙地走過有著無數結界的二十丈距離，來到了影子面前。

影子這才看清咒星神的面貌，雖然他聽到的咒星神的聲音是一個男人的聲音，但看到的卻是一個女人的容貌！絕對是一個女人的容貌！而且是影子所見過最美麗的容貌，這種容貌即使在最華麗的夢境中也沒有出現過。比之褒姒、法詩藺、月魔有過之而無不及。望著她（他），影子感到了一陣恍惚，他不能判斷眼前的咒星神到底是男的，還是女的。

咒星神看著影子，微微一笑道：「你一定是在想我到底是男的，還是女的吧？用你們塵世間人的判別，我也不知道自己到底是男的，還是女的。但我只是我，能夠知曉過去、現在、未來的咒星神，掌管著整個幻魔大陸的一切。」

影子這才回過神來，確實，對這個有著男人聲音的女人，不是以塵世間的標準所能夠辨別的，也許正因為如此，她（他）才能夠成為幻魔大陸的主宰者——咒星神。

影子道：「無論你是男的，還是女的，抑或是其他什麼人，對我來說，並不重要。」

咒星神道：「很好，我喜歡你這種處變不驚的作風，這說明你有很好的心態。跟我來，我帶你去見月魔。」

說完，與影子擦肩而過。

影子遲疑了一下，卻沒有移動腳步。

咒星神回過頭來，笑著道：「你怕了？還是不相信我？」

影子道：「我想知道你為什麼會如此爽快地答應帶我去見月魔？難道你沒有什麼條件麼？」

咒星神看著影子，正色道：「你以為我會與一個塵世中人談條件？」

影子不由得啞然，這句話將他與咒星神之間拉開了無限大的距離，一下子擊潰了他骨子裡所存在的傲氣。

咒星神回過頭去，雪白的幻術長袍拖地而行，在她前面的空氣一下子從中破開，形成一道門，咒星神往門內走了進去。

影子知道咒星神這是打開了通往另一片空間的結界通道，當下並未多想，跟著咒星神走了進去。

剛一進入，那道門便消失不見，星咒神殿恢復如初。

影子跟著咒星神來到了一片黑暗的世界，這種黑暗並非來自於白天黑夜涇渭分明的那種黑，而是完全不能視見的那種黑，彷彿這種黑已經在這裡沈積了幾萬年，從未有過光明。

影子跟著咒星神，他所憑藉的不是眼睛，而是感覺和聽覺。他的眼睛完全無法看見，在這裡，已經完全失去了它應有的價值。

而在黑暗之中，彷彿又有無數隻眼睛在看著他，讓他覺得自己是透明的。

這種感覺影子從未有過，他不知道自己所在的是一個什麼樣的世界，現在所走的是一條什麼樣的路，又是往哪裡去。在這黑暗之中他感覺到自己是輕盈的，輕盈到幾乎不存在，但有時，他又感到自己萬分沈重，彷彿自己的身軀是一座高聳入雲的大山。

他想吸一口氣，卻發現這裡無氣可吸。

「難道月魔就在這個地方？她爲什麼會在這樣的地方？」影子心裡想著，他曾記得月魔讓自己去救她，「難道月魔就被囚禁在此處？這裡又是哪裡？」

「想知道這裡是什麼地方嗎？」正當影子思忖間，前面傳來咒星神的聲音。

沒等影子有所回答，卻又聽到咒星神自顧道：「無間煉獄，這裡從天地初開、幻魔空間成形的那一天就從未有過光明，清濁之氣混雜，或重或輕，連可供呼吸的空氣都沒有，所以你也感覺不到自己的身體。想知道這樣一片空間爲什麼會存在嗎？它是作爲每一個神族的叛離者的煉化之地，叛離神族之人都要在這裡接受懲罰、煉化，以洗滌其叛逆的思想，接受神界最嚴厲的酷刑……」

影子聽得心寒，沒待咒星神說完，便打斷道：「月魔就在這裡麼？」

咒星神一聲輕笑，卻沒有回答。

影子知道自己這個問題是多此一舉，咒星神帶自己來見月魔，月魔豈有不在這裡之理？但他還是忍不住問了出來。

影子心事重重，他不禁想起月魔現在怎樣了，在忍受著怎樣的折磨。

這時，一個刺穿人骨髓的淒厲叫聲傳來，影子感到全身一下子變得冰冷，不禁打了一個寒戰。

影子心中自問道：「難道自己害怕了麼？自己何曾害怕過？」

這時，從前面卻有微弱的光傳來，隨著距離的拉近，那光也愈來愈亮，是火光。影子還沒有近身，卻已經感到無比的燥熱，讓人不能忍受。

而咒星神彷彿沒事般，繼續向那火光散發之地行去，影子卻已經大汗淋漓，可汗一出來便立時蒸發不見，身體的水分一點點在蒸乾，卻也只得跟著咒星神。

當影子最終停下來時，他已經站在了一懸崖邊，火焰正是從懸崖底部升起，往下看去，可以看到的是滾動著的岩漿，而前面，卻已經沒有路了，是一片無盡的虛空。

影子望向咒星神，道：「你就是要帶我到這裡來麼？」

他身體的水分一點點在虛脫，只得拚命運功以拒火山岩漿的熾熱。

咒星神望著懸崖底下滾動的岩漿，道：「這裡是斷空崖，下面是陷空山，乃通往月魔所在的路，塵世中人跳下去，必會灰飛煙滅，現在就看你敢不敢下去了。」

影子問道：「月魔爲何會在此處？」

咒星神側頭望向影子，道：「因爲她也是神族的叛徒，她在遭受無間煉獄地火寒氣的煉化。」

影子道：「可她告訴我，月魔一族是脫人、神、魔三族的另外一族。」

咒星神道：「那只是她所說的話，並非事實。」

影子道：「那事實又是怎樣？」

咒星神道：「這個問題只有她才能夠回答你。」

影子望著崖下那滾動著熾熱岩漿的陷空山，就待跳下去，卻被咒星神攔住了。

咒星神道：「難道你真的不怕死麼？」

影子望向咒星神，道：「因爲我知道你們不會讓我死。」

咒星神嘴角浮出笑意，道：「你說得對，我是不會讓你死的，但不代表你不會死，在這一片混沌未開的黑暗世界裡，沒有人可以控制自己不會死，包括最偉大的命運之神！」

說完，她手中現出一顆透明的珠子，遞給影子道：「把它含在口中，它可以保證你的軀體不被烈火焚化。」

影子接過拿在手中，端詳片刻，道：「這是什麼東西？」

「避火珠。」

影子依言將避火珠含在口中，跳下了懸崖，升騰的烈焰一下子將他吞沒。

影子感到自己一直在往下掉，烈焰貼著皮膚在熊熊燃燒，而他卻感不到絲毫的熱意，反倒是身心清涼。

在幻魔大陸，他已經體驗太多玄奇和不可思議的事情了，從他來到幻魔大陸，就注定他已經不再是以前的影子，所有的事情在等待著他，他也在等待每一件事情的到來。他不在乎自己的生命最終會怎樣結束，他只知道，自己應該做什麼，他不再是原來的影子，但他永遠還是影子。

「啪……」影子掉在了地下，烈焰燃燒，岩漿滾燙已經是另一個世界的事情了。他現在感到的是極度的冷，他的手腳和身軀彷彿已經失去了聯繫一般沒有知覺，血液凝滯，漣心彷彿都被冰凍，這般極度的冷他還從未體驗過，西羅帝國皇宮最底層的玄武冰岩層與之相比不知相差到哪裡去。

影子開啓丹田深處的人體小宇宙，那蘊藏著的力量才將他從冰凍中解脫出來。

他朝四周望去，這裡是一片陰寒的冰川之地，到處長滿冰柱，冰柱支撐著的空間形成一個水晶宮般的冰川世界。

而在他左前方一根冰柱後面的角落裡，他看到一個人連頭連腳抱在一起，在瑟瑟發抖。

影子的心裡馬上想起了月魔，他飛步掠了過去，捧起那人的頭。

他所看到的正是月魔的臉！只是她看到影子時，表情木然，目光呆滯，嘴唇不停顫抖著，彷彿根本不認識影子，更不復當初的嫵媚動人之態。

「月魔，是你嗎？」影子有些激動地道。

月魔的眼睛仍顯得呆滯，沒有絲毫反應。

影子見狀，知道是巨大的寒冷讓她反應遲鈍，意志潰散，連忙將身上的衣服脫下，把月魔緊緊包裹住，然後將之緊緊擁在懷裡，以自己的體溫溫暖著她。同時，不斷以強大的功力輸進月魔體內，以浩然之氣行遍她全身經脈。

大概二個時辰過去，月魔顫抖著的身子在影子懷內才漸漸平復。

影子再次捧起月魔的臉，道：「月魔，你還認識我嗎？」

月魔呆呆地望著影子，忽然眼眶中有淚珠在滾動。

影子激動地道：「你記起了我，是嗎？」

月魔點了點頭，兩行熱淚沿臉頰滑落而下，墜地卻已成了冰粒。

影子的臉露出由衷的笑容，道：「記起了就好，我來帶你離開這裡。」

月魔的神情一下子變得黯然，顫抖著雙唇道：「你是無法帶我離開這裡的。」

「爲什麼？我有避火珠，可以帶你飛躍出陷空山，離開這裡。」影子道。

「可避火珠只能保證一個人不被地心烈焰焚滅。」月魔淒然道。

「就算沒有避火珠，我們也一樣可以想辦法離開這裡。」影子毫不氣餒地道。

「沒用的，無論想什麼辦法，我都是無法離開這裡的，除非……讓我仔細看看你好嗎？我已經快把你給忘了。」月魔說著，伸出柔滑的手，輕輕撫摸著影子的雙頰。

「除非什麼？」影子問道：「是不是要我成爲幻魔大陸最強的人，然後戰勝『他』，才能夠將你救出？」

第五章 月靈神主

月魔點了點頭，然後道：「我們先不要說話好嗎？我好冷，只有在你懷裡，我才感到溫暖，我每天在這裡，都要經受一次極寒地氣和地心烈焰的煉化，我從來沒有忍受過這等痛苦！」

月魔說著，使勁往影子懷裡鑽，恨不得永遠與影子在一起，永遠不再分開。

「爲什麼？他們爲什麼要這樣對你？」影子吼道，月魔的樣子讓他的情緒無法控制，他心中有種欲毀滅一切的衝動。

「因爲我是神族的叛逆，這是我應得的懲罰。」月魔的腦海裡似乎想起了一些遙遠的事情……

「你不是告訴我，你是月魔一族，不屬於人、神、魔任何一族麼？」影子道。

「是的，我是這樣說過，那只是一個美好的願望。我和羅霞等人及地下城市那些被封禁的人，其實都是來自月靈神殿。」月魔道。

「月靈神殿？」影子第一次聽到這個名字。

「是的，我們都來自月靈神殿。月靈神殿是神族的四大神殿之一，和星咒神殿、日之神殿、死亡地殿共同維護著神族對整個幻魔空間的統治。我們當初之所以被詛咒，是因爲命運之神對我們的懲罰，而並非我告訴你的有人偷走月石，利用月石對我們施以魔咒。我要你幫我尋回月石，也並非是月石被人偷走，而是月石本屬於月靈神殿，是我們盜取來重新又被月靈神殿取回。我之所以要你幫我們奪回月石，因爲只有月石才可以幫我們解開封禁。」月魔一五一十地向影子道出。

影子早知道月魔所說之話並非完全屬實，但沒料到事情竟是這樣，而且整個幻魔空間除了星咒神殿之外，還有月靈神殿、日之神殿和死亡地殿，而他所知的只是星咒神殿和死亡地殿。死亡地殿的存在是漠告訴他的。

影子道：「那你爲何要背叛月靈神殿？」

月魔想了想，眼中露出複雜的神情。

影子看著她的眼睛，似乎也猜到了事情的不平常，而月魔的這種眼神，讓影子的心中充滿了無限憐愛。他不能容忍其他女人對他的欺騙，但月魔的欺騙卻讓他感到的是更爲真實可愛的月魔，沒有絲毫責備之意。

這時，只聽月魔道：「月靈神殿的主宰者是月靈神，和星咒神殿一樣，月靈神殿也同樣主宰著一片大陸，加上日之神殿、死亡地殿，整個幻魔空間由四塊大陸共同組成。與星咒神殿的占星術一樣，月靈神殿掌握著強大的月的能量。」

頓了一頓，月魔又接著道：「一直以來，所有人都知道月靈神主宰著月靈神殿，但沒有人知道月靈神是怎樣一個人，只知月靈神有兩種性格：白天性情好動，寬容大氣，富於正義；夜晚則性情怪癖，喜怒無常，經常一個人站在月靈神殿最高處，對月狂笑不已，或是獨自舞弄月影。月靈神殿之人皆認爲是月的嬗變才讓月靈神有著雙重的性格，殊不知，月靈神本是一對雙胞的姐妹，姐姐掌管著白天，而妹妹則屬於夜晚的月靈神殿。就這樣，一直相安無事地相處。」

忽然，影子看到月魔神情一變，只聽月魔道：「直到有一天，一個男人出現在了月靈神殿，這個男人談吐高雅，性情風流，姐姐很快便愛上了這個男人，並爲這個男人而疏遠了妹妹。妹妹本就性情怪癖、喜怒無常，姐姐爲了一個男人對她的疏遠讓她不能忍受，她執意反對姐姐和那男人在一起，而姐姐爲了那男人，自是不將妹妹的話放在心中。」

「日積月累，兩姐妹之間的爭執不斷加劇，意見分歧也愈來愈大，於是有一天，妹妹對姐姐說：『如果你要繼續和那個男人在一起，就必須離開月靈神殿，我決不容許有人玷污月靈一族的純正血統！』姐姐自是不願離開那個男人，更不願離開月靈神殿，於是姐妹倆大戰一場，結果是不分勝負。」

「夜間，妹妹氣極，她知道一切的禍端皆因那個男人而起，於是取來擁有強大能量的月石，將那男人殺死，並且將其元神徹底毀滅，讓其永不能超生。姐姐知道所愛之人被妹妹殺死，痛不欲生，與妹妹再度相戰。但妹妹擁有月石的相助，錯手之下，竟然將一心報仇的姐姐殺死。妹妹知道闖了禍，知道命運之神必會對她進行懲罰，於是帶領月靈一族離開月靈神殿，來到幻魔大陸，隱身於幻城的地下，並改月靈一族爲月魔一族，自稱月魔。可終究還是無法逃脫命運之神的懲罰，月魔一族遭到命運之神的詛咒，而被封禁，月魔每千年才能甦醒一次。命運之神取走了月石，連曾經一度繁榮的幻城也因爲詛咒而被殃及，成爲如今的一片荒漠。」

影子沒有想到月魔竟是月靈神，更沒想到這其中竟有這般曲折的故事。他從月魔的訴說中，看到了她對姐姐的愧疚，也看到了月魔作出這種選擇背叛神族的無奈，更有著對族人的歉疚。而如今的月魔也似乎不再似先前那般性情乖戾。影子終於明白，現在的月魔看上去的嫵媚動人竟都是裝出來的，她爲的就是能夠找到一個人，幫她尋找月石，解開族人的封禁。而對一個率性而爲的人來說，這是何其大的無奈和悲苦啊！

月魔又接著道：「後來我才知道，姐姐中劍之後並沒有立即死亡，直到後來生下一個孩子才死去。那個孩子繼承了月石。」

「那他現在豈不是月靈神殿的主宰者？」影子問道。

月魔點了點頭。

影子終於弄明白了這一切，他撫摸著月魔的秀髮，更緊地將月魔抱在懷中。

月魔緊緊依偎在影子懷中，溫暖地道：「我現在才明白，為何姐姐當初執意要與那個男人在一起。一個人一輩子能夠喜歡一個人，是一種莫大的幸福。」說著，卻又掉下了眼淚。

影子這時道：「我知道你這一輩子最大的心願是為你的族人解開封禁，消除詛咒，我曾經答應過你，就一定會幫你找到月石，並將你救出這裡。」

月魔誠懇地道：「我當初要你幫我，是我用了媚術，知道並非你所願。如果你現在反悔，我是不會怪你的，你也不用哄我開心，這是我的心裡話，也是我要見你的原因。」

影子知道月魔所說之話並非矯情之辭，道：「傻瓜，我知道你所說的是真心話，但我也要告訴你，我所說的話一定會算數，我一定會幫你找到月石救出族人，而且一定會將你救離這裡，誰叫我的體內也流著冰藍色的血呢？」

月魔的臉上綻出燦爛的笑，還有什麼比這樣的話更讓一個女人感動呢？即使這些全都是欺騙之言！

月魔的臉緊貼著影子的胸口，聽著影子強有力的心跳，她從來都沒有覺得離一個人的心是如此之近。有這樣一個人，這樣一顆心，就算受再多的苦又如何？

而影子這時已暗暗下了決心，他一定要在最短的時間內救出月魔，讓她少受一點苦！

正在這時，傳來咒星神的聲音：「你們好了麼？我想你們該說的話已經說夠了。」

影子回頭望去，卻不知咒星神何時站在了他的背後，雖然他對咒星神的實力有所認識，但仍免不了心裡一驚。

而月魔這時恢復得很鎮定，她望向咒星神道：「謝謝你讓我們相見，我們最後還有一句話要說。」

咒星神道：「那你們趕快將那一句話說完，我不想讓命運之神知道，我曾經讓你們相見過。」

月魔這時將嘴湊近影子耳朵說了些什麼，影子聽得一震，他的目光望向咒星神，而咒星神也正好望著他。

交錯的目光中，彷彿兩柄犀利之劍，彼此想洞穿些什麼……

忽地，咒星神一笑，道：「既然要說的話已經說完了，那我們便走吧。」

說罷，轉過身往前走去，虛空之中又有道門從中啓開，咒星神走了進去。

影子望向懷中的月魔，眼中含有不捨。

月魔卻閉上了眼睛，道：「讓我在你懷中再待一會兒好嗎？」

話說完不過十秒鐘，她的眼睛又睜開了，自影子的懷中離開，道：「去吧，直到再次見到你之前，我不會有事的。我等著你。」

影子伸手捧起月魔的臉，道：「你等著我，我一定會儘快地將你救出去。」

說完，轉身走進那開啓的門。

門消失，月魔的眼中又滑落兩行淚水。

這時，澎湃的火焰洶湧撲至，一下子將月魔吞沒其中。

火焰中傳來深入骨髓的痛苦之聲……

星咒神殿。

咒星神依然坐在那王座之上，意態慵懶。

影子依然站在下面，與她相隔二十丈的距離。

咒星神道：「你有什麼話想說麼？」眼睛卻是不看影子。

「是的。」影子答道。

「有什麼話不妨直說，星咒神殿並不限制你說話的自由。」咒星神慵懶地道。

「你想不想知道剛才月魔最後對我說了什麼？」

咒星神略爲一愣，她望向影子，道：「你願意說麼？但我要提醒你的是，不要跟我談任何條件。」

「她跟我說的是有關月靈神殿的秘密。」影子道。

咒星神卻是不屑地一笑，道：「在我眼中沒有什麼秘密……」

「而且這個秘密與你有關。」

咒星神望著影子，道：「你在吊我的胃口麼？」

「如果你有胃口的話。」

咒星神望著影子半天不語。

而影子卻顯得很自信，毫不避讓地與咒星神的目光對視著。他知道，咒星神的「胃口」已經被他吊了起來。

「哈哈哈……」咒星神突然大笑，笑聲在星咒神殿每一寸空間來回激蕩，卻又凝結成一片片飄動灑落的雪花。

影子頓感到大腦中都是來回響徹的笑聲，讓他的腦袋有一種欲裂開的疼痛。

影子想運功以拒，卻發現全身的功力盡數渙散。那些笑聲凝成的雪花不斷地鑽進他的身體內，隨著他的經脈和血液運行，連手腳都不能動彈。

漸漸地，影子眼前看到的事物開始模糊起來，只有咒星神那傾國傾城的笑容，如同春風一樣，在他眼前不斷蔓延，深入到他的大腦，又像漣漪一樣在大腦中一層層擴散，永無止境。

影子的意志在一點點渙散，這時，他聽到咒星神道：「即使我不殺你，也沒有人可以對我進行挑釁！你就忍受一下什麼叫做『咒星咒』的生不如死吧！哈哈哈……」

笑聲不斷傳來，整個星咒神殿都是無窮無盡的笑聲。影子感到整個天地彷彿都倒了過來，身體在漫無目的地旋轉……咒星神不斷擴散的笑聲，讓他體驗到如同有萬千隻老鼠在一點點啃噬著。

這種痛楚比千刀萬剮還要讓人不能忍受，影子甚至想一頭撞死，無奈身體卻是動也不能動。

就在影子即將徹底崩潰的時候，一股強大的浩然之氣從他的背心傳到身體各處，而丹田處被「咒星咒」化成的雪花所封禁的真氣也破禁而出，行遍全身。

咒星咒所帶來的痛楚頓時消散，影子犀利的目光重新投向咒星神。

咒星神有些不敢相信地道：「你怎麼可以……」

可話尚未說完，她就停住了，因爲她已經知道了原因，更因爲她看到了漠，或是空悟至空。

空悟至空的頭緩緩從影子的身後移了過來，完全出現在咒星神的眼前，臉上是淡淡的笑意，「我終於找到你了。」

空悟至空的出現顯然比影子破除咒星咒更讓咒星神感到吃驚，或者說，她根本就未曾想到空悟至空可以找到自己。

世間萬物的一切運行法則，既在意料之中，又在意料之外，這是咒星神對銘劍所說的話，現在，沒有誰比她對這句話更有深切體會了。

咒星神道：「你是怎麼突破那個雪花結界而找到我的？」

空悟至空笑了笑，道：「因爲我終於知道了，是無限的思想大，還是無限的世界大！」

咒星神顯得茫然，她望著空悟至空，不知他到底在說些什麼。

空悟至空卻沒有理睬咒星神茫然的眼神，而是拍了拍影子的肩膀，笑著道：「看到你再次活過來，我很高興。」

影子亦笑著道：「如果我活不過來，死了也不會放過你的，因爲是你出主意讓我死的。」

空悟至空道：「如果你活不過來，那我就只好陪你一起死，去另一個世界，我可不想孤伶伶地一個人待在幻魔大陸。」

影子道：「所以，我們誰也不可以離開誰。」

空悟至空笑道：「這話怎麼像一對小情人說的？聽在耳裡好不肉麻。」

影子笑道：「如果你想當我的『小情人』，也未嘗不可。」

「你們說夠了沒有？」咒星神這時出言喝止道，她明知兩人是故意而爲之，但她不能容忍兩人忽視自己的存在。

空悟至空道：「我們兄弟說話，外人少插嘴。」

咒星神冷笑一聲，道：「你們別忘了這裡是什麼地方。」

空悟至空輕慢地道：「我當然知道這是主宰著幻魔大陸的星咒神殿。」卻是看也不看咒星神一眼。

咒星神又是一聲冷笑，道：「是的，我忘了你來星咒神殿是爲了幹什麼的。」

空悟至空扭頭望向咒星神，道：「你也忘了我們之間有個賭約，而我卻贏了。」

咒星神完美絕倫的臉龐顫動著，卻沒有說什麼。

空悟至空又道：「我曾聽你說過，如果我贏了，你會回答我所有的問題。難道你想殺了我麼？如果那樣，或許沒有人知道這件事曾經發生過。」

咒星神自牙縫中擠出七個字：「你以爲你贏了麼？」

空悟至空反問道：「難道我現在找到的不是那個『只聞其聲，不見其人』的咒星神主神？」

「當然是！」咒星神道。

空悟至空臉上浮現出燦爛的笑意，道：「那我就顯得有些不明白了。」

咒星神道：「你根本就未曾贏過我！只是，你能夠突破那片雪花內的世界，對我已經是一種極大的震撼，儘管我早知會出現這種結果。」說完，咒星神輕淡地一笑。

空悟至空卻毫不在意地道：「你這是欺騙自己，還是安慰自己？雖然我早知道，所有神族的人都自視甚高，是不會向被他們認爲低級智慧之人認輸的，但也不會厚顏無恥到如此地步。如果你還以爲你沒輸的話，我也毫不介意，當作什麼事都沒有發生過。」

咒星神似乎知道這是空悟至空的故意中傷之言，其目的是在惹她不能保持心緒平靜。她道：「你也不用再白費口舌了，其實你知道你已輸了，我們的賭約是一天的時間，而現在，你知道是什麼時辰麼？第二天已經過了一半。」

空悟至空彷彿一下子洩了氣，對於這個結果他顯然早已知道，他只不過想討些嘴上的快慰而已，不由歎息道：「是的，是我輸了。」

咒星神臉上露出了淡淡的笑意，道：「但我卻不知道你是怎樣突破結界找到我的。」

空悟至空道：「因爲我已知道，相對於無限大的思想，你所締造結界內的世界只是一座小城而已，只要我的思想比你的思想更大，便能突破你所締造結界內的世界。」

咒星神剛才略帶笑意的臉漸漸變得有些凝重，低沈地道：「我不明白你的意思。」

空悟至空看著咒星神在笑，道：「你明白的，沒有誰比你更清楚怎樣突破雪花內的世界。你以一片微不足道的雪花內的世界禁錮我，是想讓我認識到這個世界的任何存在都是值得敬畏的！就連一片雪花，它的存在，也有著平常人無法想像的內在世界。你想讓我知道，連一片雪花我都無法突破，這偌大的幻魔空間，又怎可能隨意改變？這天地間任何一物的存在，都在其內在奧理。一沙一世界，一片雪花也有著內在的世界。整個幻魔空間之所以能夠存在，整個世界之所以能夠維持這種現狀，都是有其存在的道理的，不是人所能夠改變的。但你可曾知道，我之所以選擇這樣一條路，並不是想改變這個世界，而只是想知道，這個世界爲何以現在這種方式存在？是否還有第二種存在的可能？我只是想弄明白一些事情而已。」

咒星神道：「看來是我錯了，以一片雪花的世界確實不能禁錮你的思想，你的思想遠比一片雪花內的世界更大。」

「不。」空悟至空道：「我的思想並不比一片雪花的內在世界人，任何人都不敢這樣說！只是一片雪花的內在世界是人的思想永遠無法控制的，而控制一片雪花的你思想卻是有限的！我的思想比你的思想更深，所以才能突破一片雪花內的世界，突破你的禁錮。」

咒星神臉上的表情一時陰晴不定，良久，她才道：「我現在才明白你爲何能夠背叛死亡地殿，而歷經數千載仍存於這個世間。你的存在遠不只是一個有限的形體，而是一種不滅的叛逆思想，這種『思想』也並非只是屬於你一個人的，它代表的是所有與你有著同樣思想的人！你遠比我想像的要可怕！」

空悟至空臉上不禁露出了笑意，他道：「謝謝你的誇獎，沒有什麼比一個對手的肯定更讓人感到高興了。」

咒星神道：「但你別忘了，你終究是輸了！」

空悟至空笑著道：「我沒有忘，我接受你的任何處置。」

半晌沒有出聲的影子這時終於出聲了，他望著咒星神道：「你很想知道月魔最後對我說了一句什麼話對吧？」

第六章　月光神刃

咒星神聞言，怪異地笑道：「你並非真心想讓我知道，而是怕我會對付空悟至空才急於告訴我的吧？」

影子並不否認，道：「既然我們兩人一起來，就必須一起離開！我絕對不會讓漠留在這裡，而自己獨自離去！」影子的樣子顯得無比堅決。

咒星神意味深長地道：「你以爲我會對他怎麼樣？」

影子道：「我不管你會對他怎麼樣！」

咒星神大笑起來，然後道：「是的，你擔心我會把他變成像月魔一樣，關在無間煉獄，因爲那是每一個神族的叛逆者應該去的地方，所以你寧願拿出月魔最後說的話與我交換。但你可知，我對月魔最後所說的話從未感過興趣，也不想知道她對你說了什麼。先前，我只是不允許有人以挑釁者的姿態站在我的面前，那會讓我感到自己是無足輕重的，而沒有人是可以質疑神的權威的。你的交換條件在我眼中根本沒有任何價值！」

影子冷聲道：「是麼？」

他的左手突然揮出，冰藍色的月光刃突破那有著無數結界的二十丈距離，襲向咒星神。而他的人卻沿著月光刃劃過的冰藍色的軌跡，飛身向咒星神掠去。

咒星神面對著突如其來的攻勢，意態悠閒，她只是動了一根手指，那疾速奔至的月光刃就變成了一片片冰藍色的碎片，而影子卻從原軌跡退回，重重地摔在剛才所站之地，口中的鮮血洶湧溢出。

咒星神輕慢地道：「你不是我的對手，你還沒有到成爲我對手的時候。或許有一天，你會重新站在我的面前，但那不是現在，你現在要做的是如何戰勝朝陽，使自己成爲幻魔大陸最強的人，只有那樣，你才有機會救出月魔，才有可能要求我怎麼做。」

空悟至空將影子扶立起來，欲對影子說些什麼，而影子卻掙開了他的手。

影子的眼中射出森然的光芒，彷似那冰藍色的月光，望向咒星神，他的身體四周也開始被一層淡淡的冰藍色光暈所包圍，這種光暈就像縈繞在咒星神身周的那氤氳的星芒。影子身旁的空悟至空突然感到他和影子之間的距離一下子拉得很遠，他感到有些詫異，彷彿影子突然之間擁有了無窮的力量。這種力量一點點地從丹田深處釋放出來，讓包圍著身體的冰藍色光暈愈來愈淡，並漸漸向整個星咒神殿擴散。

咒星神亦感到些許意外。作爲一個神所擁有靈力的強弱，可以從他身體無意間散發出的光暈來衡量。雖然，影子是通過強大功力的催運使身體散發出冰藍色的光暈，可這愈來愈強的光量，也足見影子擁有了相當強的靈力。咒星神知道影子得到了月魔強大的靈力，身體的機能更因與月魔冰藍色的血液進行交換，發生了質的蛻變，更激發了那未曾被開啓的天脈內的能量。就本身而言，現在的影子已擁有了足以與神相抗衡的天神級的修爲，但對於咒星神這樣一個主宰幻魔大陸的主神而言，面對影子，她擁有著絕對的自信！

冰藍色的光暈盈滿整個星咒神殿的主殿，唯有咒星神身體一丈範圍內沒有被冰藍色的光暈所侵進。

突然，一聲刺耳的銳嘯劃破虛空，月光刃再次脫手而出，融入冰藍色的光暈中，整個星咒神殿的冰藍色光暈一下子被啓動，就像旋風一般繞著咒星神飛速旋動，漸漸地，咒星神的所在變成一片模糊，身體四周的星芒完全被冰藍色所壓制。

影子再度沿著月光刃破空的軌跡突破疊加了成千上萬結界的二十丈距離，他上次的進攻僅僅被咒星神一根手指便瓦解，這次，他以自身的功力完全將咒星神鎖定，就算不能完全將咒星神壓制住，但在咒星神有任何行動之前，他必定有所察覺。

月光刃撕破旋動的光暈，裡面的咒星神因強大靈力而自然散發出的星芒乍現乍消。

這時，飛掠近前的影子左手突然暴長，猶如一柄碩大的冰刀，刺向咒星神的所在。

這一攻勢凝聚了影子所擁有的全部月的能量，他必須借咒星神化解月光刃的攻勢之際，發動對咒星神最爲猛烈的進攻，這是他唯一的機會！

可冰刀尚未來得及刺進咒星神身周一丈，一隻纖長秀美之手閃電探出，繞過冰刀，直達手臂。

「咯嚓……」一聲脆響，影子頓感自己的左臂應聲而斷，疼痛感一瞬間傳遍全身。

影子自空中跌落下來。

所有攻勢土崩瓦解，冰藍色光暈亦隨之淡去，露出咒星神完美絕倫、傾國傾城的笑顏。

影子看到自己所發出的月光刃握在咒星神左手中，此時，因能量的渙散，正一點點地消解。影子似乎已經明白，無論他以怎樣的進攻方式，都不能對咒星神構成威脅，因爲自己所有的攻勢都被她瞭若指掌。兩者之間的實力，實在相差太遠。

但影子又怎會放棄？他怎能棄空悟至空不顧？那樣做的絕不是他！就算一點希望也沒有，他也必須繼續下去。他不能看到空悟至空像月魔一樣，空悟至空絕對不能去無間煉獄！

影子再一次站了起來，面向咒星神。

此時，兩人之間的距離不到五丈。

咒星神冷笑道：「只有你成爲幻魔大陸最強的人，才有可能勝我。現在，你根本沒有這個機會，我知道你不想空悟至空關進無間煉獄，但你現在根本沒有機會改變這一既成的事實。他是神族的叛徒，那是他必走的路！」

影子亦冷笑道：「是麼？我知道我無法戰勝你，但你卻不能阻止我繼續戰鬥下去。漠是我的朋友，我絕不會看著朋友被關進無間煉獄，直到我流盡最後一滴血！」

「但那是我們之間的賭約，我已經輸了。」空悟至空的手放在了影子肩上，臉上露出笑意：「我知道你把我當朋友，但朋友更應該尊重我選擇的權力。我和她之間有了賭約，我必須履行，就算你能戰勝她，我也一樣。否則，我一輩子都不會感到快樂。況且，關進無間煉獄又能怎樣？那裡能拘束的僅是我的肉體，思想絕不會消亡。只要有人想知道，『這個世界爲什麼會這樣存在著，有沒有第二種可能』便夠了。」

說完，拍了拍影子的肩，又望向咒星神道：「既然我已經敗了，當然願賭服輸！先前發生的事只是一個玩笑而已，在不好的事情到來之前，人總是有意識地抗爭著一些什麼，不是嗎？走吧，我想去無間煉獄。」

咒星神似乎早料到空悟至空會有此舉，對空悟至空的話並不感到詫異，她道：「在你去之前，你還有什麼話要說麼？」

空悟至空道：「沒有什麼可說的了，我已說得太多，想得太多，天地不容我，卻滅不了我的意志，人生在世不就是這樣一段苦旅麼？我離開神族，歷經幾世，不是一樣每次都回來麼？」

咒星神道：「也許這一次並不一樣，你會忘了曾經，忘了過去，甚至忘記你自己！」

空悟至空一笑，道：「真的有這麼多可忘的麼？」他轉向影子道：「我相信你一定能夠做

到的，沒有什麼能阻擋你，只要你相信自己！」

影子想說些什麼，但他的嘴只是動了動，卻沒有發出聲音。

「那你就去吧。」

咒星神的手一揮，空悟至空的面前出現了一道門。

空悟至空對著影子笑了笑，便義無反顧地朝門內走去。

門合上，虛空中不留一絲痕跡。

影子望著空悟至空消失的地方，他終究什麼都沒有說。是的，面對空悟至空，他還有什麼可說的呢？該想到的空悟至空都已經想到，該明白的空悟至空也都已經明白，這個世界沒有誰比空悟至空更大徹大悟。空悟至空明白自己所走的是一條什麼路，在這條路上他會遇上什麼，從離開死亡地殿的那一刻就已經明白。對空悟至空而言，也許只是覺得必須有一個人去走這樣一條路。

影子對著空悟至空消失的所在道：「我會記住你的話。」他相信，空悟至空一定能夠聽到。

這時，一道旋風捲向了影子……

第七章　生存方式

「你是什麼人？怎麼會來到神族部落？」一個聲音驚問道。

影子於是從夢中醒來，睜開了眼睛。

四周，有很多雙眼睛正在看著他，離他最近的是一雙大而圓的眼睛。

影子感到頭有些痛，像是剛從沈淪了一千年的夢中醒來，他一下子竟然忘了自己是誰，從這一雙雙疑惑、陌生而又真實的眼睛中，他才記起自己是影子，記起了星咒神殿、咒星神，還有漠。

「漠。」他口中輕輕喊道，他知道此刻的漠正在無間煉獄，承受著無法忍受的煎熬，眼中不禁有了些濕潤。

「喂，你到底是誰？怎麼不吭聲？是不是啞巴？」那個擁有一雙「大而圓的眼睛」之人又道。

影子這才回過神來，道：「這裡是什麼地方？」

「大而圓的眼睛」道：「原來你不是啞巴，難道你剛才沒有聽到我說這裡是神族部落嗎？

敢情你是個聾子？」

「神族部落？」影子重複道，他知道一定是咒星神讓他到這裡來的。

「原來你也不是聾子。」「大而圓的眼睛」道，惹得旁邊圍觀的人一陣哄笑。

影子望向和自己說話之人，原來是一個擁有一雙美麗動人眼睛的姑娘，穿著冰藍色的輕衫，頭紮兩條長長的辮子，直垂至腰間，樣子顯得活潑可愛。

有著美麗大眼睛的姑娘又道：「喂，你還沒有回答我你是誰，怎麼會來到神族部落？」

影子想了想，直言道：「我叫影子，我也不知道自己怎麼會來到這裡，我想是被人丟到這裡來的吧。」

影子重又看了一圈四周的眼睛，這才明白自己是躺在地上，於是站了起來。

大眼睛姑娘試探性地看著影子，道：「你說你不知道怎麼會來到這裡，卻又說是被人丟到這裡來的，你的話怎麼前後矛盾？」

影子知道無法向她解釋清楚，但也不想作什麼解釋，只是望著眼前的女孩道：「請你讓開。」語氣果斷，不能讓人拒絕。

大眼睛姑娘看著影子的樣子，不由自主地想讓開，可忽然又想起了什麼，道：「我憑什麼讓開?你身分不明，卻闖入神族部落，我們還沒有拿你問罪呢！」

「對，按照三部聯盟協定，凡擅闖三大部落者殺無赦！」圍觀的眾人起哄道。

影子不想惹事，亦不想和他們糾纏下去，他記得在剛才迷迷糊糊的夢中，漠對他說，讓他去找漓焰，說漓焰可以幫助他。雖然這只是一個夢，但他知道這是漠要對他說的話。在這樣一個沒有人可以給他信任的世界裡，也許這是他目前唯一可以做的事情。

影子雙腳翩然移動，如一陣風般從人群中穿插而過。

就在影子突破重圍，欲飛身離去之時，一串如行雲流水的熟悉琴聲傳入了他的耳朵，他的腳步不自覺地停了下來。

「人呢？怎麼突然間不見了呢？」身後，傳來眾人的驚詫之聲。

影子記得曾和漠聽過這樣的琴音，是一個叫泫澈的女孩所奏，也是她讓自己去西羅帝國帝都阿斯腓亞救褒姒的。

影子循音而去，身後之人看到了逃脫的影子，大聲喊道：「抓住他，別讓他跑了！抓住他，別讓他跑了……！」

影子聽到的琴音愈來愈清晰，身後的喊叫聲已經平息，顯然是有人制止了他們對影子的追趕。在前方，影子看到了一幢木造的二層樓房，房頂上鋪蓋的是乾草。房子十分寬大，占地足有三千平方，裡面透出溫暖柔和的燈光。

二樓靠東邊的房間，有窗戶正開著，熟悉的琴音正是通過窗戶傳出。

影子循音向前走著，兩旁身著戰甲、手持標槍的守衛卻對影子視而不見。

影子走近房子前面，一侍女模樣打扮之人恭立門旁，道：「族長有請！」

影子也沒有多問，便逕自走了進去。

外面看是木造、顯得樸實的房子，裡面卻是富麗堂皇，不亞於任何皇宮大殿，連地面都是以雕刻精美的白玉鑲嵌而成，更別說偌大的廳堂四壁的精緻擺設。而且影子看到，每一擺設旁邊皆雕刻著字體加以說明，顯然每一件物品都有著不平凡的來歷。

影子跟著那侍女來到了二樓靠東邊的那間房門前。

侍女無聲退下，裡面的琴音也相繼停了下來。

「既然來了，就進來吧。」

裡面有聲音傳出，令影子詫異的是，這聲音並不是屬於泫澈的，而是法詩藺！現在的紫霞！

影子遲疑著沒有推門，他的心無法保持平靜。門，這時從裡面開了。

影子看到了紫霞的臉。

「歌盈果然沒騙我，她真的將你救回來了！」影子有些激動地說。

紫霞望著影子，眼神很篤定，卻又飽含深情，道：「我一直都在等你。」

影子心中陡然升起了一股溫情，千年前的記憶，似乎一點一滴地回流，但千年前的記憶，究竟是愛還是怨？

影子冷靜了下來，問道：「我想知道剛才是誰在彈琴？」

「是我。」紫霞答道。

「可我上次卻聽到了同樣的琴聲，絕對是出自同一人之手。」影子道。

「上次也是我彈的，是我讓泫澈不要告訴你。」紫霞道。

「原來上次也是你所奏，也是你讓泫澈告訴我，褒姒出了事，讓我去西羅帝國？」影子道。

紫霞點了點頭。

「為什麼？」影子道。

「我欠你的，我在做補償。」紫霞答道，卻不作過多的解釋。

影子笑道：「看來我注定無法逃脫你的掌控。」

紫霞道：「我一直都是在幫你，我希望你能夠贏——我不想再看到千年前兩敗俱傷的一幕。」

影子道：「是的，你們都在等待著一個安排好的結局出現，這是你們設定我命運的方向，我沒得選擇，只有這一條路可走，這是多麼偉大和奇妙的命運的力量啊！哈哈哈……」

影子的笑似乎變成了哭。

紫霞一言不發，轉身離去，她心裡道：「我知道你心裡很苦，一直在抗爭著，你可知他們並不是我，我也在抗爭著……」

朝陽從空中飛掠而下，他並沒想瞞過妖人部落的警衛。

「什麼人？」一名腰佩長劍、身著戰甲的人從眾戰士身後站了出來，中等身材，卻顯得異常魁武，臉在月光映照下黑得發亮。

朝陽冷冷的目光望向那人，那人頓感一股透徹心扉的涼意席捲全身，禁不住打了一個寒戰。

「我要見泫澈。」朝陽低沈地道。

那人定了一下心神，重新打量了一眼朝陽再一次道：「你到底是什麼人？」語氣卻沒有了上一次的嚴厲。

「鏘……」一聲錚鳴，一道赤紅的電光耀亮夜空，乍現乍消。

一陣風吹來，那些包圍著他們的所有戰士齊聲倒地，月光下，脖頸處皆有一線血紅，鮮血正在汩汩流出。

朝陽走出不到百步，又被一隊戰士圍定。還沒待有人開口，朝陽便道：「我要見泫澈。」

「你是什麼……」

那名戰士的一句話還沒有說完，聖魔劍淒豔的紅光再次耀亮夜空……

一排排的人倒了下去，更多的人又趕到，朝陽不再說什麼話，聖魔劍如夜空中的惡龍，兇殘地吞噬著每一個到來的生命。

「住手！」

終於有聲音在這一片殺伐之中響起。

朝陽停了下來，泫澈從眾戰士中間向他走來，平靜地道：「你不過是想見我而已，何必殺那麼多人？」

朝陽道：「因爲我不習慣別人問我問題，我也不喜歡回答別人的問題。爲何你們會來到妖人部落聯盟，你與她又是什麼關係？」

泫澈道：「你會知道的，但不是現在。」說完，她轉過身去，道：「跟我來。」逕自向前走去。

層層將朝陽包圍的戰士讓開了一條通道。

第八章　聯盟禁地

在妖人部落聯盟有三座最高的建築，分別是人族部落、神族部落及魔族部落的祭天台，三座祭天台高達九十九米，以犄角之勢而建。三座祭天台之間相距皆爲一千米，分毫不差。

祭天台，顧名思義，是用來祭天乞福之用，位於三大部族中間的一塊禁地，石砌而成，但建成至今，三大部族從來沒有人在祭天台祭過天，乞過福。或許是妖人部落聯盟的三大部族皆爲異類之故，不相信天命，因此沒有人在祭天台祭天乞福。令人費解的是，當初建造它們，並取名「祭天台」又是何故？而且從一開始到現在，祭天台一直被列爲禁地。三部族的居民沒有人可以隨意進入，其四周長期有手持兵器的三族將士護守，而且這些將士是三大部族的精銳之師。

對於奇怪的事情，時間長了，人們也就見怪不怪，就像吃飯一樣。因此，久而久之，三座從沒有用來祭天的祭天台便成爲眾人日常生活的一部分，習以爲常。

此時，高空之月，已有西垂之勢，在神族部落的祭天台上，一道人影拉得很長，夜風吹動她的衣衫，如同天上的仙子，超然出塵。

朝陽跟著泫澈來到了這片禁地的周邊，他第一眼便看到了祭天台上站立的身影，那紫色的衣衫讓他一眼便認出了此人是紫霞！

泫澈等人的到來立即引起了守護將士的注意，當他們看到來者有泫澈在其中之時，便又自行離去。顯然，以泫澈在神族部落族長的身分是可以來到此地的，但泫澈只是站在禁地界線一百米之外，並沒有進一步深入，似乎連泫澈也是不可隨意進入裡面的。

月光之下，三角禁地圈內，枯黃的荒草很深。

朝陽沒有出聲，只是望著祭天台上的身影。

泫澈道：「她在等你。」

朝陽冷冷的眼神望向泫澈，再未說話。只是一步步向祭天台方向走去。

朝陽沿著蜿蜒而上的台階登上了祭天台。

祭天台上，紫霞背對著朝陽，清冷的夜風將她紫色的衣衫揚得很高。

祭天台為正方形，約有四十平方，四周石製的護欄因歲月風雨的侵蝕，上面已經剝落了一層。

朝陽與紫霞相距約二丈左右站定，風吹來，黑白戰袍發出獵獵的響聲。

紫霞道：「知道我為何讓你來到這三部族禁地麼？」

朝陽道：「因爲你想將我困在這裡，這裡是天地陰陽倒轉之地，任何武技、魔法、精神力在這裡都不能發揮作用。聽說神族有一位最能戰的戰神就被困在此地，再也沒有離開過，不知是否確有其事？」

「但你卻來了。」紫霞道。

「是的，我來了。這個世上，已沒有什麼是我無法面對的。」朝陽傲然道。

「也包括我？」

「是的，也包括你。」

紫霞始終沒有回過頭來，她沈吟著，也沒有說話。

清冷的夜風在兩人之間吹過。

半晌，紫霞道：「你今晚來此是爲了什麼？」

朝陽道：「無語曾占卜過星象，星象中說，這次我會遇到生命中最強的對手，他說這個對手是我自己，而我卻認爲不是。」

紫霞道：「這與你今晚來此有什麼關係？」

朝陽輕淡地一笑，道：「當一個人的對手是自己之時，他首先應該除去讓自己成爲自己對手之人，也就是這個讓我成爲自己對手之人——你！所以，今晚我們兩人的目的都是一樣。」

紫霞的聲音依然很平靜，道：「無語大師有沒有說誰會贏？」

朝陽道：「無語說，他還想活著回到星咒神殿，他不想死得太早，所以天機不可洩漏。」

紫霞道：「看來大師是一個聰明人，知道什麼該說，什麼不該說。」

朝陽道：「而對我來說，結果是早已注定的，不存在第二種可能。」

紫霞道：「既然如此，你應該早就到來，爲何直到今天才至？你在爲自己營造著足夠的理由：你看著法詩藺死去，你殺死那麼多神族部落的將士，都是因爲你在害怕著你自己，你需要足夠多的藉口支撐，藉以說明你可以淡忘，放棄一切！」

朝陽冷笑道：「你什麼時候言辭變得如此犀利了？這不像我所認識的你。」

紫霞道：「因爲我已經不再是千年前的我，千年前的我沒有選擇，而現在我卻有了選擇，我知道自己該怎麼做。」

「哦？」朝陽頗感意外，道：「我倒想聽聽你所謂的選擇是什麼？」

「我選擇了影子，而不是你。」紫霞道。

無論朝陽想怎樣克制自己，他的心仍不由得一震，臉色迅速變了，變成了鐵青色。

「我必須幫助影子戰勝你，這是我今天在此等你的原因所在。」紫霞接著道。

朝陽臉上的肌肉扭曲著，一字一頓地道：「你會爲你這個選擇後悔的！」

紫霞道：「一千年前，我爲了不讓自己後悔，什麼都沒有選擇。我曾認爲，這是最好的選擇，可結果我們三人都從幻魔大陸消失。今天，如果事實說明我的選擇是錯誤的，那就讓我後悔一次，後悔我也無憾。」

朝陽無法再保持內心的鎮定：「爲什麼？爲什麼你選擇的是他而不是我?!」

紫霞道：「沒有爲什麼，這只是一種選擇，不是你就是他。其實在千年前，我早應該選擇他，如此一來，也許事情就不會變成今天一樣，悲劇又一次重演。」

朝陽冷笑道：「看來早在一千年前，你的心已經屬於他了。」

紫霞沒有出聲。

「但既然你已經作出了選擇，爲何不敢回頭面對我？難道你也在害怕著什麼？還是你已經知道自己的選擇是錯誤的？抑或是你的選擇是『他』所不允許的?!你沒有面對的勇氣！」朝陽放肆地大笑。

紫霞仍沒有出聲，只是她的背影被西斜的月光拉得愈來愈長，從祭天台一直綿延到地上。

突然，朝陽一下子向紫霞衝了過去，這是一種用生命作爲能量迸發的速度。紫霞還未來得及有所反應，就被朝陽抱在了懷裡，從祭天台向禁區外飛掠而去。

而這時，明淨的夜空一下子變暗，整個夜空迅疾塌了下來，形成重逾億鈞的鋪天蓋地的力量，三座祭天台形成的三角禁區飛速旋轉，大地向上升起。

天地交合，陰陽互轉。

朝陽頓感自身被一股強大得無法抗拒的魔力所牽引，身體內所擁有的力量一下子被吸扯完，從半空中直往下墜。眼前近在咫尺的禁區邊界像永遠不可到達的彼岸，在下埸的天和升起的地之間開始慢慢消失，最後天與地融爲了一體，形成了一個混沌不停飛旋的世界。人隨著整個世界旋轉，但朝陽緊抱著紫霞的手卻愈抱愈緊。

明知會有這種結果，他仍是義無反顧地作出了這樣的選擇——他不相信自己的力量不能改變這一切……

這是一個漫長的夜，漫長的夜總是給人無窮無盡的感覺，彷彿黎明永遠不會到來。淒迷的琴聲在夜空中擴散開來，淡淡的，似有似無，就像一個落寞的人在低緩地訴說著自己的心事，其中的旋律卻是雜亂無章，跳躍性極強。

影子持著酒壺倚在窗前，眼睛迷離恍惚，酒杯湊著嘴唇，而酒卻沿著脖子打濕了衣衫。他傻傻地一笑，含糊地道：「這琴是專門爲我彈奏的麼？我倒要去看看她是誰。」

說完，執著酒壺自窗口向外飛掠而下。

循著琴音，影子晃動著身子，高一腳低一腳地走著，在星羅棋佈的草舍及木舍之間穿行，他終於找到了琴音所傳之處，那是一間極爲普通的草舍。

他顯得有些傻地笑了一下，正欲推門而進，裡面的琴音突然發出一聲刺耳的錚鳴，接著便是一聲厲斥：「不要讓我見到你！」

是泫澈的聲音。

影子醉意朦朧地道：「爲什麼？我從來沒有聽過如此真實的琴音，比你上次彈奏的好聽多了。」

泫澈道：「你想知道這是爲什麼嗎？」

影子道：「上次不是你彈的，這次卻是有感而發。」

泫澈發出悽楚的笑聲，道：「有感而發？是的，是有感而發。我從來就討厭這些狗屁音律，卻被人逼著彈琴，現在終於沒有人再逼我了，卻是有感而發？真是可笑之至！」

影子對著酒壺喝了一口酒，道：「須知這個世界真實的東西實在是太少了，有感而發是屬於內心的東西，自是十分美的。」

泫澈的聲音顯得氣極，大聲道：「你馬上給我滾！我不想看到你，也不想聽到你的聲音！」

影子又喝了一口酒，道：「爲什麼？你的琴音引我來到了這裡，我們應該有話說才對，卻爲何要趕我走？」

「你馬上給我滾！」泫澈再一次厲聲喝道，同時聽到草舍裡面有重物摔在地上的聲音，接著錚鳴聲不斷。

泫澈將琴摔在地上，斷成了兩截。

影子醉意朦朧的眼睛睜了睜，道：「你爲何如此生氣？這應該不是你的性格才對。在我的印象中，你應該很愛笑。」

「滾！！」泫澈第三次道。

影子自顧笑了笑，道：「我知道應該滾，這裡本不是我待的地方，連我自己都不明白自己爲何會待在這裡。我還要去救月魔，去救漠，他們現在不知是冷還是熱，他們還能夠忍受嗎？是的，我早應該離去了，我早應該去想辦法救出他們，何以還在這裡？」

「砰……」酒壺落地，影子轉了一下方向，跌跌撞撞地起步離去。

「嗖……」草舍內，一道白色的身影閃電般射了出來。

「啪……」影子感到自己的臉重重地被人摑了一記耳光。

他反應遲頓地摸了摸被打的臉，然後緩緩擡起了頭，看到了一身白衣的泫澈站在了他的面前，雙眸充滿極度的仇恨之意。

影子道：「你爲什麼打我？不是你讓我走的麼？現在卻又來打我。」

泫澈極冷地道：「你以爲你可以輕鬆地一走了之？你可知道紫霞爲了你所作的犧牲？爲了你，她寧願與朝陽一起被困在三族禁區、天地陰陽倒轉之地，與朝陽一起同歸於盡！」

影子微微擡起眼睛，道：「你說什麼？我沒聽清。什麼朝陽？什麼三族禁區、天地陰陽倒轉之地？」

「你別給我裝傻了！」泫澈又在影子另一邊臉上摑了重重一記耳光。

影子又摸了摸被打的另一邊臉，他的眼神陡然變得十分犀利，望著泫澈道：「這與我又有何干？」

「她所做的這一切都是爲了你！千年前的一幕必定又重演，你與朝陽不是同時毀滅，便是只能生存一人。因爲幻魔大陸只能擁有一位最強的人，只有他才可以面對四大神殿，面對命運之神！而這個人，便是你們兩人中的一個！不是你，就是朝陽，只要朝陽死去，幻魔大陸便是屬於你的。你才可以面對四大神殿，面對命運之神，救出月魔及空悟至空！紫霞選擇了你，她在爲她的選擇，犧牲自己！」泫澈大聲道。

影子站著沒有動，夜風撩動著他的頭髮及衣衫，他想起了紫霞所說之話，「難道她所說的是真的？」忽然，他望著泫澈笑了，道：「這與我又有何干？這只是她的選擇，並不是我的。」

第九章　無法選擇

泫澈再一次準備搧影子耳光，但她的手卻被影子給抓住了。

影子道：「你真的以爲我的臉是任何人都可以打的麼？」說罷，一把將泫澈的手甩開。

泫澈道：「難道紫霞所做的這一切，在你眼中真的一文不值？」

影子冷冷地道：「這是她的選擇，沒有人逼她這樣做。」

「可她所做的一切都是爲了你。」泫澈道。

「爲了我？」影子冷笑道：「恐怕並非如此吧？」

「她以自己的生命爲代價，以換取你的勝利，你難道還在懷疑她？懷疑她這樣做的目的？」泫澈近似歇斯底里地道。

「誰又知道呢？」影子冷然道：「這個世界，我相信的只有自己！」

說完，影子繞過面前的泫澈，逕自離去，步伐強而有力。

泫澈待了一下，自語般道：「紫霞，看來你所做的這一切沒人領情，你的犧牲毫無價值。」

頓了一下，轉而又自語道：「既然如此，我也不能讓他如此安然地存活於這個世上，那就讓他也一起去死吧！」

無形肅殺之氣由泫澈周身狂暴湧出，瞬息之間，席捲大地。

一柄雪亮短劍倏然出現在泫澈手中。

劍起，劍芒標射而出！

泫澈雙足點地，如怒矢般刺向影子移動的背影。

而影子卻只是向前走著，腳步平緩從容，似乎根本未感到背後絕世殺意的迫至。

他的眼神平和篤定，望向前方的路，身形在狂暴勁氣下孤獨落寞。他的眼前只有路，腳下也只有路。

但他的心中也只有眼前的這一條路麼？

劍氣愈來愈凜冽，刺空所發出的銳嘯之聲足以讓人的骨頭都爲之開裂，劍勢與殺意更是到了無以復加的巔峰，整個天地彷彿回到了鴻蒙未開的混沌之中，而影子與劍之間也已經到了再近不過的地步了。

就在劍即將及體的一剎那，影子突然回過頭來，道：「你何必表演呢？你不會殺我的。」

劍滯了一滯，狂暴的劍勢轟然潰散。劍刺穿了影子的衣衫，刺破肌膚，停在了他的胸前，沒有再進一寸！

泫澈不敢相信地道：「你怎麼知道我不會殺你？」周身殺意全消。

影子輕淡地道：「要死我早就死了，而不會等到今時今日面對你。況且，你剛才的殺勢是因恨而起，並非真正的殺意。」

泫澈冷哼一聲，道：「你以爲我真的不會殺你麼？」

影子道：「如果可以的話，我倒是寧願死在你手裡。」

「爲什麼？」泫澈有些納悶。

「至少你是一個讓我感到比較真實的人。」

影子將泫澈手中的短劍從自己胸前移開，重又轉身離去。

泫澈呆呆看著影子離去的背影，心中自問道：「我真的不會殺他麼？」猛然，她又想起了紫霞，厲聲道：「不，你不可以就這樣離開！」

劍再度刺出，迅如疾電地從後背刺向影子。

影子突然轉身，迎著劍，右手探出。

「哧……」劍刺穿了影子的手掌，而影子五指箕張，將泫澈的玉手抓住，往外一拉。

「咔嚓……」泫澈手臂發出脫臼的聲音，劍把握不住，被影子奪了去。

這一著大出泫澈意料之外，她沒想到影子竟然會犧牲自己的手掌來奪劍。

泫澈以左手托著右手，道：「你不是說寧願死在我手上麼？何以又要還手？」

影子道：「但我更對自己說過，我必須要救出月魔及漠。」說著，將刺穿手掌的短劍拔了出來，立時鮮血激射。

劍隨手擲出，沒入地面。

隨即，影子又轉身離去。

泫澈望著影子離去的背影，這一次再也沒有採取任何行動。她之所以要將紫霞犧牲自己的消息告訴影子，是想看看他有什麼反應，可影子的反應實在太讓她失望了，根本沒有什麼反應！如此她硬將影子留下來，又有什麼意義？難道他會救紫霞出來麼？這只是自己一廂情願的美好願望罷了。

泫澈苦笑一聲，她不知自己什麼時候變得如此之傻。

「紫霞，現在已經沒有人與他爭了，但你的犧牲到底值不值？你讓我不要告訴他，但我告訴了他又如何？千年前的沒有選擇是一次錯誤，千年後的今天，你的選擇一定是對的麼？」

五個月以前。

漫天的雲霧，白色的，充滿整個世界，可漸漸地，被紫色的雲霞所代替，那顏色，鮮豔得令人心悸。也許，自從開天闢地以來，神族天宮就從來沒有這麼純正的顏色，在這個離太陽最近、離月最近、離星最近、離大地最遠的地方，處處充滿神奇，處處又都是冰冷的。

「姐姐，我們終於又回來了。」

歌盈望望四周熟悉而又陌生的場景，又望著懷中沒有知覺的法詩藺的屍體，神情複雜地道。她的懷中還同時帶著一顆心，是影子的心。影子以自己的生命爲代價，懇求她能夠將法詩藺救活。闊別了一千年，她又重新回到了這裡，一千年的遊蕩，她所等待的，也正是這樣一天的到來。

此時，在歌盈面前的，是無限向上延伸的九千九百九十九級玉階，每一級玉階都寬不著邊。在九千九百九十九級玉階的最上面，便是祥雲瑞氣縈繞的命運之神的神殿，那主宰著整個幻魔空間、至高無上的象徵。

歌盈抱著法詩藺跪了下來，一級一級地磕著玉階，往上攀去。

一千年前爲了紫霞而離開這裡，就注定一千年後的今天，她必須一級一級地磕著玉階往上攀，這是她唯一晉見命運之神的途徑。

月亮落了又升，升了又落，那九千九百九十九級玉階彷彿沒有盡頭，還是那麼遙遠，可歌盈卻是已經磕破了頭，細股的血沿著兩頰不規則地流下，兩處膝蓋早已磨破，鮮紅的血浸滿白色的裙衫。但爲了姐姐的復活，她就必須堅持著往上磕移。

也許，她從未想過平時轉瞬間的距離，對於此時的她來說，卻是如此難以企及。

從歌盈磕上第一級玉階開始，就有一個人遠遠地看著她的舉動。現在，已經離歌盈很近了，歪著頭，以天真疑惑的眼光看著她。

這人是泫澈，還很年輕，不到一千歲。以往，泫澈曾聽人說過，每一個離開神族天宮又重新回來求見命運之神者，都要一級一級地磕著玉階，否則，就算到了，神殿的門也不曾開啓。那時，她在想，肯定是那些人在把她當小孩哄。可今天，她卻親眼看到了這一幕。她忘了回家，忘了族中人告誡她不要到玉階上玩耍，就這樣看著歌盈，陪著歌盈一級一級往上磕移。

在她小小的心靈中，特別想知道到底是什麼樣的事情竟讓人不顧頭破血流的疼痛，也要抱著一個已死去的人一級一級地磕著玉階。她記得自己有一次不小心摔跤，擦破了皮，流了血，那種感覺很痛。難道這個人不怕痛麼？

此時，在泫澈的手中，還提著一個花籃，裡面鮮豔的花已經全部枯萎了。她也忘了，自己是來給命運之神送花的。

終於，泫澈忍不住彎下身子，問道：「你痛嗎？」

歌盈沒有回答，只是一級一級地往上磕移。

泫澈毫不介意，又道：「我知道你一定很痛，要不要我幫你包紮一下？我上次手上擦破了皮，還是自己給自己包紮的。我先用玫瑰、紫羅蘭，還有百合、水仙敷住傷口，再用絹帕包紮，很快就不痛了，你要不要試一試？」

沒有回答，只有頭與玉階碰磕的聲音。

「你不相信我嗎？我叫泫澈，是給命運之神送花的，偶爾也唱唱歌給他聽。本來，這些事是有人做的，可聽族人說，一千年前，花之女神、歌之女神離開了這裡，於是這些事就沒有人做了，直到五百年前我開始做這些事情……」

泫澈把頭低到貼著玉階，看著歌盈的臉，而歌盈的臉上沒有絲毫的反應。

泫澈又道：「你要不要我唱首歌給你聽？是命運之神經常讓我唱的那首歌。雖然我沒有見到命運之神長得什麼模樣，但他在寂寞的時候總是讓我唱那首歌。後來我才知道，這首歌是以前的歌之女神專門為他唱的，我現在就唱給你聽……」

「古老的陶罐上，早有關於我們的傳說，可是你還在不停地問，這是否值得……喂，喂，你怎麼了……？」

歌盈醒了過來，正欲繼續磕著玉階往上攀移，卻發現已經到了盡頭。眼前，是那森然冷硬的鐵鑄的門。

「你醒了？」旁邊傳來泫澈關切的聲音。

歌盈冷冷地望向泫澈，道：「是你將我帶到這裡來的麼？」

泫澈忙辯解道：「不，是你一級一級磕上來的。雖然我不知道你是誰，但我知道，若是我幫你，你前面所做的一切都會白費。」

歌盈見泫澈的樣子不像是在撒謊，也就不再理她，掙扎著站了起來，然後對抱在懷中的法詩蘭道：「姐姐，我們終於到了，我會重新讓你活過來的！」

接著，便去推門。

泫澈看著歌盈，不敢作聲。當門緩緩開啓的一剎那，泫澈陡然想起族人對她說過的話，忙道：「糟了，我得馬上離開。」

說罷，便提著花籃急欲離去。

「泫澈留下。」透過開啓的門縫，傳來一個人的聲音，似乎久未與人說過話，那聲音有著令人心冷的寂寞和孤獨。

泫澈的腳尚未邁出，便不由得收了回來，她轉過身，忙跪下怯怯地道：「泫澈不是有意來這裡的，請神主寬恕泫澈。」

沒有聲音作答。

歌盈站在開啓的門前，這時道：「歌盈與姐姐紫霞求見神主。」

泫澈一愣，不禁擡起頭望向歌盈。她沒想到這磕滿九十九百九十九級玉階的人竟是一千年前離開神族的歌之女神。

「花之女神呢？」

「二姐已經死了。」歌盈的眼淚流了下來。

門，已經完全開啓，裡面一片陰暗，寂寞的氣息迎面撲來。

泫澈不禁渾身打了一個冷戰，她沒想到偉大的命運之神竟是置身於如此令人窒息的環境中。以前，她只聽過他的聲音，每次送花只是去往神族長滿參天修竹的林子裡，然後便離開，就算偶爾聽到神主讓她歌唱，隱約看到的也只是背對著她的一道身影。面對林中小湖垂釣的身影，雖然孤獨，卻從未有如此冷的感覺，她實在不明白，主宰整個幻魔空間的命運之神爲何會總是一個人，而不像她，可與神族的眾人在一起，過著無憂無慮、開開心心的生活。

「難道愈偉大的人就愈孤獨麼？」泫澈小小的心靈第一次有了一種悽楚的感覺。

「你想讓紫霞復活？」

「是的，歌盈離開神族，就是爲了有機會找到姐姐，並讓她復活。如今，我已經找到了和姐姐長得一模一樣之人，千年前的那幅畫，還有影子的心。求神主看在死去的二姐的份上，能讓姐姐活過來。」

說著，歌盈雙膝撲通一聲跪下，鮮血浸溢在冰冷的玄武石面。

「她的元神已經消散，沒有人可以救她。」

「但神主一定能！」歌盈搶著道。

裡面的聲音良久未語。

「求神主一定救救姐姐，讓姐姐重新復活，求神主一定救救姐姐，讓姐姐重新復活……」

歌盈邊哀求邊重重地讓頭與玄武石面碰撞著，聲音一聲響過一聲，血已經流了很多。

泫澈看在眼裡，不由得心驚肉跳，她還從未看過如此殘忍的場面。

裡面孤獨冷漠的聲音又響起：「雖然我身爲命運之神，但世間萬物自有其運行規律，破壞一種規律，是要付出代價去彌補的。」

歌盈擡起頭來，血流滿面，道：「歌盈不惜付出一切，包括生命作爲補償。」

「泫澈，將紫霞抱進來，還有那幅畫及影子的心。」

泫澈一愣，一下沒回過神來，道：「神主是在跟我說話嗎？」

沒有聲音回答，而歌盈卻站了起來，將懷中的法詩蘭放在泫澈手中，又將那幅畫卷及錦盒中裝著的影子的心交給泫澈。

泫澈不明白神主爲何不直接讓歌盈進去，而要讓她抱著法詩蘭進去，但她不敢多問，只得抱著法詩蘭進入神殿，心中惶惶不安。

泫澈剛進入神殿，又禁不住打了一個冷戰，全身的毛孔都在收縮，這種寂寞孤獨的氣息讓她的心都感到了通透的冷。她不明白是因爲命運之神讓這裡充滿孤獨寂寞的氣息，還是這裡讓命運之神變得如此孤獨寂寞。

她不敢擡起頭，整個大殿回響著的是她腳步移動的聲音以及她的心跳聲，雙眼的餘光努力想看清坐在最上面的人，但陰暗之中只隱約可見一道模糊的身影，而腳下的路似乎也變得很漫長，雖然那模糊的身影近在眼前，但總是感覺相距幾萬里。

瞬息之間，泫澈感到自己長大了很多，以前她看到的是世界的一面。她曾以爲，整個世界都是她所見到的那個樣子，充滿開心快樂，無憂無慮，而事實上，世界不僅僅是如此，還有許多未知的人和未知的事，還有她無法理解的另一種生活方式。而她的心中，也充滿了想瞭解這個世界的渴望。

「將她放下。」

孤獨冷漠的聲音傳來，泫澈依言將法詩藺放在了冰冷的地面，並將那幅畫卷和裝有影子之心的錦盒一併放下。

這時，泫澈看到那幅畫卷飄於空中，自行展開了，畫卷裡面的畫像與地上死去的女人一模一樣，而相較於地上死去的女人，那幅畫像中的女人卻彷彿是活的一般，恍惚間，好像欲從畫卷中走出來，走進那冰冷的屍體……而那個錦盒，這時也彈開了，泫澈赫然看到裡面的心正在均勻有力地跳動，她不禁嚇了一跳。

「姐姐，有了他的心，有了他對你的愛，你會重新活過來的。」

神殿外，歌盈的淚流了下來，她的臉上充滿了幸福的表情，千年的努力終於有了回報……

此時，在妖人部落聯盟，泫澈望著影子消失的背影，想著曾經發生的事，思緒萬千。也正是那一次，她離開了神族，隨重新復活的紫霞來到了人族和魔族共存的幻魔大陸，而歌盈付出的代價是死，她製造了天壇太廟的巨爆，讓自己死在朝陽手中。

歌盈爲紫霞而死，而紫霞活過來又能怎樣？她毅然離開了神族，重新回到幻魔大陸。她想阻止千年前悲劇的又一次重演，她要改變這一切！但她真的能改變麼？抑或又一次踏上了悲劇之路？

泫澈不禁想起了自己，現在的自己已不再是五個月前的自己了。歌盈與紫霞的事讓她對這個世界充滿了好奇，渴望瞭解這個世界——但是，她來到幻魔大陸是否也是一種錯誤？而她更願意做的是現在的自己，還是五個月前無憂無慮的自己？

泫澈不能回答自己。

第十章　矛盾之情

一道閃電連續自虛空中閃耀，直落而下。

「轟……」一聲巨響，一棵枯樹被擊爲兩半，焦黑的樹身頹然倒地。

而地下到處都是黑色的焦土，寸草不生，寸木不長，地獄的景色。頹然未倒的是幾棵早已枯竭的樹，零零落落，無比淒涼。

朝陽站了起來，他的雙手仍緊緊地抱著紫霞。

「放開我！」紫霞掙扎著從朝陽懷中掙脫。

朝陽看了看四周，又一道閃電直落而下，將一塊巨石擊得粉碎，亂石飛濺。

朝陽又望向紫霞，顯得很平靜地道：「你不是選擇了他麼？現在我們卻永遠在一起了，不知這是不是一種諷刺？」

紫霞遠遠地與朝陽保持著距離，道：「我選擇他就是選擇死，而你和我一起死！」

朝陽鼓了鼓掌道：「好偉大，偉大得連我的眼淚都要掉下來了。有人如此爲他付出，真是讓人羡慕死了！但我卻不明白你爲何選擇他，是因爲我長得醜麼？從外表來看，我們似乎沒有兩樣！」

紫霞冷冷地注視著朝陽，道：「難道你真的不在乎自己的生死？沒有人可以從這裡離開！」

朝陽毫不在意地道：「我當然在乎自己的生死，更重要的是我不能輸給他！至於可不可以從這裡離開，這話似乎尚言之過早。」

紫霞眼中閃過一絲詫異之色，道：「你以爲還能夠離開這裡？」

朝陽道：「我只知道，『他』不會安排這樣一個結果，而我也絕不會死在這裡。」

紫霞道：「但你可知，連命運之神的力量在這裡也不能隨心所欲！世界如此之大，總有些事情和地方是『他』不能顧及到的。」

朝陽燦然一笑，道：「是嗎？這樣的話不應該出自你的口中。」

紫霞看著朝陽，她不明白爲何在這天地陰陽倒轉之地，他反而會顯得如此輕鬆自若，一掃過去性格陰冷、孤僻和狂傲。她不相信朝陽有辦法可以離開這裡，同時也不明白朝陽心裡在想些什麼。

朝陽似乎看穿了紫霞的心思，道：「是不是想知道我爲何會與平時截然不同？」

紫霞並未否認。

朝陽道：「因爲在這裡我可以放下一切，無須有任何擔心。」

「爲什麼？」紫霞道。

「因爲在這裡可以暫時讓我忘記自己是誰，而且，我相信，我比此刻的影子心情更好。當他知道你所做的一切後，心裡一定極爲矛盾，此刻必在作著痛苦的掙扎。」朝陽輕鬆地道。

紫霞看著朝陽，心中不由自主地升起一個念頭：「也許他的本質並不是這樣，他之所以變成今天這般狂傲、嗜殺，或許更大的原因是來自於外在環境，是不可改變的環境將他逼上這樣一條路。」想著，不禁有些可憐朝陽。

朝陽看到紫霞眼中有一絲柔色，笑道：「怎麼？你在可憐我？我並不是一個習慣接受別人施捨的人，那樣，就會讓我不能感覺到自己是與別人平等地站在一起！」

紫霞眼中隨即恢復一絲冷意，道：「在這裡，誰也不用可憐誰，因爲這裡不再有地位、力量的高低強弱之分。」

「所以，儘管這裡一片死寂，沒有任何其他生靈，但我卻發現自己喜歡上了這裡。」朝陽道。

紫霞望著四周這一片焦黑之地，遠處、近處，閃電不斷，而不知哪一刻會有哪一道閃電擊落在他們頭頂。她突然間想到，當人不再擁有和自然相抗衡的力量時，人其實是很無奈的，不知死亡何時會降臨。而有些選擇抗爭的人，注定走的是一條平常人不敢走的路。

正當紫霞想得入神之時，一道閃電自高空落下，直擊頭頂。

「小心！」朝陽一下子撲了過來，抱著紫霞滾了很遠。

閃電落下，紫霞適才所站之地被擊成了一個大坑，沙土碎石飛濺。

抖落一身沙石，兩人站了起來。

紫霞怔怔地望著朝陽的眼睛，道：「告訴我，既然你事先已知道祭天台禁區內是天地陰陽倒轉之地，爲何還要來此？」

朝陽正欲開口，紫霞又道：「不要用上次的回答來搪塞我！」

朝陽一笑，道：「是不是因爲我剛才救了你，被感動了，所以急著想知道答案？」

紫霞心中一震，不禁問著自己，卻沒有得出答案，於是連忙否認。她告訴自己，自己已經選擇了影子。

朝陽又笑著道：「看來你是考慮得太多了。你已經選擇爲影子犧牲，也這樣做了，將我困在這裡，這就注定我們沒有機會再出去。既然如此，卻仍是連一個問題都不敢回答，看來你不但是不敢面對我，而且連你自己也不敢面對。這與千年前的你又有何區別？還不如再給自己一刀！」

紫霞望向朝陽，不禁問道：「我應該怎麼做？」一時之間，似乎完全失去了主張。

朝陽道：「放開自己，想說就說，想做就做，率性而爲，不去考慮任何事情，這裡也已經不再有任何人、任何事！」

「想說就說？想做就做？」紫霞想著這兩句話，半晌，她搖了搖頭，道：「不，我做不到，做不到！我忘不了自己，忘不了過去，忘不了歌盈和影的死，忘不了自己的選擇和承諾……」

朝陽一聲冷笑，表情變得冷硬，道：「你可以忘了我用我心的一半煉化成紫晶之心送給你！」

紫霞渾身一陣巨顫，雙腳站立不穩，幾欲摔倒。

她望向朝陽，而朝陽卻冷哼一聲，拂袖而去。

如果沒有將心的一半煉化成紫晶之心送給她，也許一切都不會發生……

影子走在妖人部落聯盟的沼澤之地，向著西羅帝國的方向移動著雙腳。背後，早晨的太陽從地平線上升了起來，他的影子比他的人走得更遠。

他緩緩移動的步伐終於停頓下來，眼神望著前方，顯得空洞。

依照平時的速度，他早已應該離開妖人部落聯盟的沼澤之地，但直到此時，他仍未走出一半，背後依稀可見三族部落的三座祭天台矗立於陽光下的樣子。

正如朝陽所說，這一路上，他心裡有著極爲痛苦的掙扎，他不知道是不是應棄紫霞於不顧，他不知是不是應相信泫澈的話。

也許，不去理會這些，他可以按照自己的想法很快實現救出月魔及漠的願望，但他怎能忍受內心深處每次不斷地對自己的提問？

所以，他選擇了逃離，選擇了以時空的距離來讓自己拒絕面對，但時空的距離可以變得更遠，而心的距離卻變得愈來愈近。他的人可以逃離，但他的心卻仍在妖人部落聯盟，影子注定逃離不了。

他逃不過自己的命運！

所以，影子停了下來，早晨初升的陽光照耀著他，既然逃不過，他只有面對，就算是再一次的安排與捉弄，那又如何？他已經不在乎再多一次。

影子回轉了身，沿太陽升起的方向，朝妖人部落聯盟走去，他的影子長長地落在身後……

影子出現在了泫澈面前。

當泫澈看到影子的一剎那，她的臉上充滿了驚愕之情，轉而她明白了，心中升起絲絲欣慰。

畢竟，紫霞所做的一切並非全都白費，可回來又能怎樣？

泫澈苦笑一聲，道：「你還是走吧。」

影子沒有說什麼，只是道：「我想知道三族的禁區在哪兒？我需要你帶我去。」

泫澈一愣，隨即明白過來，道：「你不可能救出她的，沒有人可以將困在天地陰陽倒轉之地的人救出來！」

但她最終還是帶影子來到了禁區的一百米周邊。

此時，溫暖的陽光將禁區照得十分明亮，枯黃的草在和煦的風中搖曳，三座祭天台靜靜矗立著，時間變幻，草木枯榮，寂靜的歲月讓它們蒼老，而它們在等著更蒼老的時間的到來。

影子沒有看到朝陽，也沒有看到紫霞，一眼望去，禁區內，枯黃的草除了更茂盛、長了一些之外，看不出與禁區外有什麼區別。他的精神力想入內延伸感應，卻遭到極強的反擊，令他全身一顫，氣血沸騰逆轉，心神煩躁不已。

「好強的抗逆力量！」影子心中驚歎，若非事先有心理準備，恐怕此刻經脈氣血已盡數倒逆而行，無法自控，彷彿有一堵無形的氣牆將禁區與外隔絕，遇力入侵，則還以十倍的反攻，且是倒行逆施。

泫澈看了影子一眼，見他臉色蒼白，額頭佈滿細密的汗珠，已知事情大概，於是道：「祭天台禁區從三族部落在這片沼澤之地出現的那一天起，便已經存在，誰也不知道它存在了多久，就像沒有人知道三族部落爲什麼會在這裡存在一樣。在三族部落族規的第一條中便規定：所有族人都不得進入禁區外一百米，就算族長也不例外。而事實上，也從來沒有人進入過裡面……」

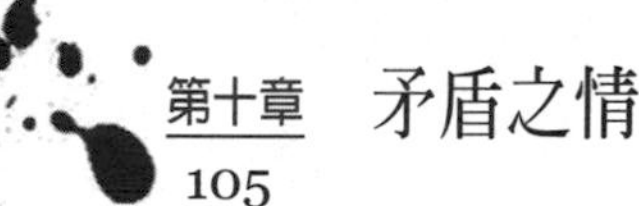

「朝陽與紫霞也沒有進入裡面麼？」影子打斷了泫澈的話。

泫澈一愣，這才發現自己話中有漏洞，隨即道：「因爲他們不會再出來，況且，紫霞的進入是經過三族長老會特許的。」

影子沒有再說什麼，只是望著一百米外的禁區，似乎在等著泫澈繼續說下去。

泫澈見影子的樣子，繼續道：「禁區內看上去與外面沒什麼區別，但進入到裡面就會感到與外面是完全不同的兩個世界，所有的武功、魔法、精神力都會失效……」

「裡面是一個什麼樣的世界？」影子突然又問道。

泫澈搖了搖頭，道：「不知道，只知道裡面是一個天地陰陽倒轉之地，沒有人到過裡面，到過裡面的人也不會再出來。」她突然又想起了紫霞，淒然道：「現在也只有她知道了，可她又能夠告訴誰呢？」

影子從三座映照在陽光下的祭天台收回了自己的目光，轉望向泫澈道：「我想見見三族長老會的人。」

泫澈先是一愣，隨即不解地道：「爲什麼？」

「因爲我想進到裡面去。既然我想進去，就非得通過他們允許不可。」影子望向那禁區。

第十一章 陰陽逆轉

影子在一間名叫「歸去來兮」的茶樓等待著泫澈的消息。裡面只有六張桌子，十幾張凳子，沒有一個人，但茶樓給人的感覺卻是異常清雅整潔。

在臨街的地方，有一扇窗開著，旁邊有一張桌子。此時，夕陽的餘輝從窗戶投進，正好照滿半張桌子。

影子等了半天，卻沒有人出來招呼。影子喊了一聲：「有沒有人？」

聲音消散，卻沒有人應答。

影子又喊了一聲，還是沒有人應答。

影子正欲起身離開，一道門簾被掀開，一人從裡間屋中急忙走了出來，道：「客官是要喝茶嗎？」

聲音是一個女孩發出的。

影子也沒看她，重又坐了下來。

不一會兒，那女孩便沏了一壺茶端了上來。

女孩穿著藍色的花棉布衣衫，圍著藍色圍裙，頭髮披散，左側卻有一個精緻的蝴蝶髮髻，一雙澄靜的眼睛顯得特別大。臉圓圓的，有著淺淺的酒窩。

女孩看到影子，忘了給他倒茶，驚訝地道：「怎麼是你？」

影子聽得此言，擡頭一看，這才發現這倒茶的女孩是他那晚在妖人部落聯盟醒來時看到的「大眼睛」。

大眼睛女孩將茶壺往桌上重重地一放，道：「哼，你那晚還沒有告訴我你是誰呢，從來沒有人敢對我瀾蝶如此無禮！若非那晚族長有令，我早就把你打得爬不起來了。」

影子看著大眼睛女孩噘起嘴生氣的模樣，心中不禁有些好感，道：「你叫瀾蝶？我叫影子。」

瀾蝶道：「影子？你的名字好怪，我從來沒有聽說有人叫這個名字的，你一定是騙我的，這一定不是你的真名！」

影子微笑道：「我的確叫影子。」

瀾蝶望了望影子，沒再多說什麼，狠狠地瞪了影子一眼，替影子將茶倒滿，但茶水卻溢滿杯口，顯然是故意爲之。

影子端起茶杯，一滴不漏地放到嘴邊，然後輕輕啜了一口。

茶是很普通的茶，極爲苦澀，影子從未喝過這等劣茶，不由得將喝進去的茶水吐了出來。

雖然他經歷過許多困苦，但對茶一直有著很高的要求，因爲他認爲，品嘗是一種藝術。

瀾蝶見影子將喝進去的茶吐了出來，氣道：「怎麼，我沏的茶很難喝嗎？」

影子道：「不是很難喝，而是根本不能喝。泡茶要用好茶好水，而你的茶和水沒有一項符合茶水的要求。」

「哼！」瀾蝶冷哼一聲，沒好氣地道：「你知道什麼，三族聯盟四周都是沼澤，既無好茶，又無好水，能泡出這樣的茶已經不錯了。而我這家茶樓也是三部族唯一的一家，這裡的人從不喝茶，在其他的地方你還找不到呢，竟然嫌我泡的茶難喝！」

說罷，從影子手中搶過茶杯，將茶水潑掉，收拾好杯子和茶壺，便欲離開。

影子奇道：「既然這裡的人都不喝茶，你爲何還要開這間茶樓？」

瀾蝶本要離開，見影子問出這話，重又將杯子和茶壺重重放下，道：「自然是給要喝茶的人喝的，但這個人不是你！」儼然已對影子下了逐客令。

影子道：「既然這裡的人都不喝茶，那要喝茶的又是什麼人？只怕你是在騙我吧？根本不會有人來喝這麼難喝的茶！」

瀾蝶氣道：「當然有人喝我的茶，他們還誇我沏的茶是天下最好的茶，只有你這不懂茶的人才說我沏的茶不好喝！」

影子道：「那他們是誰？」

「他們是……」瀾蝶忽然將口中要說出的話忍住了，「哼」了一聲，道：「我爲什麼要告訴你？不喝我沏的茶就拉倒，我的茶給你這不懂茶的人喝了也是浪費。」

說罷，便收起茶壺和茶杯轉身離去。

這時，影子站了起來，道：「既然你的茶不給我喝，肯定是怕我說出去丟臉，沒有人再來喝了。我還是走吧，這樣的茶不喝也罷。」

說罷，逕自離去。只見瀾蝶蹲著身子在一旁洗茶杯，對影子的離去毫不理睬。

泫澈回來了。

影子站在那有兩層結構的木屋最東首那間房的窗前。紫霞就是在這間房裡與他相見的，此時窗前的樹梢上正掛著一輪清冷的彎月，投入房間內的是一地的銀白。

泫澈推門而進，一陣冷風透窗而入，吹動她雪白的裙衫，秀髮傍著臉龐，隨風輕揚。

門關上，影子回過頭來。

兩人的眼睛望著對方，都在等待著對方先說話。而兩人卻都沒有開口，一時之間，兩人都有些怔怔的。

還是影子先開口，他道：「結果怎樣？」

泫澈道：「長老會答應見你，但他們卻不答應你進入祭天台禁區。」

影子似乎並不介意，道：「只要他們答應見我就夠了。」說罷，重又轉過身，望向窗外。

泫澈看著影子臨窗而立的背影，突然感覺到這個背影很熟悉，透著無盡的孤獨和自我，這不禁讓她想起了在神族，每次去竹林送花之時，那臨湖垂釣的身影。

「怎麼會如此相像？同樣的孤獨。」泫澈不禁脫口而出。

前幾次看著影子離去的背影，她只是覺得眼熟，並未留意，而此刻臨窗的背影與那臨湖垂釣的背影是如此相似，有那麼一刹那，她甚至不能將兩個背影分清。

「難道他心裡也有著和神主一樣無盡的孤獨，所以才會讓自己產生這種錯覺？」泫澈不禁自問道。而相比之下，卻又發現兩人是不盡相同的，神主的孤獨顯得更徹底，更純粹，千萬年如一日，而影子的孤獨卻有著太多的牽掛和放不下。

泫澈再一次望向影子的背影，影子只是臨窗望著窗外的夜色，而背影再一次體現了兩者的相似與不同。

這時，影子道：「我什麼時候可以見他們？」

泫澈收回心神，道：「長老會沒有說什麼時候，他們只說，要見你時自然會通知我。」

影子轉過頭來，冷冷地望著泫澈，道：「這話是什麼意思？」

泫澈突然覺得心中有氣，大聲道：「你問我，我問誰？你問長老會才知道是什麼意思！」

影子似乎沒有料到泫澈一時之間會發這麼大的脾氣，神情爲之一愣，本想反駁的話都不知跑到哪裡去了。

泫澈轉身推門而去。

門重重關上，影子顯得有些莫名其妙。

一道閃電疾掠而下，一聲驚雷般的巨響，地下炸出一個巨坑，塵土細石亂濺。

朝陽與紫霞滾出老遠，塵土細石沾滿一身。

朝陽站了起來，抖落一身的塵土，不無揶揄地道：「看來這驚電老喜歡朝我們的所在劈下。」

此時，他身上除黑白戰袍外無一塊完整的衣衫，臉上塗滿焦黑的土色。

紫霞那紫色的衣衫也早已被細石所劃破，露出雪瑩的肌膚。

他們來到這一個充滿死亡、毫無生機的世界，也不知多少次在閃電下得以逃生，但他們不知下次能否與前面一樣，能夠僥倖不被閃電擊中。

朝陽見紫霞的衣衫多處破碎，解下黑白戰袍，扔給她道：「穿上吧。」

紫霞摩挲著手中柔軟的黑白戰袍，卻沒有穿上，她的眼神顫動著，變得柔和，這是她用白天和黑夜的顏色親手縫製的戰袍，本以爲它會有兩種顏色，可自它被穿上之後，卻一直都是黑色的，一直都是戰鬥著的顏色，從來沒有見它變白。

朝陽道：「怎麼，選擇了他，連給我的衣服都不敢穿上？有必要這麼涇渭分明麼？」

紫霞望向朝陽，道：「你真的不在乎自己的生死麼？真的以爲自己能夠離開這裡？」

朝陽輕淡地道：「什麼都無所謂，只要我們現在還活著就行。」

「但你不恨我麼？是我讓你來到這天地陰陽倒轉之地，失去所有武功魔法的。」紫霞懇切的眼光望著朝陽，她希望朝陽能以內心深處最真實的那部分，給予她回答。

朝陽一笑，道：「我知道，在我來之前，無語便告訴我這是一個什麼地方，但我還是來了，我在以我的生命作賭注。」

紫霞道：「我不想聽這些，我只想知道你心中到底恨不恨我？」

朝陽笑著道：「這個問題很重要嗎？」

「是的，很重要！」紫霞的語氣十分肯定。

朝陽仍舊笑著，道：「我可以不回答這個問題麼？」

紫霞看著朝陽笑著的樣子，從其回答中她彷彿已經得到了自己想要的答案，道：「是的，我知道你心裡很恨我，這樣也好，這樣也好。」心裡卻感到空落落的。

朝陽道：「你是怕我回答不恨你，你的心裡會感到內疚是嗎？因爲你不想虧欠一個你要他死的人！」

紫霞沒有否認，低下了頭。

朝陽臉上變得邪邪地道：「能夠讓一個自己喜歡，而她不喜歡自己的人感到愧疚，這難道不是一件讓人十分暢快的事情麼？」

紫霞猛地又擡起頭，道：「你……」卻是什麼也說不出來。

此時，兩人站在剛才被驚雷炸開的巨坑的旁邊，略爲高出其他地面，而連接著這個巨坑的是其他被閃電炸開的大坑。冷風陣陣，焦灼之味迎面撲來，滿目瘡痍。遠處、近處不時有閃電直落擊下，昏暗的虛空中，到處銀蛇耀舞，「劈叭」炸響聲不絕於耳。

身側，兩道閃電同時疾掠而下。

「轟……」一聲巨響，朝陽與紫霞尚未來得及閃躲，他們所站的這個山丘一下子整個塌陷下去，塵土碎石遮天蔽日。

「啊……」一聲痛苦的悲嚎自地底最深處直竄而上，在這片天地陰陽倒轉之地，回響不絕，撕雲裂帛……

晨曦的陽光灑在妖人部落聯盟，路面細石柔潤，路旁枯樹挺立，零落的枯葉因昨晚的風掃落地面，樹梢上只剩片葉尙孑然挺立，在晨風中搖曳著晨光。

晨光雖早，卻有更早拾掇之人在清掃著昨晚的落葉，背對著晨光不時彎下身子，晨光將他們佝僂的身影拉得很長。

漸漸地，路上的人愈來愈多，各店鋪門面相繼開張。

影子獨步而來，在有「歸去來兮」字樣的茶樓門前停了下來。但此時的茶樓尚未開張營業，兩塊有著暗紅顏色的木板門關得嚴嚴實實。

影子遂倚門而立，看著街上來往的行人。

一隻鳥飛了過來，落在茶樓門前的樹梢上，光禿的樹幹沒有一片葉子。鳥停在樹梢最高處，以長長的喙理了理有著清亮顏色的羽毛，便發出啼鳴之聲。聲音清越婉轉，十分動聽。

影子不禁被這隻鳥所吸引，知道這種鳥叫「拉姆」，意思是會唱歌，在雲霓古國和西羅帝國，這種鳥是被圈在籠子裡豢養的。而在這裡，牠卻可以自由地飛翔。

影子久久注視著拉姆，聽著那清脆悅耳的歌唱。曾經的經歷總是讓他感到無比的沈重，而在妖人部落聯盟，他總是能在不經意間找到一些令人心情舒暢的東西。在他原來生活的世界——地球，有人曾說過：能夠感動自己的是平凡之中的細節。而對於影子，這話到現在才讓他有著較爲深入的體會，這也無意中印證了另一句話：只有經歷過生活的人，才能真正懂得生活。

回首來到幻魔大陸的經歷，先是莫名其妙地成爲雲霓古國的大皇子，再是皇位之爭，出現了另一個自己，然後又是月魔及月魔一族，發現了自己的命運是被人設置的，到處都是界限，可供自己走的只有一條路，命運爲自己所選擇的唯一一條路。直到後來遇到漠，認識這個世界，認識到所有人的命運都是一樣，都是由一個叫命運之神的人在控制著，所有的經歷都是命運給予他的無法承受之重。

是不是只有經歷過無法承受之重，才能體驗到生活的歡愉和快樂？影子不知道，但他確實有著片刻的放鬆和舒暢，儘管他知道，他所要承受的，遠不只他已經經歷的這一切。

拉姆似乎也注意到了影子在注視著牠，側動著小小的腦袋，用有著碧綠顏色的小眼睛打量著他。

影子漾起一圈笑意，將右手伸了出去，手指招動著。

拉姆似乎不明白影子的意思，眨了眨小眼睛，側過頭，用另一隻眼睛打量著影子。

影子又招了招手。

拉姆似乎有些明白影子的意思了，翅膀抖動了一下，發出一連串清脆悅耳的啼叫，卻沒有向影子飛過來。

影子面帶著微笑，儘量讓拉姆忽視兩者之間的差異，招動著右手，示以友好。

拉姆又是發出一連串清脆悅耳的鳴叫，只是這一次的叫聲比上一次更明亮更清脆更歡快，時間也比上一次更長，但牠仍沒有向影子飛過來的意思，或是影子還沒有完全讓牠消除芥蒂，讓牠認識到他並沒有絲毫惡意。

影子並沒有氣餒，仍向拉姆發出友好的招呼。

拉姆的叫聲也一次比一次更爲悅耳動聽，小眼睛不停對著影子眨動著，翅膀撲搧著在樹梢間飛來飛去，但始終沒有向影子飛過來的跡象。

影子終於放棄，將手放下，對著拉姆一笑，自語般道：「終究不是同類，相互缺乏信任。」

「不是牠不相信你，而是你身上戾氣太重，讓牠不敢親近。」

影子轉過頭，卻不知何時茶樓門已打開，瀾蝶站在了他的身側。

影子心中略略一驚，忖道：「看來是自己太過專注，連有人在身邊出現也沒有感覺到。」

只見瀾蝶此時向那樹梢上的拉姆吹出一連串清亮的聲音，拉姆發出歡快的叫聲，飛到了瀾蝶肩上，親密地用長喙親著瀾蝶粉嫩的臉。

瀾蝶以春蔥般的手指一點拉姆的頭，道：「不要胡鬧。」便忍不住咯咯笑了起來，向茶樓內走去。

影子跟著欲走進去，卻被瀾蝶擋住。

瀾蝶叉著腰，噘著嘴道：「你還來幹什麼？你不是說我這裡的茶又苦又澀，難喝至極嗎？」

影子道：「我想見見你口中所說的那喝茶之人。」

瀾蝶一愣，隨即斷然道：「他們不會見你的。」

影子道：「但我想見他們。」

瀾蝶道：「這裡是茶樓，乃喝茶的地方，不是結交朋友的地方，你連茶都不會喝，來這裡幹什麼？」說著，便將門關上。

影子微微一笑，他的心情顯然沒有受到瀾蝶拒絕的影響，而有些事情卻印證了他心中的猜測，心中忖道：「也許，這些喝茶的人就是自己要見的人，我會等你們的。」

朝陽從亂石堆中爬了起來，全身的骨頭有著散架般的疼痛。他舉眼四處望去，只見四周一片漆黑，伸手不見五指，空氣中有著很灼熱的味道，每呼吸一下，就感到五臟六腑被火燎過一般，口乾舌燥，萬分難受，皮膚表層更是如同在烈焰中煎烤。

「這是什麼地方？」朝陽不禁自問道，他記得兩道閃電疾掠炸下，所站之地就突然塌陷，他便與塌陷的大地一起沈落了下來。

他突然想起了紫霞，心中不禁一慌。

「紫霞……紫霞……」朝陽喊著她的名字，卻沒有人應答。他雙手在黑暗中摸索著，企圖在細石塵土堆中找出紫霞的所在，但他所觸摸到的一切皆是散發著熱氣的東西。

「怎麼會不在？她人怎麼不見了？」朝陽自語地問著自己，言語焦灼急促。

「紫霞，你聽到我在喊你麼？你在哪兒？你回答我！」空蕩蕩的聲音在四處回響著，焦躁中顯出異常的孤獨和無助。

「你真的不見了麼？你回答我！」雙手不斷地四處摸索著，翻動著細石塵土。

「你在跟我開玩笑對麼？你想我告訴你到底恨不恨你對麼？你不會出事的是嗎？你一定是在跟我開玩笑，我不會上你的當的。」

「你不用再裝了，我已經看到你了。你可以欺騙我的眼睛，但欺騙不了我的耳朵，我聽到了你的心跳和呼吸聲，你裝著默不吭聲是沒有用的。你可以欺騙別人，但絕欺騙不了我！因爲我是聖魔大帝，要與天作戰，有著常人無法企及的智慧和實力。我要成爲幻魔大陸最強的人，要統領整個幻魔空間，你是欺騙不了我的。我知道你現在正站在一邊默不吭聲地看著我，想看著我怎樣在你面前出醜，想證明你對我的重要性，想證明你是我唯一最愛的女人，想告訴所有人，我永遠都放不下你，永遠都征服不了你！你別妄想了，你在我眼中只不過是一個很普通的女人，與其他女子沒任何區別，『他』只不過想利用你來控制我，就像一千年前一樣，我不會再上當的，我又怎麼可能傻到再上當？『他』別想通過這種方式來控制我，這對我是沒有用的。」朝陽的雙手十指已經破皮，血自指尖不斷溢出，但他彷彿沒有知覺般，不停地翻動著地下的細石和石塊，希望從坍塌下來的石堆裡面找出紫霞。

「你是真的不回答我麼？你真的想我對你說出心裡話麼？你故意不吭聲就是想嚇我是麼？難道你就不能給我一點自尊麼？千年前，爲了你我已經失去了一切，難道千年後的今天你又想讓我失去一切？我可以放棄一切，我可以什麼都沒有，我可以一敗塗地，甚至可以死！可又有誰知道我的存在？知道我曾經戰鬥過？知道我用心的一半去換取一個女人的開心？最後得到的卻是被她像傻瓜一般愚弄？我不甘心！爲什麼我全心全意的付出，得到的卻是這種回報？爲什麼連自己喜歡的一個女人都得不到？爲什麼你要選擇他……」

朝陽流淚了，他趴在地上流著淚，淚水就像決堤的河水般泛濫不可收拾。他從來不曾哭過，一輩子都未曾哭過，但這次他卻哭了。

這是那個冷血無情的朝陽麼？這是那個睥睨天下、統領百萬大軍的朝陽麼？這是那個殺死歌盈的朝陽麼？這是在與命運抗爭的朝陽麼？上天爲什麼要讓這樣一個人流淚？爲什麼要讓他無助得像一個孩子？

他是朝陽麼？

「古老的陶罐上，早有關於我們的傳說，可是你還在不停地問，這是否值得？當然，火會在風中熄滅，山峰也會在黎明倒塌，融進殯葬夜色的河；愛的苦果，將在成熟時墜落；此時此地，只要有落日爲我們加冕，隨之而來的一切，又算得了什麼？——那漫長的夜，輾轉而沈默的時刻……」

那首歌又唱了起來，悲涼的歌聲回蕩著，是歌盈的歌，但此時卻不是歌盈的聲音，歌是屬於紫霞的，是紫霞在唱歌。

朝陽擡起了頭，在他前面不遠處，他看到了一個暗影，而歌聲正是從那暗影所在的地方傳過來的。

是的，是紫霞，是紫霞正在唱著這首歌。

紫霞沒事，紫霞沒有死！

朝陽緩緩地站了起來，望著歌聲傳來的方向，歌聲這時也停止了。紫霞也在望著朝陽。

第十二章　血冷情熱

黑暗中的對視，包含著多少無法言表的情感，更是爆發之前的沈默。

突然，朝陽奮力地跑了過去，用盡全身所有的能量跑了過去，緊緊地抱住了紫霞。

「我不能沒有你，我真的不能沒有你！」兩張臉緊緊地貼在了一起。

事實上，就在朝陽醒來的同時，紫霞也相繼醒了，朝陽的聲音讓她感到溫暖，只是一直沒有說話。在朝陽說出第一句話的時候，其實她很想回答，可朝陽話語中包含的擔憂讓她最終還是忍住了。她真的很想知道，這樣一個冷酷無情、狂傲無比的人在一個絕望的環境中到底會做些什麼？同時，作爲一個女人，她也很想知道，自己在這個男人心中到底有多大的分量。而她聽到和看到的，是一個像孩子一樣孤獨無助而又執著的朝陽，是一個把所有痛苦和愛都埋在心底最深處的男人，可憐的男人！

紫霞早已淚流滿面，她無法控制自己，她又怎麼能控制自己？沒有任何女人可以拒絕男人如此深沈的愛，是冰山也會被融化。

一顆顆的眼淚滴落在朝陽的脖頸處，冰涼冰涼的，卻又充滿無限溫情。

「就這樣，就這樣，永遠都不要分離，永遠都不要分離……」朝陽不停地對著紫霞耳邊說著，不停地對著自己說著，他乞求時間能在這一刻凝滯，世界在這一刻停止，變成不會消逝的永恒。

是的，就這樣，紫霞也期待著能夠永遠都這樣，可有什麼東西能夠真的變成永恒呢？

紫霞想起了影子，在她與朝陽緊緊抱在一起的時候，想起了一個不該想起的人，而她又怎麼能不想起影子？

她選擇了影子，選擇便是一種承諾，是對影子的承諾，也是對自己的承諾，她能夠背叛自己的承諾麼？她又如何面對影子？

而紫霞又聽到另一個自己的聲音：是的，自己已經選擇了影子，正因爲選擇了影子，才有機會與朝陽在這裡共患難，才能看到一個男人隱藏在無情與冷酷之後的深沈的愛。他們已經不可能再離開這裡了，難道這不是上蒼所給予他們的一次機會麼？爲什麼還要想那麼多？爲什麼總是將自己陷於痛苦兩難的泥沼中，舉步維艱？

但又如何能讓自己不想？

這就是愛麼？多麼微妙的東西。

紫霞感到自己原來也是同樣的無助。

「抱緊我！」紫霞乞求著道，她需要給無助的自己抵擋寒冷的溫暖。

朝陽將紫霞更緊地抱在懷中，兩人緊緊地依偎在一起，彼此溫暖著對方。

黑暗中的空氣依然很燥熱，但誰又能夠說，不能在燥熱中尋找溫暖？

「啊——」

突然之間，一聲痛苦的悲嚎撕裂虛空，隱含著積蓄千萬年無處發洩的凶戾怨氣。

朝陽和紫霞不自覺地分開，雖然是身在燥熱的環境中，但這叫聲卻讓他們感到了無盡陰寒之意，彷彿是在往一個無底的黑洞裡不斷墜落，凶戾怨氣從下面不斷地往上冒，讓人心裡發寒。

紫霞不禁抓住朝陽的手，兩人的手緊緊握在了一起。

而這悲嚎之聲只叫了一聲，便沒有第二聲了。兩人等了許久，也沒有再響起，若非兩人同時親耳所聞，他們甚至懷疑只是自己一時的錯覺。

紫霞心神略為安定，不解地道：「這裡怎麼會有這樣恐怖的聲音？這天地陰陽倒轉之地應該不會有任何生靈。」

朝陽道：「如果我所猜沒錯的話，發出這聲音的便是神族傳說中的戰神破天！」

紫霞看著朝陽在黑暗中模糊的臉，道：「你怎麼知道是他？他怎麼可能歷經如此長的時間而不滅？」顯然，紫霞也知道有關戰神破天的傳說。

朝陽道：「這個世界上，沒有什麼是不可能發生的。當年，梵天與冥天將破天封禁於此，這飽含凶戾怨氣的喊叫，只有像破天這種人才有可能具備，而他這種人是不會輕易消亡的。」語氣顯得極為肯定。

紫霞沒有出聲，她突然間想到，如果戰神破天能在這裡千萬載而不死，那她與朝陽呢？如果她與朝陽也能夠像破天那樣不死，生活在這裡，與外隔絕，這是不是一種幸福？思及此處，她心中湧起了甜蜜之情。是的，如此一來，她可以不用去考慮任何事情，兩人就這樣廝守一輩子。

紫霞更緊地握了握朝陽的手，她害怕這種幸福會稍縱即逝。

朝陽似乎沒有感覺到紫霞的異樣，他的目光盯著那痛苦的悲嚎所傳來的方向，神情專注。他在想，在這天地陰陽倒轉之地，所有的武功、魔法、精神力都會失去，破天是憑什麼能夠歷經千萬載而不滅呢？他所依靠的又是什麼呢？這讓朝陽的心裡充滿了好奇，更充滿了想一探究竟的欲望。

「走，我們去看看。」朝陽拉著紫霞的手便往那悲嚎之聲所傳來的方向走去。

紫霞縮了縮自己的手，道：「為什麼要去看呢？」

朝陽頗感意外，回頭望著紫霞，道：「你不想去？」

紫霞道：「是的，我只希望我們兩人能在一起，不希望有其他事情介入我們當中。這樣，豈不是很好麼？為什麼要去管別人的事？」

朝陽呆望著紫霞，全身都滲透著從未有過的溫暖，他歷經千載不就是爲了得到這個女人所給予他的幸福麼？人一輩子追求的不也就是這種幸福麼？朝陽將紫霞輕輕地擁在懷中，無限溫情地道：「是的，有了你，我又何必理睬其他的事情呢？就算這樣死去，我也毫無遺憾。」

紫霞用手端正朝陽的頭，望著朝陽的眼睛，輕輕地撫摸著朝陽的臉，道：「你真的愛我麼？」

朝陽一笑，道：「傻瓜，這個問題還用問麼？」

紫霞道：「我要你親口回答我。」

朝陽道：「我可以用我的生命發誓，我永遠愛你！」

紫霞道：「那你告訴我，你明知三族禁區祭天台是一個什麼樣的地方，爲何還要來？」

這是一直存在紫霞心中的問題，也是她問過兩次沒有得到確切回答的問題。

朝陽正色道：「你真的很想知道？」

紫霞道：「我知道我現在是不該問這個問題的，但我真的忍不住，我不想我們之間還存在任何芥蒂。」

朝陽道：「其實在我心中也一直存著疑問，你爲什麼會出現在妖人部落聯盟？又何以能夠出現在祭天台禁區？據我瞭解，從沒有人可以進入祭天台禁區，我想知道，這到底是你的選擇，還是別人的意志？」

紫霞的雙手緩緩從朝陽的臉頰滑落，剛才的溫情一下子消失，而隨之取代的是兩人間無限遙遠的距離。一切美好的東西因各自心中無法放下的疑問而破滅，時間竟然是如此之快，尙未來得及經受考驗。

紫霞淒然一笑，道：「原來我們都無法完全相信對方，這種感情竟然是如此脆弱。」

朝陽心中一陣絞痛，但他裝著若無其事道：「看來我們都是在表演，在絕望的環境中尋找虛假的安慰。」冷笑一聲，接著道：「多麼可憐的兩個人啊，眞他媽的無恥！」

紫霞低下了頭，自語道：「爲什麼？爲什麼會這樣……？」

……

當兩顆緊緊包裹的心一旦打開，有誰會看到它們的敏感？當風吹來，它們還未來得及完全綻開，便又迅速穿上一層一層的外衣。可憐的人啊，你們竟是如此害怕受到傷害！

影子從早上等到夜晚，歸去來兮茶樓沒有再開過門，也沒有見到一個喝茶之人。

泫澈說，諸長老在該見的時候自然會見他，他又豈能把自己的時間浪費在遙遙無期的等待中？他還有漠，還有月魔需要解救，他無法想像他們在忍受冰與火的煎熬，而他此刻卻把時間花在無用的等待上，還有未知的紫霞。

他擡頭望天，夜空中掛著一輪清冷的彎月，四周沒有一顆星星，如此孤寂的樣子。

他又看了看自己的左手，手心那冰藍色的月光刂泛著淡淡的光芒。

是的，他不能再等了，他不能將自己的事情交在別人的手中。

月光刃破空而出，清冷的夜空劃過一道冰藍色的軌跡，直沒歸去來兮茶樓。

「轟……」歸去來兮茶樓從中一分爲二，橫木乾草亂飛。

一掌劈出，勁風忽起，歸去來兮客棧的所有一切雜物盡數飛散，只剩下站在草樓後房中的瀾蝶用一條被單胡亂地遮擋住身體的重要部位。顯然，她是在睡覺中被影子驚醒的。她站在房中，誠惶誠恐地望著影子，一時之間有點回不過神來。

餘風吹過，被單捲起，露出潔白如瑩的纖腿。

「你……你想幹什麼？」瀾蝶不知所措地道。

影子道：「我想讓你帶我去見長老會的人。」

「什麼長老會？我不明白你的意思。」

「就是那些經常到你這裡喝茶的人。」影子道。

瀾蝶道：「他們只是我的客人，我不知道他們是誰，也不知道他們住在哪裡，我怎麼帶你去？」

影子道：「你不用再裝了。你的演技還沒有高明到不露絲毫破綻的地步，你與長老會的人是一起的，雖然你刻意將自己的修爲淡化至無，但一個修爲高深之人不經意間所散發出來的氣息是無法掩飾的，我的精神力已經鎖定了你一天。」

瀾蝶茫然道：「我不知道你在說什麼，什麼長老會，什麼精神力，我從來沒有聽說過！」

影子冷笑一聲，道：「是麼？那我現在就告訴你答案。」

話音落下，左手劈出，冰藍色的月光刃呼嘯著向瀾蝶飛去，尙未及身，冰藍色的光芒已將瀾蝶籠罩在內，呈現出一片迷離之態。

就在月光刃即將及體的一剎那，瀾蝶赤足輕踏，身形幻動，所站之地倏然出現無數個瀾蝶，不能分辨其真身所在。

月光刃破勢飛過，卻如同穿過一層透明氣體，沒有接觸到任何實質。

而這時，那萬千瀾蝶的身影漸漸合一，最終歸爲一個有形的瀾蝶，站在原先站立之地。

瀾蝶忙掩了掩飛起的被單，略帶嗔意地道：「你這人真是沒趣，剛說兩句便對人家動起手來，沒有一點男人的風度。」

影子沒有心情與她調笑，冷笑道：「我要你帶我去見長老會的人。」

瀾蝶道：「你以爲長老會的人是很好見的麼？你說見就見，也不瞧瞧自己是誰！」

影子道：「正因爲如此，我才來找你。」

瀾蝶道：「那你以爲我是很好欺負的？」

影子道：「只有你才可以帶我去。」

瀾蝶道：「泫澈不是也知道麼？你爲什麼不讓泫澈帶你去，卻偏偏來煩我？」

「因爲你比她更爲合適，也更爲直接。」影子道。

瀾蝶道：「這一點你倒看得不錯，但我爲什麼要帶你去見長老會之人？你得首先給我一個理由，我從來不會做沒有任何理由的事情。」

影子想了想，然後一字一頓地道：「因爲我不想你死！」

「咯咯咯……」瀾蝶大笑，道：「你的口氣能把整個妖人部落聯盟都吃進去。」

影子淡淡地道：「不是我口氣大，而是我被逼上了絕路，非如此不可。」

瀾蝶臉上的笑一點點在收斂，直到最後變成了一種冷漠。

影子道：「我想救出紫霞，還有朝陽。」

瀾蝶道：「你救不了他們的，沒有人可以救他們。而紫霞這樣做不都是爲了你麼？她選擇與朝陽一起身陷祭天台禁區，不就是爲了讓你能夠成爲最終的勝利者，讓你有機會救出空悟至空及月魔？你現在應該想的是怎樣一統幻魔大陸，讓自己成爲幻魔大陸的最強者。」

影子道：「這不是我想要的，也不是『他』所希望看到的，我不想見到紫霞以卑微的力量來作這場毫無意義的表演，她改變不了什麼。」

瀾蝶道：「既然你知道她這只是表演，可你爲什麼又要去救她？你這樣做不是很矛盾？」

影子沈默了。有些事情不是想明白了，就可以作出正確選擇的，很多事情並不是由事情本身所決定。而令人作出的選擇更是讓自己感到茫然，他只是根據自己的心來作出這種選擇，不能，也不敢去面對、分析原因。

瀾蝶看著影子沈默的樣子，輕笑一聲，道：「你可知道，不只你、朝陽在與『他』作著抗爭，還有紫霞，甚至更多人！」

影子眼中射出犀利的神芒，望向瀾蝶，道：「你能否說清楚點？我不明白你的意思。」

瀾蝶道：「你知道爲什麼這到處都是一片沼澤的地方生存著妖人部落聯盟這樣一群人麼？因爲所有生活在這裡的人都是流放者。這裡的人都是在貧瘠、惡劣的環境中尋求著生存，他們每天可供裹腹的不是豐足的糧食，而是各種野草及生活在沼澤之地的各種蟲子動物，再加上偶爾對邊境地區的進攻掠取才能得以生存下去。你所吃的那些酒和菜都是從遼城搶奪來的，你所看到的那些珍貴的裝飾品也都是從西羅帝國和雲霓古國搶奪來的，你那天喝的又苦又澀的茶，才是三族聯盟生活的真實寫照。這裡的人雖然偶爾對邊境之地進行搶奪，但卻永遠被禁錮於此，不能離開，因爲每一個人身上都被下了詛咒，離開這裡的一定範圍就會死亡。」

影子心中一怔，這些天他雖然沒有深入瞭解過妖人部落聯盟的生活，但妖人部落聯盟清心寡欲的冷漠之感，影子卻是深有感觸。這裡沒有雲霓古國的豪華奢侈，也沒有西羅帝國的熱鬧排場，作爲集中二百萬人口的地方，處處顯得與眾不同。但影子沒有料到他們的生活卻是如此艱苦。而更令影子不明白的是，爲什麼瀾蝶說這裡的人都是流放者？他們爲什麼被流放？又是誰給他們下了詛咒，以至不能離開這片沼澤之地？如此一來，那泫澈與紫霞呢？

影子道：「你爲什麼要對我說這些？」

瀾蝶苦笑一聲，道：「爲什麼要對你說這些？咒星神把你丟在妖人部落聯盟，不就是爲了讓你與朝陽爭奪紫霞麼？而紫霞也是被流放者之一。諸長老之所以不願見你，是因爲不想這裡成爲咒星神表演遊戲的場地。三族部落是獨立於星咒神殿的管轄之外的，不願攪入任何的紛爭糾纏之中。我告訴你這些，就是爲了讓你死心，諸長老是不會見你的，就算你見了也沒有用，紫霞也永遠不可能被你救出來，從來沒有人進入了祭天台禁區後還可以出來，也沒有人再可以進入祭天台禁區。」

第十三章 瀾蝶飛舞

影子毫不在乎瀾蝶所說的這些，如果一切如瀾蝶所說的這般，他更要見長老會之人，並弄清楚所有的事情。他道：「既然你對我說了這麼多，那我更要見見諸長老了，雖然你們的生活不願被外人打擾，但爲了紫霞這是沒有辦法的事情。無論怎麼說，紫霞是因爲我才進入祭天台禁區，我不能對一個爲我作出犧牲的人視而未見。」

瀾蝶冷笑一聲，道：「你知道紫霞爲什麼選擇與朝陽一起進入祭天台禁區麼？她既是爲了你，同時也是爲了三族部落不被捲入是非當中。只有她與朝陽一起被困，所有的事情才會迎刃而解，而不會殃及平靜的妖人部落聯盟，你也就會順理成章地一統幻魔大陸，去做你應該做的事情。事實上，你卻對她的良苦用心毫不領情！看來，不讓你吃點苦頭，你是不會知難而退的。」

瀾蝶被單一掀，白色被單垂直張開，在影子與瀾蝶之間形成一道屏幔。

影子看到形成的屏幔背後青影一閃，隨即傳來一連串銀鈴般的脆響，正不解之時，那橫亙於兩人之間的白色被單已緩緩落下。而瀾蝶卻穿上了一襲青碧長衫，只是她這身裝束已與平時大不相同，手腕、腳踝都套著晶瑩剔透的銀環，鏘然悅耳，耳朵上也鑲嵌了兩個極爲精美的玉石細環。烏黑的長髮以三十六隻銀環套住，眨眼之間彷彿換了一個人，她冷漠的眼神看著影子，道：「跟我來！」

隨即飄身而起，轉身橫空掠去，眨眼之間，已經凌空虛渡，掠過十幾丈空間，身影模糊，脆響連連。

影子見狀，飛身跟上，掠過一排排草舍木屋之頂，大概奔出十數里，便進入了一片林子，兩旁樹影倒掠如飛，林中驚鳥四起。

當影子停下來時，瀾蝶已經在林中一棵樹下面對影子站定，銀環餘音猶在。

影子淡淡地道：「我只想見長老會之人，不希望與你成爲生死相搏的對手。」

瀾蝶道：「我們生活的安寧不想因你而毀掉，要見長老會之人，首先必須過我這一關。」

影子一聲冷笑，道：「你們真的喜歡過這種安寧的生活麼？你們只不過是害怕，才龜縮於此。你們被流放了，是因爲你們沒有足夠的力量與『他』抗爭，心裡害怕，因此不敢反抗，所以才找藉口不想任何人和任何事破壞你們所謂的安寧生活。」

瀾蝶心中劇震，這正是糾纏在所有被流放者心中一道不願去觸摸的傷口，此時經影子一提起，瀾蝶頓時感到無比的疼痛，厲聲斥道：「你說什麼？」

影子道：「難道不是麼？我想以你們的修爲，一定都是來自神族，何以願意生活在這樣一片環境惡劣的沼澤之地？這只不過是你們無力反抗之下的無奈選擇而已。連反抗的勇氣都沒有，以圖安寧，這對你們來說不知是不是一件極爲可悲的事情？但我卻爲你們感到歎息……！」

「住口！」瀾蝶喝止道。

而影子卻繼續道：「你們只不過是一群沒有勇氣的懦夫，沒有勇氣面對自己，也沒有勇氣面對別人，只有苟延殘喘，以歲月的流逝證明自己這沒有自我、沒有靈魂的軀體的存在……」

「我叫你住口！」瀾蝶再一次喝止道。

影子彷佛沒有聽見般，自顧道：「我實在不明白，你們這樣活著究竟是爲了什麼，你們的存在還有什麼意義？只不過形同一棵枯樹而已……」

他的話尚未說完，就在這時，一道妖異的真氣如萬蛇交錯，離合纏旋，自前方向影子閃電攻至，冰寒刺骨，凜冽霸道之極。

影子頓感如站在雪峰之巔，竟忍不住打了一個寒戰。

影子不敢大意，人體小宇宙內的真氣迅速盈滿全身，左手月光刃蓄勢而發。

冰藍色的月光刃破入那詭異的真氣當中，影子頓時大驚，月光刃如石牛入海，一點著力感都沒有，而那妖異的真氣交錯纏旋將所有的力道化解至無，真氣對影子的攻勢卻是絲毫不減。

影子根本沒有想到會有這種情況發生，迫在眉睫的攻勢已經讓他無法採取任何有效的應對措施。

「哧……」妖異的真氣及體，並沒有意料中毀滅性的重擊。影子只覺全身一麻，真氣進入體內，化成無數道寒流，隨著經脈運行疾走，瞬即，影子全身的經脈完全被冰封，丹田更是被層層寒氣所包裹，根本無法行功運氣。

這是比任何毀滅性的重擊還要厲害的攻擊，影子整個人都被冰封了，如同一個冰雕石人。

瀾蝶盈步走來，在影子面前停了下來，不屑地道：「以你米粒之珠，也敢與日月爭輝？你以爲你真能與命運抗爭，能戰勝『他』麼？他只不過是在與自己玩一個寂寞的遊戲，你連我都打不過，又憑什麼教訓我們？憑什麼與『他』戰？真是大言不慚！」

「是麼？」影子的聲音突然響起。

瀾蝶大吃一驚，她仔細看去，被冰封的影子嘴唇動也沒動，何來說話之聲？而剛才的聲音又的確是影子發出的！

正自不解之際，一道冰藍色的極光自影子胸前向她電射而至。

「月魔裂心刃！」瀾蝶頓時明白剛才的聲音是通過影子的心對她說的，她可以冰封影子所有經脈穴位，但卻無法冰封以意念驅動的「月魔的心刃」。只要他思維不死，便無法阻擋「月魔的心刃」，來自人體小宇宙另一個影子的力量。

瀾蝶擋無可擋，避無可避，只得等待著死亡的降臨。

可就在這時，電光一閃。

「鏘……」電光四射，一柄劍飛射而至，阻了阻心刃的速度，心刃爲之一滯，卻透劍而過，繼續推進。

而在電光一閃之時，早有一股強悍的氣勁猛烈攻向瀾蝶。瀾蝶的身形剛被強悍氣勁擊飛，「月魔的心刃」便從她的左手與身體之間的夾縫穿透而過，險險躲過一劫。

一道冰藍色光芒繞影子全身閃過，影子被冰封的經脈恢復如常，那邪異的陰寒真氣被體內小宇宙釋放出來的力量逼出體外。

影子的身前這時已經站了一個黑衣人，只見他頭戴碧沙罩，面如冠玉，斜眉入鬢，三綹青鬚隨風飄擺，顧盼之間，神采飛揚，看上去是一個極爲灑脫之人。

影子看著眼前之人，知道剛才正是此人救了瀾蝶，他道：「閣下是何人？」

從剛才擲劍阻滯月魔的心刃到用真氣將瀾蝶身形擊飛，避過月魔的心刃，影子已經認識到了眼前之人。他不僅僅有著高深莫測的修爲，更重要的是他在緊急關頭的準確計算，對時間的精密把握，讓影子感到極爲折服。

來人道：「我就是你要見的長老會之人，名爲黑玄。」言語灑脫自如，意態傲然。

影子道：「你終於出現了。」

黑玄道：「因爲我不想見到有人在這裡殺人，這裡的生活應該是和平安寧的，不應該充滿血腥。」

影子道：「是的，我也不想，只是除此之外，別無它途，我必須要見你們。」

黑玄道：「其實見與不見又有什麼區別？與事無益，那天你離開之後，本就不該再回來。」

影子道：「但我卻回來了，既然我已經選擇了這條路，就必須堅持到底。我必須救出紫霞！」

黑玄道：「人一輩子都在走路，在走之前，沒有人知道自己這一輩子會走多少錯路。更有一些人，一輩子都走在一條錯路上，至死都不明白自己這一輩子怎麼會這樣，這是他的命。」

影子道：「那是因爲這些人一輩子都沒有按照自己的想法生活過，他們不知道自己想要的是什麼，更不敢爭取自己想要的。」

黑玄道：「如果明知不可爲，卻又勉力爲之，其結果只會將自己害得無路可走，從而失去所有本該擁有的一切。」

影子道：「如果不去爭取，又怎知一定沒有結果？這個世界上有如此多的失敗者，有如此多的人認爲走錯了路，是因爲沒有堅持到底的毅力，遇到一點挫折便放棄，不敢繼續前進，害怕遭受再次失敗的打擊。這種人，定然是任何事都不可爲，都不能爲，一生中注定永遠是失敗者，也許從出生的那一刻，就已被印上了失敗的烙印。」

黑玄道：「小子，你這是在教訓我們麼？」

影子反問道：「難道不是？」

黑玄哈哈大笑道：「你又知道什麼？這個世間的事又豈都與你所想的那般簡單？我現在站在這裡與你說話，而沒有殺你，是希望你能夠知難而退，不要再癡想著救紫霞！沒有人進入天地陰陽倒轉之地還能夠重新出來，也不會再有人進入祭天台禁區了！」

影子道：「這話我已經聽過多遍了，再多一遍對我也不會起到什麼效果。」

黑玄神色一肅，道：「看來你倒真是一個頑固不化、冥頑不靈之人。」

影子道：「也許，這是我唯一的優點。」

黑玄半晌沒有說話，夜風吹動著那三綹青鬚，灑脫之態如淵亭嶽峙，渾厚的氣機若暗流滾滾湧動，節節攀升，氣勢恢宏強霸。

影子站立著，排山倒海般壓過來的氣機將他體內的真氣壓制得動彈不得，全身骨骼受到勁氣擠壓，不斷「咯咯」作響，彷彿隨時都可能散開。

影子驟然想起了咒星神，眼前之人的修爲竟然不比咒星神遜色多少，但隱隱中又感覺到與咒星神那渾然天成、沒有一絲瑕疵的修爲相比，有著某種不足。雖然其散出的氣勢強悍無比，但似乎並不能盡情發揮，受到某種束縛。剛才從瀾蝶身上，影子也感覺到了這一點，他不禁想起了瀾蝶所說過的話：「每一個流放到妖人部落聯盟的人都受到了詛咒。」不知這種不足是否是由這詛咒所引起的？

在影子心中思忖之際，那排山倒海的滔天氣勢愈來愈強，隱隱可聽見風雷之聲。樹林中的樹木瘋狂舞動，隱約可見一道巨大的無形勁氣在影子的頭頂勻速旋舞，一點點地朝他蓋壓下來，樹林中的枯枝落葉竟如被漩渦所吸，緩緩地捲入其中，就連四周的空氣也悠悠揚揚地卷舞入內。

第十四章 冥頑不靈

此時，已不容影子多想，這超強的壓力反而激起了他的反抗之心。自他來到幻魔大陸後，便一直長期壓抑著，事事受人控制，愈遇到壓力他的反抗之心就愈強。當下意守丹田，真氣遊走全身，尋隙反擊。

瀾蝶當然看到了影子與黑玄的對峙，但此時她心中所想的並不是兩人誰贏誰輸，而是影子先前對她使出的月魔心刃。據她所知，月魔心刃從沒有失手過，而她卻得以逃脫，雖然是黑玄及時救了她，但她隱隱感到影子並無真正殺她之意。無形的心刃，以意念爲驅，任何有形有質的東西又怎麼能夠阻擋它的殺勢？影子使出月魔的心刃，似乎並非是爲了殺她，而是爲了引黑玄現身，他似乎早已知道黑玄在暗處。瀾蝶心中不禁對影子有了一絲好感，此時，影子雖處於黑玄的壓迫之下，卻仍是巍然若山，氣定神閑，無半絲在逆境之下卑膝屈躬之態。

瀾蝶的腦海中一下子出現了一幅影像：祭祀神殿當中，命運之神冥天面對著戰神破天及四大神殿主神進攻之時，所表現出來的灑脫氣度。一瞬間，瀾蝶產生了兩人便是一人的錯覺。眼前與黑玄作戰的彷彿就是冥天，而她又回到了昔日冥天侍女的身分，而正是她出賣了冥天才會導致冥天落到被四大神殿主神及破天共同攻擊的局面。冥天一次次被擊倒，一次次受到重創，卻又一次次奮起抗擊，而每一次的奮起，卻是遭受更大的創擊，這一切正是由於她的出賣而導致的。

原來眼前的瀾蝶便是昔日冥天的侍女，正是因爲她的出賣，才會被流放到妖人部落聯盟，永遠禁錮於此。

瀾蝶直感到頭痛欲裂，眼前的影子與奮起作戰的黑玄不斷變換，分不清彼此。

「住手！」瀾蝶的三十六隻銀環倏然發出，若一條銀白長蛇般向黑玄狂噬而去，而銀環中間的那一道血光，恰如銀蛇之信，邪異張狂。

黑玄正以不斷加強的氣機將影子壓得毫無還手之力，猛然聽到瀾蝶呼喊「住手」的聲音，隨即便感到一道邪異之極的勁氣自後背襲至，陣陣涼意透入心骨，緊接其後的是形如大山般的巨大壓力。

黑玄心中大驚，不明白瀾蝶突然之間爲何要這樣做，一時之間，意念浮搖，真氣稍散。

影子突然感到那排山倒海般的壓力一鬆，真氣暴舞，趁隙閃電般躍起，左手掌心月光刃凸顯而出，左掌劈下，冰藍色的月光刃以驚天裂地之勢朝黑玄電斬而下。

突然之間，黑玄遭受前後夾攻，瀾蝶爲什麼要對他出手確實難解，但首要先化解這前後夾擊的攻擊，其他的事情自有水落石出的時候。

黑玄右手手掌倏然張開，掌心突然跳出一團黑色火焰，黑火搖曳跳躍，手指一合，那團火焰頓時聚斂，瞬息延長平展。

「呼……」地一聲，變成兩柄三尺來長的黑色火光刃！

右手輕揚，兩柄黑色火光刃前後飛出，分別迎上那三十六隻銀環所組成的銀蛇和影子疾劈而下的月光刃。

「轟……轟……」火光耀眼，響起兩聲轟然巨爆。

三十六隻銀環倏地潰不成軍，四散零落，攻勢頓時化解至無，而月光刃與黑色火光刃相撞，黑藍之色交相輝映，虛空一下子被燃燒了起來，夜空詭異異常。

影子身形一震，虎口發麻，禁不住倒退了一步，心中暗忖道：「好強悍的修為！好怪異的兵刃！」

兩柄火光刃化解前後攻勢之後，黑玄右手一招，火光刃又回到了他手中，變回了一團黑色火焰。

影子曾聽漠提過，在神族中，每一個人都有其獨到特異的魔法修為，大都是根據天地間五種元素衍化而成。其中火系魔法中有一種「黑火神兵」，可以化氣為火，化火為各種兵器，隨意演化，操縱自如。而漠所提到的最擅於使用黑火神兵的便是昔日戰神破天，破天又曾將黑火神兵傳給了他手下的一名神將。

戰神破天已然消失，眼前之人不可能是他，莫非這人正是昔日戰神破天手下的那名神將？影子再聯想到瀾蝶所說的被流放之人，不由更加確定心中的這種猜測。

影子不由脫口而出道：「你是戰神破天手下的一名神將？」

黑玄對影子的話頗感詫異，看了他一眼，卻沒有回答，轉身望向瀾蝶，冷聲道：「你剛才爲什麼要那樣做？」

瀾蝶顯得極爲茫然，雙手抱著頭，一副痛不欲生的模樣，三十六隻銀環散落一地也不去管，嘴中不停地道：「我不知道，我不知道……」

黑玄看著瀾蝶的樣子，凜冽的眼神漸漸變得緩和，不用瀾蝶回答，他已經猜到她剛才發生了什麼事，這已經不是第一次了。

影子注意到瀾蝶，對瀾蝶剛才的舉動甚是不解，無論從哪方面說，瀾蝶都沒有相助自己對付黑玄的理由，而她的樣子也不像是與黑玄有仇，趁機報復。她那恍惚的樣子，倒像是突然之間有種迷失自我的感覺。

黑玄對著瀾蝶道：「你還是先回去休息一下，這裡的事情交給我處理。」

瀾蝶的心神稍爲有所安定，她望向黑玄道：「黑長老，對不起，我真的不知道剛才爲什麼要那樣做，我控制不了自己，腦海中出現的都是錯覺，分不清彼此。」神情沮喪，言語之中，顯得極爲痛苦。

黑玄道：「你什麼都不用說了，我全都明白，你還是先回去休息吧。」

瀾蝶點了點頭，略爲欠身道：「謝黑長老體諒。」轉身離去之時，卻忍不住又看了影子一眼，心中暗忖道：「怎麼會分不清他們兩人呢？」心裡甚是疑惑。

瀾蝶離去，黑玄轉向影子，道：「別說我不給你機會，如果你能夠戰勝我，我便帶你見長老會全體成員。」

影子也不再囉嗦，道：「好，那就一言爲定！」

黑玄道：「你先別回答得這麼乾脆，如果你無法戰勝我，就必須馬上離開妖人部落聯盟，永生都不要再踏入妖人部落聯盟半步！」

影子道：「既然我已經答應，就絕不會後悔，希望你也能遵守自己的諾言！」

黑玄輕笑一聲，道：「我黑玄說出的話從不會收回，何況面對的是一個無知小輩？」

影子也不計較，但他知道，面對曾經是戰神手下十大神將之一的黑玄，若想取勝，實是難於登天，但他除此之外，別無選擇。

這是他唯一可走的路……

朝陽循著那淒慘的悲鳴聲所傳來的方向走去，不再理會紫霞。

他是一個如此狂傲之人，又豈能容忍自己的感情一次一次地被這個女人傷害？即使他很愛紫霞，與紫霞之間的感情是愈愛愈傷害，愈傷害愈愛的那種。

他觸摸著一面石壁，小心翼翼地向前行走著，體內真氣空蕩蕩的，以平凡的目力，根本無法視見一尺之外。石壁很灼熱，以他的感覺，此刻所走的是一條甬道，是從地下穿鑿成空的。只是他沒有想到，地下竟全都是堅硬的岩石，而不是鬆軟的土壤。在他靠著石壁移動的同時，他感到身上的聖魔劍不時地被石壁所吸附，這些石壁有著磁性，而且是鐵磁，難怪此地老是容易吸引閃電的襲擊了。

朝陽愈往前走，就愈感到難以忍受的燥熱，汗水直冒，口乾舌燥，嘴裡彷彿隨時都可以噴出火來。那淒慘的悲鳴仍是斷斷續續，偶爾傳出，而愈往裡走，就愈感到燥熱之中所含的凶戾怨氣也變得愈來愈重。以此，朝陽也可以推斷，他所要見的人也已不遠了。

這時，朝陽又不禁替紫霞擔心起來，聽著自己一個人孤獨的腳步聲，心裡感到異常的空蕩，不著一物。他雖早已習慣孤獨，卻仍不免產生無依之感，那紫霞呢？紫霞又會怎樣？

他停下自己的腳步，凝神靜聽，根本就沒有紫霞跟來的腳步聲。

是的，紫霞沒有來。他所做的一切都是爲了她，而這個女人似乎永遠都不可能屬於自己。

他心裡突然升起一個歹毒的念頭：「要是紫霞死在自己手裡，就永遠沒有人可以與自己搶她了，她永遠都會屬於自己！」但轉而他又想到千年前，千年前的紫霞不就是自己所殺的麼？而自己最終得到的又是什麼？什麼都沒有！空無一物。如果說有，也只是一千年的等待……

難道又要重蹈千年前的覆轍麼？自己千年後的重新甦醒，就是爲了一個女人？不，決不！這並不是自己想要的！自己不是早對自己說過，要放下一切麼？爲何還總是放不下？爲何說過的話這麼快就忘得一乾二淨？到底是忘不了還是放不下？朝陽感到頭痛欲裂，沒有見到紫霞還好，如今見到了她卻讓他變得如此不堪一擊……

朝陽正自思忖著，卻不想甬道已經到了盡頭，而他卻是絲毫沒有覺察。

「呼……」一個火球突然迎面撲來。

朝陽心中一緊，條件反射般往回一縮，險險避過了被火球撞上，但全身卻嚇出了一身冷汗，暗呼「好險」，心神也隨即清醒過來。這才看到甬道盡頭橫著的是另一條甬道，而剛才的那個火球正是自眼前這條橫道從右至左呼嘯而過的。

朝陽往火球飛來的方向望去，看到橫著的甬道盡頭火光滔天，將石壁映得通紅一片，不由暗忖道：「難道那淒慘的叫聲就是由那裡面傳出來的？」

熱浪滾滾，迎面撲來，火舌伸縮卷吐，舔著火光映照下的石壁。

朝陽正自躊躇要不要進去之時，那淒厲的叫聲又傳了出來，狂怒的烈焰霎時盈滿整條甬道，向朝陽洶湧奔至，整個甬道地面不停地顫抖。

朝陽正欲退身閃避，卻發現那狂怒的烈焰當中有一個人在仰天長嘯，而他的琵琶骨、腳踝全都被赤紫亮晶的鐵鏈穿透而過，整個身體更是束縛著玄冰冷玉一樣的柔軟索繩。在烈焰當中欲避不能，欲破不得，神情狂怒、凶煞、痛苦、無奈、憤恨……百味糾纏。

「赤晶寒紫鏈，玄冰冷玉索。」朝陽不由得驚呼，他自是認得那兩樣束縛控制烈焰中人的東西，赤晶寒紫鏈是世上最爲堅硬的東西，而玄冰冷玉索則是至軟之物。赤晶寒紫鏈遇強愈強，無論遇到什麼樣的外力相抗，只會愈來愈堅硬，永不會斷裂；玄冰冷玉索若遇力掙扎，卻會不斷地收縮，深深陷入人的皮肉，直至骨髓，讓人無法忍受那鑽心噬骨的疼痛。其中任何一樣一旦將人束縛住，就永世難以超脫，這兩者同時疊加一起，朝陽無法想像這是對人何等的摧殘。

烈焰湧至，朝陽閃身避入所來的那條甬道。

岩石變得滾燙灼熱，朝陽身上的衣衫自燃了起來，無奈之下，朝陽只得就地往裡一滾。可空氣在這一刻卻因那烈焰彷彿燃燒了起來，朝陽又豈能將身上的火苗撲滅？連滾十數米，毫無作用，只得忍受著灼燒之痛將身上的衣衫件件撕扯掉，連內褲都不曾留下。

當朝陽站起來的時候，身上散發著難以忍受的焦臭味，皮膚上到處都是被火灼傷的傷口，好不難受。

由於被那烈焰中的人所吸引，一時之間，他倒忘了自己已經不再是以前的自己了，武功、魔法、精神力全都已經失去。看著那些燃燒著的衣衫碎片，聖魔劍也掉在了一邊，現在倒是真有種「赤條條，來去無牽無掛」的味道，心中第一次升起了淒涼之感。

這時，有一件東西從背後輕輕披在了他的身上。他低頭一看，是黑白戰袍。

他回過頭來，看到了紫霞。

紫霞淡淡地道：「這是屬於你的東西，任何時候都不要輕易給別人。」

朝陽心中一時百感交集，嘴唇牽動了一下，什麼話都沒有說出來，最後只聽得他客氣地道：「謝謝。」

紫霞平靜地道：「無論怎樣，只要我們活著在這裡一天，都應該相互照顧。」

朝陽心中一陣酸楚，沒有了彼此間的安慰，卻變成了相互間的照顧。這是他們之間的距離，也是永遠無法逾越的鴻溝。

朝陽亦很平靜地道：「你說得對，只要活著，就應該相互照顧。離開了誰，誰也無法單獨生存下去，沒有人可以忍受饑餓和無窮無盡的孤獨！」

是的，兩人都餓了，他們不知道已經在這裡待了多長時間，但饑餓從開始到現在，一直都糾纏著他們，只是他們都把饑餓放在心底，誰也不願提及罷了。他們知道，在這裡根本就不可能找到充饑的食物。在他們心裡，早已經想到，他們的死去很可能是因爲饑餓。

紫霞沒有說什麼。

朝陽轉過身，背對著紫霞，裹了裹身上的黑白戰袍，道：「現在我要去看看那被關在此處的是不是破天，你在這裡等我。」

紫霞道：「我與你一起去。」

朝陽沈吟著沒有出聲。

紫霞道：「你是怕我有危險麼？就算死在裡面也不足為奇，只是遲早的問題而已。為了我能夠再次活過來，影與歌盈都相繼死去，我欠她們太多，注定今生無法償還，只有等待死亡之後，用下一世來還她們。」

朝陽重又轉過身來，對紫霞冷冷地道：「你是在怨我殺了歌盈麼？歌盈是我殺的！」

紫霞搖了搖頭，道：「不，歌盈是為了我而死的，她用她的生命換取了我的重生。」

朝陽道：「可她是我殺的！」

「『他』只是假借你之手而已，我的重生必須借助另一個生命的消亡，這樣才能保證世間所有命運的均衡。歌盈中斷了自己的命運，把她下半輩子的生命給了我。」紫霞幽怨地道。

朝陽道：「而她又怎知道？她用自己下半輩子的命運換取的卻是你不到半年的生命！」

說完，朝陽提起聖魔劍，轉身重又往甬道盡頭另一條橫著的甬道走去。

紫霞看了看朝陽的背影，跟在了他的身後。

隨著那悲慘嚎叫的消失，烈焰已經收斂，只有偶爾竄起的火舌在甬道盡頭依稀可見，而那在烈焰中仰天長嘯的人亦復不見。

朝陽似乎明白，只有那人發出悲慘的嚎叫之時，烈焰才會瘋狂地怒捲。

他往橫著的甬道盡頭走去，雖然怒焰收斂，但灼熱之感仍是讓人難以忍受，幸好他身上黑白戰袍能抵擋灼熱氣浪的侵逼，除了頭足之外，被黑白戰袍包裹的地方沒有絲毫燥熱之感。

朝陽不明白爲何所有武功、魔法在這裡都失去作用，而黑白戰袍卻可以起到抗熱的作用，他想起了那赤晶寒紫鏈及玄冰冷玉索，似乎有所明白，這裡雖然可以讓人失去所有武技、魔法、精神力，但卻不能解除異物所擁有的功效。他看了看手中的聖魔劍，聖魔劍暗淡無光，形同沒有任何靈性的死物，似乎情況又並非如此。

「恐怕我不能隨你一起進去了。」這時，背後傳來紫霞的聲音。

朝陽回頭看到紫霞的頭髮及身上的衣衫都在慢慢地變成焦黃之色，再由焦黃漸漸變成焦黑，那是即將燃燒的先兆。

朝陽道：「那你就在外面等我吧。」說罷，便欲轉頭繼續往前走。

「等一下。」紫霞喊道。

朝陽望向紫霞。

紫霞道：「你可要小心。」

朝陽心中一暖，臉上卻沒有絲毫反應，道：「你也一樣。」說罷，便走向甬道盡頭。

背後，紫霞眼中含著一絲淡淡的擔憂……

第十五章　自閉能量

影子知道自己現在所面對的是有著與咒星神幾乎同等修爲的人，他曾聽漠提過，戰神破天手下的十名戰將，每一名戰將的修爲都不會比四大護法神殿主神的修爲弱多少，相傳神族的大戰，正是有了他們十人，破天才能與梵天、冥天抗衡百年之久，直到十人一一被擊敗，冥天與梵天才徹底將破天擊敗。

面對著這樣一個人，影子戰心跳躍，不僅僅是爲了救出紫霞，更是自己邁向與神作戰的第一步！只有戰勝黑玄，他才能夠面對今後一切不可預知的困難。所以，這一戰，他必須勝！

風捲動他的衣衫，暗湧的氣機緩緩散發開來，悄無聲息地向黑玄慢慢推進，氣機所及之處，每一株草、每一隻蟲、每一棵樹……所有一切生靈的生命都被他捕捉得一清二楚。而天上的月，更由他所散發的氣機與之發生了某種共鳴，淡淡的月華如水般傾灑到他的身上，隨著所散發氣機的延伸，將氣機所及的世界照得通透，如同水晶做的透明世界。

而影子手中，那傾灑而下的月華一點一點地在凝聚，慢慢地，一柄刀的雛形逐漸凝成，隨著月華的不斷凝斂，一柄長約三尺的月形晶體之刀赫然出現在影子手中。

影子左手沿刀鋒滑過，冰藍色的血液盈滿刀刃，光芒一閃，整柄刀倏地變成冰藍色，刀芒大盛，整座樹林皆變成一片冰藍色。

黑玄略爲一愣，隨即哈哈大笑，道：「小子，看來月靈神殿的東西你都學得差不多了——月光刃、月光破魔刃、月魔裂心刃，還有這『以月喚刀，以血祭刀』，借用月的能量召喚出月刀。只是你這『月刀』看來還成色不足，當年月刀一出，山崩地裂，江河斷流，而此刻看來可就差遠了。如果有月石，那情況或許就大不一樣了。」

影子冷聲道：「是麼？那就讓你見識一下沒有月石的月刀的厲害！」

話音落下，身形拔地而起，雙手握刀，月刀射出萬千縷冰藍光芒，藍光耀舞。大喝一聲，月刀狂劈而下。

虛空頓時彷彿裂開長約十丈的冰藍色裂縫，整個樹林霎時狂風亂舞，斷木亂飛，枯葉怒卷，一片囂亂淒迷，瞬間如臨地獄之境。

影子自得月魔冰藍之血，經受月能池的洗滌，體質早已脫胎換骨，重世爲人。自從與銘劍一戰，開啓人體小宇宙的能量，已經能夠自如地掌握月魔一族的強大月能，是以在面對銘劍之時，才能使出月魔裂心刃。而面對咒星神的失敗之戰，更讓他極力想解決天脈的能量與月能之間的衝突，因爲天脈的能量雖然得到部分開啓，卻始終是獨立存在的，以往每次使用月的能量時，天脈的能量必與月的能量相衝突。此刻，他完全自我封閉天脈的能量，以月靈神殿的力量對敵黑玄，才召喚出月靈神殿的最厲害武器——月刀！

刀勢臨身，勁風如怒海潮嘯，狂暴不可擋！

黑玄衣衫狂舞，但透著的仍是悠然自若之態。

就在月刀臨頭不到一尺之際，黑玄右手疾電般拍出，正中月刀刀身。

影子只覺得一股令人窒息的熾熱氣浪猶如火海般狂奔湧至，胸中一窒，丹田彷彿有一道烈火狂然竄起，直貫頭頂。

「轟……」地一聲悶響，頭腦猶如欲炸開，眼前一片赤紅，身子便似狂風中的樹葉，無所依憑。又是一聲沈悶的轟響，撞在一棵粗大的樹木上，樹木應聲折斷。

影子所受之力略爲一洩，心神清明，當下意念凝聚，真氣運轉，借著那狂暴氣浪翻飛，左腳輕踏身側林木，身形借勢沖天而起，穩穩落於一林木樹梢之上，隨樹而動。

那丹田處沖起的烈火般的氣勁運氣導引，已卸去大半，只是氣血尚有些不暢，五臟六腑如翻江倒海。

一招受挫，影子心中無半絲懼意，卻相反激起了好勝之心和不屈戰意。吸了一口氣，仰天長嘯道：「痛快，看來我今天碰到了可以向自己生命極限挑戰的對手！人生如此，夫復何求？」

說話之間，月能全身流轉，冰藍色的光澤自身體四周層層蕩開，如水般的冰藍之氣遊走全身，絲絲縷縷通過右臂進入月刀，又絲絲縷縷經由月刀返回手腕，周轉全身經絡。

遠遠望去，人刀已合二爲一，月刀已經成爲了他手的延伸部分。

立於樹之巔，猶如天神降世，頭髮在狂風中飄搖亂舞，月刀迎風發出嗡鳴聲響。林木飄搖，此起彼伏，身體四周的冰藍色光暈一層層蕩開擴散。

黑玄立於地面，遙望著樹梢之巔的影子，悠然的眼神凝滯了半晌，道：「看來『他』選中你並不是沒有道理的，果然有不同於凡人之處。」

隨即飄身而起，落身於影子身前十丈外的一棵樹上，隨樹而動。

影子哈哈大笑，道：「是麼？那就讓你再看看這一刀！」

這一刀，影子彙聚了全身所有的月能，刀芒若冰藍色的瀑布。無論如何，影子都必須知道黑玄修爲到底深厚到什麼地步，並逼出黑玄最狂野的攻擊，只有那樣他才可能找出黑玄的破綻。而這對影子也無疑是十分危險的，他的行爲無異於一隻飛蛾想去試探火到底有多燙。

月刀疾劈而下，黑玄依舊自然，右腕一抖，黑火神兵化爲一道黑火鏈，若銀蛇狂舞，迎向影子的攻擊。

一連串「噗噗」聲中，黑火鏈將月刀緊緊纏住，朝左翼一分一扯。

月刀劈勢頓時偏移，如瀑般的刀芒直斬地面。

一瞬間的悄無聲息，接著一聲驚天巨響，「轟……」刀芒所及之處，天地開裂，林木盡折，樹林赫然一分爲二，裂開長約三十丈的巨大裂口，其深竟然引至底端的沼澤淤泥噴湧而上，四處飛濺。

而這時，黑火鏈閃過一道刺眼的詭異火芒，直沒月刀，月刀頓時如被黑火所燎，一道烈焰般的氣勁沿著影子手腕若刀刃劃過經脈，直沖影子丹田。

影子心中大驚，若是任由這股氣勁直貫丹田，自己必死無疑。全身真氣經由丹田調集，全力封阻那沿經脈攻來的烈焰般的氣勁。

萬氣歸一，與那灼熱氣勁相撞於影子右臂。

兩道真氣狹路相縫，頓時在影子胳膊處衝撞爆裂，胳膊皮膚突然鼓起。

「嗤……」皮膚裂開，一道血箭沖天射出。那道黑火之光倏然退卻，冰藍色的氣光自傷口處吞吐激射，那道黑火鏈也被月刀陡然爆漲的真氣震開，倏然回縮到黑玄手中。

影子跌落地面，黑玄亦自樹上飄然而下，而他所站的那棵樹隨後便化爲粉塵，四散於夜空下。他所受影子之力被他悉數移到他所站之樹上，才會使樹變成齏粉。

影子微微一笑，他終於探清了黑玄的修爲，事實果如他所料，黑玄至少有一半的修爲全都被詛咒所封禁，受到束縛，不能任意而發，現在所擁有的修爲強不過影子一倍。正因爲如此，黑玄才不敢冒然接受影子瞬間爆發的真正反擊，不得已轉移到所站之樹上。

劇烈的疼痛感從右臂經脈斷處傳來，經脈的斷裂已使影子的右臂完全廢掉，使不出半點力，月刀也頹然掉落地面，黯然無光。

影子看了看右臂的傷口，斷掉的經脈露出兩個斷頭，他封住右臂的穴位，將連接全身的那截經脈的斷頭往外一拉，影子頓感全身一陣絞痛，鮮血標射，疼痛感滲透至全身每一個毛孔，冷汗自每一個毛孔滲出，而經脈卻被他拉出了三寸。

影子連忙用嘴咬住那拉出的三寸經脈，再將連接控制手的那截經脈拉出兩寸。片刻之後，斷掉的經脈已被影子以最簡單、最直接的方式續接好，就像連接一根斷繩一般。

影子氣運右手，手臂活動自如，真氣一吐一吸，月刀彈射回到了手中。

黑玄看得目瞪口呆，他從未想過，也從未見到過，經脈是可以通過這種方式續接好的。這其中所要忍受的鑽心劇痛，又豈是人所能做到的？他不得不用全新的目光打量著站在眼前的這個人。直到這一刻，他才認爲影子有資格成爲他的對手！

而影子全身的衣衫已被滲出的冷汗所濕透，這足以證明他忍受了多大的痛苦。

「小子，你是老夫所見到的最爲奇特之人，老夫很高興能有你這樣一個對手。」黑玄誠懇地道。

影子道：「是麼？那就多謝你看得起我了，但我的目標不僅僅是成爲你的對手，而是要戰敗你！」

「哈哈哈……」黑玄大笑道：「這是我今晚聽到的最爲悅耳的一句話，那就儘管來吧！」

影子臉上帶著微笑，將月刀交到左手。右手雖然已經接好，但卻不能過於用力，何況，左手才是他最大的優勢所在。既已確認了黑玄有一半以上的功力都已被封禁，那麼現在，正是他全力反擊的時候了。

月刀高高舉過頭頂，冰藍刀光沿刀身瑩瑩閃動，詭異卻不爆烈。

雖然知道黑玄有一半的功力被詛咒所束縛，但黑玄的功力強過他一倍，硬取不是他所要的策略。丹田深處小宇宙的能量緩緩升騰，真氣緩緩通過左臂迅速彙集月刀。

黑玄亦蓄勢以待，他雙手在身前劃過一個大圓弧形，雙掌徐徐交合，再緩緩上下拉開。一道刺眼的黑光閃耀，右手掌心跳出一團黑火，烈焰卻比先前更爲猛烈，更爲熾熱。

影子心中已有應對之策，當月刀奇芒爆射之時，影子飛身而起，人刀合一，以一往無回之勢攜起滔天刀芒攻向黑玄。

黑玄右手一抖，那團黑火電射而出，破風之聲尖銳刺耳，倏地在夜裡變成一道黑紅色的巨大光箭，勁射影子。

刀與箭相接，狂暴的氣浪席捲整個天地，飛沙走石，樹木折斷橫飛。

天地之間，瞬間一片囂亂，狂暴不安。

而就在刀與劍相交的一刹那，月刀之中突然標出了一道「月光破魔刃」，以無可匹敵的速度和狂野之勢攻向黑玄。

影子將月刀交於左手，其目的也正在於此。他必須借用月刀全力吸引黑玄的攻勢，再出其不意地以月光刃對黑玄施以決定性的一擊。所以，在事先行功運氣凝聚於月刀之時，他已將月光刃藏於月刀當中。

這才是影子的真正殺勢！

黑玄顯然對影子的這一殺勢沒有充分的估計，臉色瞬息之間有萬千種變化，驚訝、失措……不一而足。

已經標出化爲光箭的黑火神兵不可能再收回，黑玄只得眼睜睜看著月光破魔刃閃電般向自己逼進，在囂亂狂暴的虛空中撕開一條詭異的冰藍色軌跡。他一動不動，顯得無可奈何。

可就在月光刃即將穿透黑玄身體的一剎那，形勢突變！

黑玄緊握的左手突然張開，手心赫然跳動著一團黑色的烈焰，閃電般迎向月光破魔刃。月光破魔刃進入黑色烈焰當中，冰藍色的月光破魔刃瞬息便被消解相隔，可一眨眼功夫不到，黑玄左手劈出，卻是一道黑火般燃燒的月光破魔刃。

又一道黑火神兵！

黑玄以影子發出的月光破魔刃加以煉化，轉而成了攻擊影子的黑火神兵！影子做夢都沒有想到黑玄竟隱而藏有兩道黑火神兵，而他精心所採取的策略卻成爲了自己此刻最大的破綻。他眼睜睜地看著那黑色的月光破魔刃向自己飛來而無可奈何，一切的變化都在電光石火之間，已容不得他採取任何應對策略。

第十六章　黑火之刃

「嗤……」月光破魔刃刺進了影子的身體，化成無盡烈焰真氣在經脈內到處亂竄。

這以黑火真氣煉化的月光破魔刃是如此之強，月光破魔刃的強大月能全部被黑火真氣所轉化，形成了比黑玄所擁有的黑火神兵強逾一倍的新的黑火神兵，以月光破魔刃的形式發出。影子體內尚未形成抵抗，便全線宣告崩潰，一敗塗地。

影子站著一動未動，月刃由於缺少月能的支援像光一樣消散，而他的體內卻正經受著黑火真氣的焚燒。

黑玄收回另一道黑火神兵，黑火神兵回到掌心，變成一團跳躍的火苗，慢慢隱入掌心，消失不見。隨後，黑玄向影子走了過來，站在了影子面前。

黑玄看著影子木然呆滯的眼神，道：「你是我來到妖人部落聯盟見到最好的對手，但你的命卻太短了。」

他伸出手，掩合影子睜著的眼睛，正準備吸出進入影子體內的黑火神兵，可就在這時，一團燃燒著的火焰從破體而入的傷口處跳出。

芒。

黑玄大吃一驚，尚未明白是怎麼回事，影子本已合上的眼睛突然睜開，射出驚電一般的神

黑玄又嚇了一大跳，連忙閃身後退，全身高度戒備。

可過了半晌，影子卻又沒有絲毫反應。

黑玄警惕地看著影子，不明白這到底是怎麼回事，心中忖道：「難道他沒有死？抑或是迴光返照？不，這不可能，沒有人被黑火神兵毀掉全身經脈而不死！」

黑玄以精神力的延伸，進入影子體內，探察著影子的生死情況。

令他感到震撼的是，影子體內正在打造出一種全新的經脈，而這一切正是由一段沒有被黑火神兵所毀的經脈產生的巨大能量所使然。而這段經脈正在一點點地釋放出來，其強大令黑玄感到匪夷所思。

而令黑玄感到匪夷所思的不僅僅是這些，影子體內丹田最深處由於經脈被毀而自動關閉保護的人體小宇宙彷彿受到了某種召喚，也在一點點地釋放月的能量。兩種巨大的能量完全融合在一起，正在打造著影子身體全新的經脈圖絡。

黑玄感到極爲不解，以他的經驗也不明白這是怎麼回事。

原來，釋放這能量的是影子體內的天脈。在影子剛到幻魔大陸時，影爲了喚醒影子的記憶，曾以自身的功力企圖開啓天脈，但卻沒有成功，導致她的形神俱毀。影子的經脈那一次便

已毀過一次，但天脈卻又重新給他續接上。但這次毀去影子經脈的是戰神破天手下十大戰將之一的黑玄，其黑火神兵的修爲不知要比影高明多少，對影子經脈的摧毀，卻無意間幫影子完全打開了蘊藏在天脈內的巨大能量。而在這股巨大能量的作用下，人體小宇宙的月能在沒有經脈的一片虛無中，與天脈內的能量相互滋長，相互融合，形成了仿若天地陰陽相生相融的道理，兩者融爲一體。

當黑玄的精神力不可思議地感到影子體內的經脈重新形成之時，影子眼中射出的神芒漸漸收斂淡去，大腦的思維活動重新得到啓動。

影子感到全身充滿了生生不息、無窮的力量，他望向黑玄道：「謝謝你幫了我。」神情傲然。

黑玄看到影子周身有一層似有若無的冰藍色光暈，心中震駭，此時的影子至少擁有了昔日自己所擁有的修爲。只有相當於主神級的修爲，才會自然而然地散發出這種光暈。

但黑玄不明白自己到底做了什麼幫助了影子，他道：「我不明白你的意思。」

影子傲然一笑，道：「你不用明白我的意思，只要知道現在的我已經不再是剛才的我便行了。來吧，我們再來一戰。」

黑玄心中雖然不解，但他知道正是自己剛才用黑火神兵傷了影子，才會有此刻的影子。

黑玄塵封多年的戰心開始在跳躍，他的表情變得肅穆。雖然影子只是站在那裡，渾身的氣

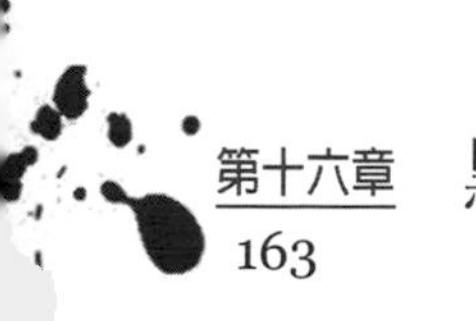

機淡如水，但他感到了比影子先前無窮提升氣機要強大數倍的壓力，這種無形的壓力，竟然讓他有種喘不過氣來的感覺。

黑玄強吸了一口氣，朗聲道：「好，我倒要看看現在的你與先前的你有何區別！」

說話之際，雙手交合，上下幻動，左右手的掌心同時彈出一團黑火神兵，隨著雙手幻動的不斷加快，兩團黑火神兵竟然合二爲一。

黑光耀閃，左右手拉開，黑火神兵幽光閃動，裡面彷彿藏著一個隨時可能跳躍而出的邪惡凶靈，邪異的氣息陣陣散開。

影子自若地看著黑玄，他知道黑玄已經召喚出了「黑火邪兵」。他曾聽漠提及過，黑火邪兵是黑火神兵的最高境界，黑火邪兵之所以爲黑火邪兵，是因爲它將所有被黑火神兵所殺之人的凶戾元神以黑火真氣煉化在一起，增加其凶戾殺意。而黑火邪兵每次出現必定要噬血才歸，它有著兵器中最爲邪惡的靈魂。

一聲銳嘯，黑玄手中的黑火邪兵破空而出，赫然是一柄烈焰電火槍。

烈焰電火槍黑火吞吐閃爍，槍芒膨脹不定，彷彿一個個封禁煉化在烈焰電光槍內的兇惡元神欲破而出。烈焰電火槍周圍一丈的空氣都被黑火所侵滿，層層疊疊的熾熱氣浪向影子滾滾湧至，所過之處，草木斷枝盡數焚燒。

影子若淵亭嶽峙般站立不動，身上氣機斂而不發，看上去似無絲毫進攻的準備。

「小子，接招吧！」

暴喝聲中，黑火邪兵破空刺出，那一個個封禁煉化的凶戾元神彷彿一下子得到了解放，自槍刃怒沖而出，帶著黑火烈焰撲向影子。

一時之間，黑火焚空，戾氣蔽月。

影子微微一笑，道：「你這是叫作自尋死路！」

說話之間，那一個個凶戾元神的虛像已當頭撲下，而就在即將影子吞噬的一剎那——

左手月光刃破空揮出，那些帶著黑火的元神虛像從中一分爲二，月光刃直指緊接其後的烈焰電火槍槍頭！

「鏘……」金屬交鳴之聲刺入耳鼓，月光刃竟將烈焰電火槍從中一分爲二。

黑火邪兵頓時潰散，黑火亂竄，一個個元神虛像露出痛苦的神情，轉瞬消逝。

黑玄胸口頓時如遭雷擊，黑火真氣反身自噬。熾烈真氣直竄全身經脈穴位，五內俱焚，而在這時，將黑火邪兵從中撕開的月光刃又直取黑玄！眼看月光刃就要將黑玄從胸刺穿，影子真氣一吐一吸，月光刃頓被硬生生的吸扯回來，回至掌心中。

「哇……」黑玄張嘴狂吐，鮮血就像雨霧一般彌漫於虛空中。黑玄雙膝頹然跪地，臉色蒼白得令人害怕。

影子走到黑玄面前，看著頹然跪地的黑玄，道：「我勝了。」

黑玄低垂著頭，半晌才擡起頭來，歎息一聲道：「是的，你勝了，我終究不能再駕馭黑火邪兵，而被你的月光刃輕易破除。謝謝你手下留情，沒有殺我。」

影子道：「你在召喚出黑火邪兵時已經後力不繼，但你卻強行而爲，導致黑火邪兵自噬，我沒有必要殺這樣的人，你也沒有必要謝我。」

黑玄眼神顯得極爲空洞，望著夜空，道：「我以爲我可以，但我終究不行，我的力量已經不到以前的三分之一，我不知自己爲什麼還要活在這個世上，難道等待偉大的戰神重新復活，帶著我們重新殺回神族，奪回那曾經屬於我們的一切嗎？」黑玄搖了搖頭道：「這已經不可能了，我們是在等待一個永遠都不可能實現的夢想。」

影子道：「但你們還會一直等下去。」

黑玄百感交集地望著影子，這是一句藏在他們心底的話，是他們一直擁有的不滅信念！如今卻被一個外人說了出來。原來他們的心願是有人懂的，他們所做的一切是有人可以理解的。

「好，說得好！我們還會一直等下去！」黑玄大聲地說道，然後便大笑，可笑著笑著，又狂噴出一口鮮血。

黑玄回過一口氣，拭去嘴角的血跡，朗聲道：「走，我帶你去見另外幾個老不死的！」

朝陽走到了甬道的盡頭，在他眼前出現的是一個廣達數千平方的山洞，洞內熾熱如火爐，熱浪滾滾，六根寒冰玄鐵柱呈三角分佈於山洞內。寒冰玄鐵柱與山體相接，而連接六根寒冰玄鐵柱的赫然是赤晶寒紫鏈。另外，有六條赤晶寒紫鏈分別從六根寒冰玄鐵柱中牽出，連接著最中間紫晶顏色的三角鼎爐。而在三角鼎爐的下面，是幽藍顏色的地心烈火，此刻地心烈火正鍛燒著那紫晶顏色的三角鼎爐。

「煉神鼎！」朝陽驚呼，他自是認得那紫晶顏色的三角鼎爐正是傳說中煉化元神的煉神鼎，那冒出的地心烈火是永世不滅的三味真火。相傳，若是被煉神鼎封禁，再以三味真火鍛燒，不出七七四十九天，任何強橫凶戾的元神都必會魂飛魄散。

朝陽沒有看到那烈焰中仰天長嘯的人，他相信剛才自己看到的是煉神鼎中升騰出來元神化成的虛像。如此一來，如果他所看到的是破天的元神的話，那其元神又豈會只煉化了七七四十九天？

自當朝陽思忖之際，驀地聽到手中的聖魔劍發出嗡鳴之聲，並且不停地顫動著，似乎感應到了什麼。

朝陽看著手中的聖魔劍，正自不解，突然，聖魔劍紅光大作，「嗖……」地一聲，從朝陽手中掙脫而出，向煉神鼎飛去，直沒其內。而那鍛燒著煉神鼎的三味真火一下子竄得很高，將整個煉神鼎包在了烈焰中。

幽藍色的火苗極爲張狂。

「哈哈哈哈……」煉神鼎內突然傳出一陣狂笑，笑聲滔滔不絕，將朝陽一下子震倒在地。

朝陽只感體內氣血沸騰，耳鼓發脹，想運功抵抗，無奈功力盡失。

他貼著山壁站了起來，強自鎮定，朗聲道：「可是戰神破天？」

「哈哈哈……」笑聲更盛，片刻過後，只聽煉神鼎內有聲音道：「終於讓我再見到了這寶貝！」

聲音卻是有無限悽楚之意。

朝陽終於確定那煉神鼎內的元神是戰神破天。自樓夜雨利用幻像幫他強行開啓被自己封鎖的有關師父梵天的記憶後，他記起了師父梵天曾對他說過的話：「這聖魔劍是昔日神族戰士破天的聖物，爲師將它送給你，希望你好自尊重，不要辜負它。」煉神鼎內聲音所說的「寶貝」，自是指聖魔劍，這也就說明，煉神鼎內的元神是戰神破天無疑。

這時，一道紅光自煉神鼎破火刺出，直沖山洞頂壁，紅光之中，更有一條張牙舞爪的怒龍狂嘯而出，衝破了山洞的頂壁，直竄九天雲霄。

整個山洞頓時搖晃顫抖，沙石從四壁震落飛濺。

洞外虛空中，一道閃電直落掠下，一聲霹靂炸響，洞內六根寒冰玄鐵柱頓時被驚電纏繞，並沿著六根赤晶寒紫鏈傳至煉神鼎。

煉神鼎六道紫紅驚電彙集，紫晶煉神鼎紫光大盛，地底三味真火一下子爆發。

剎那之間，山洞被烈焰所填滿，火氣四撞。

朝陽連忙連頭帶腳用黑白戰袍緊緊包裹住，躲在一隅。

山洞外，另一條甬道上的紫霞此刻一顆心一下子竄到了喉嚨上，久久不下。她的眼前是那條橫著甬道直掠而過的烈焰。

「他怎麼樣了？他到底怎麼樣了？」紫霞恨不得立即衝過烈焰到裡面去看看。

住在妖人部落聯盟中的人，以及攙扶著黑玄去見長老會人的影子，臨窗彈琴的泫澈，都看到了在祭天台禁區的中間竄出的一道赤紅之光，看到了赤紅之光中張牙舞爪、狂嘯不已的怒龍，甚至連遠在遼城大將軍府的無語也都看到了。

「聖魔劍靈。」無語臉上現出不知是擔心還是欣喜的神情，他認得那張牙舞爪、狂嘯不已的怒龍正是傳說中聖魔劍的劍靈。

「戰主，是戰主的聖魔劍！」受傷極重的黑玄激動不已。

而影子卻心忖道：「看來此刻紫霞與朝陽真的沒有死。」

泫澈所彈的琴聲戛然而止，她看著那直沖雲霄的怒龍紅光，臉上看不出悲喜。

此時，在接壤著妖人部落聯盟的西羅帝國南方邊界城牆上，一個素衣女子翩翩而立，長髮垂至腳跟，眉淡如煙，眼神篤定，站在城牆上卻孤孑於塵世間，她也看到了那直沖雲霄的紅光及怒龍。而在她的身後，則站著那只有木然表情的月戰。

祭天台禁區，天地陰陽倒轉之地，山洞內的煉神鼎中，朝陽看到的破天的虛像又竄了出來，凌然於烈焰當中。

他手持聖魔劍，仰天長嘯著，雖然赤晶寒紫鏈穿透了他的琵琶骨，腳踝不能收縮，綳得很緊，玄冰冷玉索勒至骨髓，但嘯聲中包含的不是痛苦，而是滿腔豪情。

「我的聖魔劍又回到我手中了，哈哈哈……」

但赤晶寒紫鏈卻愈收愈緊，將虛像中的琵琶骨和腳踝骨拉得「咯咯」作響，四肢頭顱拉得不能再直。而另一邊，玄冰冷玉索卻又深入骨髓地不停收縮，將虛像又勒得不能再緊。一邊極力拉開，一邊極力收縮，整個虛像都變了形，但笑聲卻仍是不止。

朝陽小心地透過黑白戰袍的縫隙看著那烈焰中變了形的元神虛像，身上不禁感到萬分寒冷。如果此刻是自己承受著如此非人的酷刑，不知會變成怎樣？能讓元神保持不滅麼？他心中第一次有了懼意。

當笑聲結束，聖魔劍紅光收斂時，破天彷彿連最後一點力氣都用完了，煉神鼎內強大的吸力一下子又將他的元神吸了進去。

烈焰慢慢回收，一切恢復如常。

朝陽的頭從黑白戰袍中鑽了出來，站起身，向前走出幾步，看著煉神鼎。他想起了聖魔劍在破天手中所產生的異象，想起了那怒龍，原來自己一直都沒有真正發揮聖魔劍的作用，只是把它當作一柄削鐵如泥的劍器使用而已，沒想到劍身中還藏著凶靈。

朝陽又一次對著煉神鼎道：「裡面可是戰神破天？」

半晌，裡面卻沒有一丁點反應。

正當朝陽欲再次開口相詢之時，裡面卻傳來兇狠的聲音：「小子，你到底是誰？爲何擁有我的聖魔劍？」

朝陽想也沒想便道：「是我師父給我的。」

「你師父是誰？爲何擁有我的聖魔劍？」破天斥問道。

「他曾經告訴我，不要向任何人提起。但既然你問了，我就不妨告訴你，我的師父是梵天。」朝陽毫不避諱，當初，他正是爲了忘記那段師從梵天的經歷，才將這段記憶給封禁掉的，沒想到被樓夜雨開啓了。

破天恍然大悟，接著哈哈大笑道：「我早應該想到了，你的師父必定是那兩個惡賊之一，正是那兩個惡賊搶走了聖魔劍，將我封禁於此的！你要不是那兩個惡賊的弟子，又怎麼可能來到這暗無天日的地方？哈哈哈哈……」

朝陽不想作什麼辯解，只是道：「事情並不像你所想像的那樣。」

破天的笑聲突然從中打住，接著便是急促的咳嗽聲，原來卻是笑得岔了氣。

半晌，只聽破天又厲聲斥道：「小子，那兩個惡賊派你來幹什麼？難道見我還沒死，派你來殺我，讓我形神俱毀？嘿嘿，想要毀我元神可沒那麼容易。這煉神鼎、赤晶寒紫鏈、玄冰冷玉索、三味真火加在一起都不能奈我何，何況是你?!」

朝陽道：「我想你是誤會了，我根本沒有想過要毀你元神，也根本與你所說的那兩人無關，我的到來是因爲一個女子，她想將我困在這天地陰陽倒轉之地。」

破天一陣冷笑，道：「小子，你不用騙我了，這天地陰陽倒轉之地豈是人隨便可來的地方？若非他們兩人特許，你又怎麼可能來到這裡？」

朝陽心中抗逆之心一下被激了起來，他冷笑一聲，道：「難道什麼事情都要『他』說了才算麼？我便要逆『他』而爲之！」

破天先是一愣，隨即道：「小子，你有種！」

朝陽狂傲地道：「你不也是一樣麼？當年你爲了一人獨掌神族，便設計欲將梵天和冥天除去！」

破天道：「我開始有些相信你的話了，小子，你到底是誰？」

朝陽道：「我是一個與命運相抗爭之人，我要將自己的命運主宰在自己手裡！」

破天哈哈大笑，道：「你這話是我被封禁在這裡聽到最開心的一句，無論你是誰，我開始有些喜歡上你了。」

朝陽道：「但我卻並不喜歡你，在我眼中，你是一個失敗者！」

「哈哈哈……」破天大笑，笑到最後卻有了一點淒然，道：「失敗者？失敗者？說得好！我戰神破天的一生只是用這三個字便概括了，哈哈哈……」

朝陽聽著破天的笑，感到的卻是他在哭。

「我破天一生為戰，一生求戰，卻鬥志未泯，被關在這暗無天日的天地陰陽倒轉之地，忍受著烈焰的焚燒，閃電的襲擊，既被赤晶寒紫鏈拉扯著，又被玄冰冷玉索勒入骨髓，成為了失敗的代名詞，難道我破天的一生就這樣過去麼？」

暴喝聲中，煉神鼎急劇顫抖著，拉動那赤晶寒紫鏈，連六根玄冰寒鐵柱也不停顫動著，整個山洞則搖晃不已，細石震落。

第十七章　神鼎煉天

朝陽看著煉神鼎內破天暴怒的樣子，發出不屑的冷笑。

破天聽到，厲聲道：「小子，你笑什麼？從來沒有人可以嗤笑老夫！雖然我被封禁在煉神鼎內，可要殺你，也是易如反掌！」

朝陽毫不畏懼地道：「我笑你在做無謂的掙扎，要是你發怒可以離開這裡，早就打翻這煉神鼎，離開了這裡，又何須等到今天？」

破天冷笑道：「你以爲離開這裡很容易麼？從老夫戰敗那一天到現在，不知想了多少辦法，都毫無用處。這無以數計的日子是怎麼過來的，你知道麼？難道連老夫發怒一下都不行？」

朝陽道：「如果發怒可以解決問題，那你就儘管發怒吧，沒有人會攔著你！」

「小子，難道你有什麼辦法可以讓我離開這裡？」破天反問道，語氣中充滿了不屑。

朝陽道：「沒有，但若我是你，絕不會像你一樣做那些毫無用處的事情。天下間沒有什麼事情是沒有辦法解決的，只是有沒有想到而已。」

破天道：「真是天真無知！你可知這煉神鼎、赤晶寒紫鏈、玄冰冷玉索、玄冰寒鐵柱都被梵天與冥天集兩人之力，施以封禁魔法，一遇到力的抗爭，便馬上對我的元神進行摧毀，若非我戰心不死，只怕早已魂飛魄散了，哪還能在今天見到你？」

朝陽道：「難道真的一點辦法都沒有麼？」

「有！」破天道：「除非找到比梵天、冥天合起來還要強大的力量解開封禁，但這是不可能的，這世上根本不可能有這樣的人存在！就算有，這裡是天地陰陽倒轉之地，任何武功、魔法、精神力都會失效。」

「那你呢？爲何你的元神所擁有的力量沒有失去？」朝陽道。

破天道：「因爲我是戰神破天！我的元神不滅，力量就不會消失，這是創世之神賦予戰神的榮耀，否則我早就魂飛魄散了！」

朝陽道：「難道除此之外，就沒有其他的辦法了麼？」

破天道：「當然有，除非梵天和冥天親自爲我解除封禁，但你認爲這有可能麼？如果真的是那樣的話，我倒寧願永世被困在這裡，也不願接受他們的施捨和憐憫。」

朝陽道：「這已經不可能了，因爲梵天已被我所殺，他的元神已經永遠自這個世間消失。」

破天聽得一驚，道：「小子，你殺了梵天？」顯然不敢相信這是事實。

朝陽輕淡地道：「是的，是我親手殺了他！」

「爲什麼？」破天顯得極爲不可思議，一時之間倒忘了其他。

朝陽的眼神一下子顯得很悠遠，冷然道：「因爲當年他說，如果我要成爲幻魔大陸最強的人，就必須捨棄所有感情。我第一關要過的，就是殺了他！我聽了他的話，所以他死在了聖魔劍下。」

破天忙道：「那你有沒有成爲幻魔大陸最強的人？」

朝陽道：「我成爲了幻魔大陸最強的人，但卻忘記了他曾經對我說過的話。他說要我捨棄所有感情，但我成爲幻魔大陸最強的人是爲了得到一份感情，所以，最後我又失敗了。在我失敗的那一天，我才知道自己的命運是被人控制的，所有發生的一切都是一種安排。因此，一千年後我又活了過來，就是爲了與『他』戰！」

破天一笑，道：「原來我們都是想主宰自己命運的人，但你爲何又因爲一個女人來到這天地陰陽倒轉之地？看來你沒有真正地徹悟，放下一切。」

朝陽並未否認，道：「我曾經以爲自己可以做到，但我終究還是沒有做到。我想了七天，想了萬千種應對策略，最後卻還是作了最愚蠢的選擇。但又有誰說，要戰勝『他』就必須放下一切？我便不信！我既要戰勝『他』，還要擁有一切！」

破天道：「你想擁有，便有弱點，便有破綻，這樣的你漏洞百出，根本不是『他』的對手！」

朝陽厲眼望向煉神鼎，道：「連你都這樣認爲？」

破天道：「『他』能夠掌握人的命運，就是利用人的弱點。當年我之所以失敗，是因爲我對權勢的欲望太強，我以爲我可以用自身強大的力量改變自己的命運，但終究還是失敗了。」語氣顯得極爲失落。

朝陽不禁冷笑，道：「這就是昔日聞名遐邇的戰神破天麼？我不敢相信這樣的話是出自你口中！」

破天哈哈大笑，道：「這話當然不是出自我之口，只是它時而跳出來想侵擾我的意志而已，我又豈會上當？我戰神破天一身求戰，一生爲戰！要的不是宿命，而是戰勝一切，包括命運！」

朝陽道：「但你卻被封禁在這裡。」

「小子，你爲何老是往別人的痛處戳？」破天暴喝道。

朝陽道：「我只是覺得，你一輩子都被封禁在這裡，求生不能，求死不得，每天承受閃電烈火的煎熬，那擁有可戰天下的力量又怎樣？只是用來掙扎，發出痛苦的悲鳴而已。」

煉神鼎突然一陣劇烈震動，接著赤晶寒紫鏈顫動起來，三味真火熊熊燃起，破天元神化成的虛像自煉神鼎內一下竄出，拉扯著赤晶寒紫鏈，倏地逼到朝陽面前。

朝陽只感到灼熱的氣浪化成縷縷熱氣，從每一個毛孔往身體裡鑽，體內燙如火爐，就算黑白戰袍也無法抵擋這強霸的熱勁。

只見破天扭曲了的虛像緊逼著朝陽，兇狠地道：「小子，難道你嫌自己的命太長不成？老夫可是隨時都能要你的命的！」

朝陽鎮定自若，微笑著道：「我知道，但我來到這裡，生與死對我又有什麼區別？」

破天哈哈大笑，道：「那好，既然生與死對你沒有什麼區別，那你就去死吧！」

一股強大無匹的勁風迎面撲來，朝陽頓感身上的黑白戰袍一下子飛了起來，眼前一片黑暗，強大死亡的恐懼瞬間便蔓延全身，一道黑色旋流陡地湧了起來，將他吞噬。

「不——」朝陽大喊道，隨即思維一滯，一切停止……

月色當空。

影子攙扶著黑玄來到了一片竹林，竹林綿綿，竹葉凋落，一副頹敗之景。竹林中有一條小河平靜南去，曲折流過，河水上間或飄浮著黃色竹葉，隨著流水，往夜的更深處飄去。

在河的左邊，是一條細石鋪就的小路，竹葉零落，無人清掃。

黑玄指著這細石小路道：「沿著這條路往前走，很快便可見到你想見的長老會之人。」言語中含有輕快的欣喜。

影子已猜到，那沖天而起的赤紅之光是由聖魔劍所發出的，在雲霓古國的天壇太廟，聖魔劍首次出現的時候，朝陽便使聖魔劍發出那沖天的赤焰之光，只是那次沒有怒龍出現。影子知道，黑玄之所以顯得如此高興，他一定認為，只有戰神破天才可以召喚出聖魔劍的劍靈，而這也說明，戰神破天——他們的戰主——還活著！

影子並不太關心戰神破天是否還活著，他心中想到的是朝陽與紫霞，聖魔劍在朝陽的手中，戰神破天得到聖魔劍，綻放出聖魔劍靈，說明是朝陽將聖魔劍給了破天，而這在某種程度上說明朝陽沒有死，至少是在將聖魔劍給破天之前。如果是這樣，那麼紫霞很可能也沒有死，還活著，這讓影子在對他們的生死感到茫然之後，又更加確定了進入祭天台禁區救出紫霞的決心。

河水悠悠，泛著清冷的月光，影子攙扶黑玄沿著細石小路往北行去，夜鳥時而從林中驚起飛竄，身邊河水清澈見底，卵石遍佈，偶爾有黑尾白鬚金鱗的龍魚悠然游過。

影子知道這種龍魚是一種極富觀賞性的魚，幻魔大陸的皇宮貴族都以擁有這種龍魚為驕傲，但卻很少有人能夠真正擁有，卻不想在這妖人部落聯盟見到。

思忖之間，卻聽黑玄道：「到了。」

影子擡頭一看，在河邊竹林的一片空曠之地，有一間竹屋，柔和的燈光從竹屋的縫隙間透出，在空曠的地上投下一束一束的光線。

影子望向黑玄，黑玄一笑，然後大聲道：「幾個死老鬼，你們猜對了，我敗了，哈哈哈……」

「那你就帶他進來吧。」竹樓內傳出一個人淡淡的聲音。

黑玄定了定神，對影子道：「走吧，我們進去。」

影子跟著黑玄走進了那竹樓，在他進入竹樓之前，已經感應到裡面有四人，其中三人真氣內斂，深不可測，而另一人空空蕩蕩，似有若無。影子感到奇怪，爲何不是九人，而是四人？昔日戰神破天共有十大戰將，黑玄是其中之一，應該還有九人才對。

走進竹樓，影子看到竹樓質樸簡單，所有物品井然有序，一塵不染，四個人坐在竹椅上，齊齊向他望來。

坐在最中間的是一個獨臂老人，白素左袖空空蕩蕩，頭髮斑白，臉型削瘦，眼神平和，儼然是一個溫和的老人。那若有似無的氣息正是從此人身上傳出，影子與之目光對視，彷彿看到的是平靜無波的大海，無邊無際，無始無終。

在他的左側是一個紅衫婦人，坐在燈光的陰影之中，面色蒼白，相貌卻是極美，身上裹著一件厚厚的黑色皮毛的大衣，整個人縮在裡面，彷彿正生著一場大病。

在他旁邊臨窗處坐著一個身形矮胖的男子，滿臉堆笑，雙眼卻有一隻不能視物，也不見包裹，空空洞洞的，深陷入內。在他的對面是一個身形高大、一身紫衣、看上去很年輕的人，俊美的臉上，有一道刀疤從左上額到右耳垂，如一條紅色的蚯蚓爬在臉上。

另外，還有一張空椅子，顯然是黑玄的。

獨臂老人望向那臉上有一道刀疤的人道：「千毅，去將你四哥扶到座位上。」

那人也不作聲，站了起來，走到影子身旁，將黑玄攙扶著坐到那張空椅子上，接著，便回到自己的座位，一聲不吭。

黑玄心中本有許多話要說，但見四人所表現出的森然面色，將所有的話都縮回了肚子裡。

那獨臂老人望向影子，道：「你就是那個要見我們之人？」語氣平淡，顯然剛才說話的正是此人。

影子收斂了一下心神，道：「是的，正是我要見你們，我想進祭天台禁區。」

獨臂老人道：「但我們是負責守護祭天台禁區的，命運之神說過，沒有得到他的允許，任何人都不得擅入祭天台禁區。」

影子一笑，道：「聽說祭天台禁區裡面關著神族的戰神破天，不知是也不是？」

獨臂老人毫不猶豫地道：「是！」

影子繼續道：「如果我所猜沒錯的話，你們幾位應該都是昔日他手下十大戰將之一。」說著，眼光緩緩掃視著其他四人。

獨臂老人淡淡地道：「不錯。」

影子道：「如此說來，你們是在替『他』看守著你們昔日的戰主——破天？」

說完，影子眼睛再度掃視其他四人，四人的表情平靜，但眼神在一剎那間都凝視著眼前，一動不動，顯然影子的話已經撥動了他們心底最脆弱的那根弦。

黑玄眼睛望向影子，示意他不要再說。

影子淡淡一笑，重又將目光投到獨臂老人身上，道：「不知是也不是？」

獨臂老人點了點頭，道：「不錯，我們確是替命運之神看守著被封禁於祭天台禁區的戰神破天。」

影子道：「那你能夠告訴我爲什麼嗎？」

獨臂老人道：「因爲他是失敗者，他是囚犯，而我們是奉了命運之神之命。」

此話一出，其他四人都把目光投向了獨臂老人，顯然對獨臂老人說出這樣的話感到意外，但這又是不可更改的事實。

影子微笑道：「好一句奉了『命運之神之命』，怪不得戰神破天會敗！」

黑玄終於忍不住喝道：「小子，住口！」

影子望向黑玄，道：「難道我說錯了麼？你們確實是在做一件令人爲你們感到羞恥的事，你們敗了，便成了替別人看守家門的狗！」

四人雙目化作四道電光同時射向影子，空氣頓時充盈著令人窒息的氣息，彷彿暴風雨即將來臨，只有那獨臂老人顯得很平靜。

影子毫不在意，繼續道：「難道我說錯了麼？你們與一隻看門狗又有什麼區……」

「別」字尚未說出，那剛才被獨臂老人稱作千毅之人已經對影子發動了狂暴的進攻。

他的身形倏地從竹椅上消失，如離弦之箭般射向影子。

影子頓時感到有若巨山壓頂的壓力迫至，胸口承受了萬斤巨石，呼吸不暢。

影子真氣運走全身，正欲以月光刃破空揮出之時，所站之地突然一下子裂開，雙腳往下直墜。

影子真氣灌往雙腳，正欲騰空躍起，可破裂的地面突然爆漲，形成高高的土牆，層層疊加，頓將影子的下半身掩埋土中，而土卻迅速轉化爲石頭，將影子的下半身嵌於石縫中。

這時，似離弦之箭的千毅右手化成手刀，已經接觸到影子的胸前，即將破胸而入……

而就在這一剎那，影子體內一股強大的真氣透過胸前，頓時化解了千毅破胸而入的力量，並進入千毅手中。千毅見狀，全身功力強行運於右手，欲強行突破，逼出進入手中的真氣，但令千毅萬萬沒有想到的是，兩股真氣齊齊相撞於手腕處，「咔嚓……」一聲脆響，千毅的手腕頓時折斷。

千毅沒想到影子體內真氣竟是如此強橫可怕，反應是如此之快，一招大意，竟折了手腕，連忙飛身後退。

而這時，那將整個身子藏於皮毛大衣內的女子與那獨眼之人倏地橫空飛起，一上一下同時對影子發動強攻，他們沒有想到千毅一招之下便鎩羽而歸。

影子面對兩人的攻擊，卻見兩人強大的氣機在急速進攻中已渾然融爲一體，彷彿是由一人所發一般，整個人彷彿面對著狂風怒吼的大海掀起的濤天巨浪。兩人的殺勢在這「濤天巨浪」面前，頓時變得無所不在，全身都置於攻擊之下，沒有一處可以隱藏。

剛才，他之所以面對千毅突變迅捷的攻勢能夠將千毅手腕折斷，全然是靠體內天脈與月能合二爲一的真氣，在遇到外力入侵之時，自行激發，強大的能量聚於胸前，才有這個結果。當時，影子的思維根本就沒有跟上突變的速度。

此時，面對兩人的攻擊，影子下半身已被岩化的石頭所制，根本不能有所行動。兩人皆爲昔日戰神破天部下十大戰將之一，兩人合二爲一的攻勢，自然不能讓影子有絲毫的僥倖。

影子犀利的目光緊緊鎖定橫空掠至的兩人，真氣齊聚於下半身。

當兩人掠至影子身前一丈之時，彙聚雙腿的真氣急劇膨脹散開。

「轟……」一聲巨響，細石亂飛。

那岩化而成的石頭如萬千石雨般齊齊迎向上下攻擊的兩人。

兩人似乎早有準備，那矮小的獨眼之人雙手閃電揮擊，劃圓運轉，形成一股強大的氣流。

第十八章　十大戰將

萬千石網尚未來得及接觸到兩人，皆被氣流漩渦所吸走，碎石重新聚而成爲一圓形巨石。

而這時，那臉色蒼白的女子早已突破一丈之距，一掌劈向影子。

影子連忙右手揮出，迎上那一掌，隨即真氣狂猛疾吐。

但當影子真氣吐出的一剎那，心一下子沈了下去。他的手雖然對上了那女子之手，但真氣所及，竟然是空空蕩蕩的，一片虛無，沒有任何著力之處，而眼前女子的形體彷彿早已經不存在。

「怎麼可能？這怎麼可能？」影子心中驚呼，連忙將真氣回收，但當他決定將真氣回收的一剎那，又發現自己錯了，排山倒海般的真氣猛地向他攻來，順著他回收的真氣直轟影子的丹田。

「轟……」與此同時，那矮小獨眼之人將碎石化成的圓形巨石已重重地轟在影子身上。

細石飛濺！

那女子與獨眼之人早已飄身而退。

黑玄緊張地看著剛才電光石火間所發生的一連串進攻，整顆心都懸了起來。他雖然對影子所說之話同樣感到氣憤，卻並不希望影子死，但面對昔日戰神部下的三大戰將連環進攻，影子再強，也不可能全身而退。特別是纖雨的「虛無玄冥功」，是專門對付功力強橫之人，化掉其功力。她可以在瞬間將自身化作與虛空同在，讓人感覺不到她的存在，出其不意，再施以反擊。千毅的失敗，纖雨自是看到了影子真氣的強橫，剛才正是對影子使用了「虛無玄冥功」，而緊接著哲野以蘊含強大真氣的圓形巨石的轟擊，更是徹底擊潰了影子所有的反擊，將影子體內的真氣徹底擊潰。此刻的影子，就算不死，也必是身受重創。

那斷臂的老人則一直顯得異常平靜。

碎石落下，影子的身體已被細石盡數掩埋。

黑玄、千毅、纖雨、哲野全都望著竹樓內堆起的那堆細石，等待著影子的動靜，但石堆半天都沒有反應。

滿面堆笑的哲野道：「看來他已經死了，看似還可以，卻是如此不堪一擊，也不知是千毅老了，身手有所不濟，還是其他的什麼原因。」邊說邊望向斷了手腕的千毅。

千毅一臉肅然之色，只是冷冷地看了一眼哲野，根本不加理會。只有他自己知道，自己一招未過便手腕折斷的原因，這一招也讓他認識到影子的可怕，而影子也絕對不會這樣就敗了死去。

哲野又笑著望向織雨道：「若非織雨妹妹寶刀未老，我們也絕對不會如此輕易便取勝。」表情滿是逢迎討好之色。

織雨輕輕咳了一下，用那寬大的皮毛大衣裹了裹身子，淡淡地道：「謝謝六哥誇獎，多半是六哥吸引了他的注意力，才會讓小妹輕易得手。」

哲野滿心歡喜地笑了笑，道：「織雨妹妹要多注意自己的身體才是，這麼多年了，一直未曾見你的病好過。」

織雨道：「謝六哥關心。」

哲野忙道：「七妹客氣了。」轉而又看了一眼將影子掩埋在內的石堆，道：「這小子也真是太不識擡舉了，竟敢辱罵我們是狗！這半天沒有動靜，看來是已經死了。」說完，又望向那獨臂老人道：「大哥認爲現在該怎麼辦？要不要我將他的屍體丟出去？」

獨臂老人道：「他沒有死。」

哲野聽得一驚，忙看向那石堆，石堆的碎石不停滾動，從中間在慢慢攏起，細石向兩邊滾落。

片刻之間，影子果然從碎石堆裡站了起來，其模樣看上去彷佛一點事也沒有。

影子望向那獨臂老人道：「以你們被封禁的力量又怎麼可能殺死我？況且，『他』也不會將我安排死在你們手上，試問幾條縮頭藏尾的狗又怎配殺我？」

「大膽！」哲野暴喝道，正欲對影子發動進攻，影子電目射向哲野，哲野全身一冷，所有攻勢一下子全都被強行逼了回來，眼睛睜得很大，有種任人宰割的感覺。

「好可怕的力量！」哲野心中驚呼，臉上鬆弛的表情瞬間變得僵硬，現在的影子似乎比剛才強悍得多了，讓他不敢冒然行動。

影子身體四周正散發著淡淡的冰藍色的光暈，剛才他的真氣斂而未發，此刻，經過先前一敗，體內深藏著的不知如何運用的力量彷彿一下子甦醒了過來，纖雨的「虛無玄冥功」在攻擊他丹田擊潰真氣的時候，竟然讓他全身的真氣被全部激醒。而他在遇到更強的對手之時，則會變得愈戰愈強，無怪乎哲野看到的影子比剛才強悍多了。

影子將目光重又轉向獨臂老人，道：「你認爲我的話有沒有說錯？」

獨臂老人道：「你不用以言語相激了，雖然你現在擁有強大的實力，但卻不可能同時戰勝我們五人。我們既然負責鎭守這裡，就不會讓任何人闖進祭天台禁區，就算是一條狗，也應該遵守自己看家的職責！」

影子心中一下子就洩了氣，他所採取的相激策略竟是一點用都沒有，而他臉上卻裝著若無其事，冷笑道：「原來你們早在心裡把自己當成了一條狗，我還以爲是我第一個對你們說這樣的話，看來我倒是擡舉自己了。」

黑玄、千毅、纖雨、哲野也沒有想到獨臂老人會說出這樣的話，同聲道：「大哥！」

獨臂老人道：「是狗也好，是人亦罷，這又有什麼區別？只是一個稱謂而已，別人愛怎麼說，便怎麼說，我們早自戰主戰敗的那一天起就已經不再是自己了，也不再是什麼戰神部下的十大戰將，只是一個看守人而已。」

黑玄終於忍不住道：「可是大哥，戰主還活著，他沒有死！你難道沒有看到祭天台禁區上空所出現的聖魔劍劍靈嗎？」

獨臂老人道：「沒有死又怎樣？一切已經過去，不可能再重新出現了。所謂的戰神，所謂的十大戰將，都是留在記憶中的東西，在今天已沒有任何價值。我們應該記住，是命運之神給了我們生命，沒有讓我們死去，我們能夠活著在這裡，已經是上天對我們巨大的照顧了，做人應該感到知足。」

黑玄有些激動地道：「可我們這叫做人過的生活麼？我們一輩子就這樣被局限於這樣一個貧瘠的地方，沒有自由，喪失力量，難道這是我們想要的麼？我們之所以苟延殘喘，活到今天，不就是希望有一天能夠重新追隨戰主，傲視天下麼？你難道忘了那死去的另外五個兄弟？你難道忘了你的斷臂？六弟的眼睛、七妹的病、還有十弟的臉？難道這一切你都忘了麼？」

千毅、織雨、哲野神情都黯然，這些存在心底的痛，他們又怎會忘記？

獨臂老人道：「記得又怎樣？只是讓自己更加痛苦而已。再說，這麼多年過去了，我們現在不是活得很好麼？不用每天提心吊膽，在沙場中馳騁，許多人一輩子所追求的不正是這種平靜的生活嗎？」

黑玄道：「可我們不是『許多人』，我們只有十人，十個獨一無二的人！我們以戰爲生，以戰爲傲，平靜的生活是對我們的羞辱！每一天，我都在做著同一個夢：希望能夠解開身上的詛咒，離開這個鬼地方，陪著戰主一起征戰天下，重新殺回神族，主宰著自己的命運！大哥，除了戰主，我一直將你視爲最値得尊敬之人，而大哥今天所說的話太讓我失望了！」

千殺、纖雨、哲野也顯然對獨臂老人所說的話感到失望，他們望著獨臂老人，企盼著大哥能夠像曾經一樣，說出一些能夠讓他們心神振奮的話來。在他們的心裡，也都有著和黑玄同樣的想法和希望。

影子心中一陣釋然，事情終於往他所希望的方向發展，儘管一切尙是未知數，但他看到了希望。他沒有在這竹屋再待下去，而是自顧走出了竹屋，他相信明天事情會有一個結果出來，他所要做的是等待明天的到來，然後再作決定。

竹樓外，月光斑駁地從竹縫間投灑而下，清清冷冷。影子望了望天，月朗星稀，明天，將是一個大晴天。他突然間想，到底自己爲什麼會來到幻魔空間？自己到底是屬於這裡的，還是屬於原先所在的世界？他想著月魔，想著法詩藺，想著歌盈，想著影，想著紫霞，想者漠，還有朝陽，這些和自己的生命聯繫在一起的人，到底爲什麼而存在？是因爲自己才有了他們，還是有了他們後才有了自己?但不管事情會變成怎樣,他都是影子,他都要沿著這樣一條路走下去!

不知不覺中,影子沿著河邊的碎石小路走出了竹林,而在竹林外,卻有一個人在等著他。是瀾蝶。

瀾蝶見到影子,忙望向他。

影子道:「你是在等我嗎?」

瀾蝶點了點頭,道:「是的。」

影子道:「有什麼事?」

瀾蝶道:「你想知道爲什麼紫霞與朝陽能夠進入祭天台禁區,而你不能嗎?」

影子心中一動,這正是他一直所想知道的事情。他以審視的目光盯著瀾蝶,道:「你能夠告訴我?」

瀾蝶點了點頭。

影子又道:「你在這裡等我,就是爲了告訴我這個問題?」

瀾蝶搖了搖頭,隨後又點了點頭。

影子道:「你爲什麼要告訴我?先前不是你阻止我見長老會之人麼?現在卻又是爲何?」

瀾蝶道:「你聽我將話說完便自然知曉。」

影子看著瀾蝶，不知她心裡到底有著什麼樣的打算，但既然瀾蝶要告訴他紫霞與朝陽爲何可以進祭天台禁區，無論如何，他是願意一聽的。

於是瀾蝶道：「二個月之前，紫霞與泫澈來到了妖人部落聯盟，她們直接便找上了長老會，並告訴五位長老，她們要進入祭天台禁區。五位長老自是感到萬分詫異，不知原委，紫霞便告訴他們，她是奉了命運之神之命，要將朝陽關在祭天台禁區，讓他永遠不能離開。五大長老不信，泫澈便拿出了命運之神的親筆御旨，於是就有了後來紫霞將朝陽引入祭天台禁區一幕，兩人一起關在了裡面。而我告訴你這些，是想讓你知道，你想進入祭天台禁區救紫霞毫無意義，如果這是命運之神的安排，你所做的一切都是命運之神事先爲你設定好的，而結果『他』也早已知曉。」

影子犀利的目光望著瀾蝶，對瀾蝶的話，影子顯然不太相信。他實在想不出「他」這樣做的目的何在？以「他」對命運的控制，應該是不露痕跡才對，何必做這等毫無意義的事？這不像「他」的行事風格。

影子道：「你在騙我！」

瀾蝶道：「我爲什麼要騙你？我所說的都是實話，信不信由你，我已經告訴了你。」

說完，瀾蝶便逕自走開離去。

影子想了想，卻又對瀾蝶的動機琢磨不透。如果瀾蝶是騙他，那瀾蝶爲什麼要騙他呢？難道是爲了讓他放棄進入祭天台禁區的打算嗎？而這對瀾蝶又有什麼好處？看瀾蝶的樣子又並不像是在騙他，但如果說瀾蝶所言是事實，則又似乎顯得不太合情理。

他不由得想起了自己在與黑玄作戰之時，瀾蝶突然對黑玄發動的進攻，她的所作所爲總是顯得不可思議。

「這到底是一個怎樣的女人？」影子心中對瀾蝶充滿了好奇。

於是，影子飛身飄掠至瀾蝶身前。

瀾蝶道：「你不是不相信我的話麼？攔著我做什麼？」

影子道：「我只是想問你，你爲什麼要幫我殺黑玄？」他的眼睛密切注視著瀾蝶的表情。

瀾蝶毫不避諱地道：「因爲我把你錯當成了一個人，而我做了一件對不起『他』的事，一直都想補償，償還我內心的愧疚。」

影子道：「我可不可以知道這個人是誰？」

瀾蝶道：「命運之神冥天！」

「是『他』？」影子驚訝不已，他不明白爲什麼瀾蝶會將他與冥天錯當成同一個人。

瀾蝶道：「是的，我曾經背叛過他。我曾是他唯一的侍女，但卻經受不住戰神的威逼利誘而背叛了他，對此我一直心懷愧疚，所以有那麼一刹那，我把你當成了他，所以才會對黑玄施下殺手。」

影子似乎有所明白，人有時候是不自覺被相似的事情勾起某些難以遺忘的記憶的，而這些記憶的泛起，自是容易讓人對眼前真實的事物失去判斷力。

而影子不知道，讓瀾蝶形成錯覺的並不是事情，或者說，最主要的不是事情，而是人。

影子看向瀾蝶，只見瀾蝶憂鬱的眼神望著夜空，道：「其實他也是一個可憐的人，沒有一個人能真正瞭解他。」

影子沒有想到瀾蝶對冥天竟有著如此深的感情，無論這種感情是否由於愧疚引起的，對瀾蝶來說，這份感情是極為真誠的。一個被影子視為敵人、視為戰鬥目標的人卻被另一個人如此同情，影子的心不禁有些妒意，他冷聲道：「他也是一個可憐的人麼？可天下間不知有多少人比他更為可憐！而他也不知將多少人的命運玩弄於股掌之間，隨意而為。」

瀾蝶搖了搖頭，道：「你不懂他，你真的不懂他，有些事情並不像你所想像的那樣，有些人也並非如你想像的那樣。我只是希望有一天能夠重回神族，用我剩下的生命侍奉他一輩子，可他會給我這樣一個機會麼？」說著，瀾蝶的臉頰不禁落下了兩行淚水。

影子冷哼一聲，不再理睬瀾蝶，逕自離去。在他心中，彷彿有什麼東西被堵住了一般。

第十九章 赤晶寒鏈

朝陽悠悠醒了過來，他張眼望去，眼前到處都是一片迷離的景象，似真實又虛幻，空氣陰森抑鬱，恍恍惚惚，霧很大很濃。

他看到長長的一隊人朝一個方向緩緩行去，每一個人的臉上都是木然的表情，眼睛空洞無神。而他發現自己竟也身在其中，雙腳隨著眾人的步伐均勻機械地運動著，每一個人和他一樣，沒有穿任何衣衫，赤裸裸一絲不掛。

朝陽心中一震：「難道自己就這樣死了麼？」

他想起了戰神破天對他的襲擊，第一次感到了死亡的到來。在天地陰陽倒轉之地，已經不再是以前的幻魔大陸，死亡也已變得很單純脆弱。

眼前的景象不禁讓他想起了眾多人一起過奈何橋，入地獄之門的傳說。他往四周望去，卻見兩邊黑壓壓的山不見其巔，陰雲垂地，黑霧迷空，又不禁想起了幽冥背陰山。

「難道自己真的已經死了？」朝陽心中惶然地問著自己，他想起了紫霞，想起了還要做的事情，想起了千年前所積鬱的怨恨，心中萬分不甘。

「不！我不能就這樣死去！」朝陽想著便想脫離這一行人的隊伍，可雙腳卻絲毫不聽使喚，仍是機械性地向前行走著。

朝陽努力想掙扎，只是徒勞地流下滿頭的虛汗，他根本已經沒有掙扎的力量。

正自掙扎之時，卻感到寒風陣陣，迎面撲來，寒風中夾雜著很濃的血腥味。他低頭往下看，卻發現自己正與眾人一起行走在一座窄窄的橋上，橋下血浪滔滔，陰氣逼人。

「奈何橋?!」朝陽果然發現自己已走在奈何橋上，一陣陰風吹來，他的身子禁不住搖晃了幾下，幸虧他極力保持著身體的平衡才沒有摔下去。而有些人卻沒有這麼幸運了，只見那掉入血河中的人濺起數丈血浪，待掙扎著躍起之時，已是一堆森森白骨。

朝陽心中感到無比淒然絕望，原來他也是害怕死亡的。

一陣風吹來，他的雙腳一個踉蹌，身子便從奈何橋上掉了下去。

下面血浪滾滾，腥氣撲鼻，一陣血浪捲起，迎面向朝陽撲來，朝陽疾呼道：「不要！我不要死！」

他猛地揮舞著雙手，卻發現自己並沒有被血浪卷走，掉進水裡的感覺。他緩緩睜開眼睛，卻發現仍在那山洞裡面，迎面的熱氣熾熱難當，原來剛才只不過是南柯一夢。

「小子，原來你也是怕死的，老夫還以爲你有多英雄呢！結果全都是裝出來的，嘿嘿嘿……」煉神鼎內傳出破天一連串的冷笑。

朝陽這才明白先前破天並沒有殺死自己，而自己因承受不住那強大的壓力而昏了過去。他想著剛才的夢，「是的，原來自己真的很怕死，自己堅強的外表既是裝給別人看的，也是裝給自己看的。」

他搖了搖頭，淒然一笑，這才明白自己並不如想像中的那麼堅強。

朝陽從地上站了起來，望著煉神鼎道：「爲何你剛才不殺了我？」

破天道：「因爲殺了你對我沒有任何好處，況且我剛才那樣做只是爲了知道你到底是誰，以及來到這裡的真正目的。」

朝陽道：「那你知道了麼？」

破天道：「是的，我已經知道了，你確實不是冥天派來的，但你來到這裡並不單單是因爲一個女人。」

朝陽心中一震，卻裝著若無其事的樣子道：「那你說我來到這裡還有什麼目的？」

破天冷冷一笑，道：「因爲你想獲得我的力量！」

既已被識破，朝陽也不再掩飾，道：「是的，我是想獲得你強大的力量，所以才冒險來到這裡，試問有誰不想獲得戰神可傲戰天下的力量？只有那樣，我才真正可以與冥天一戰！」

破天哈哈大笑，道：「是的，有誰不想獲得我破天傲戰天下的力量？有誰不想像我破天一樣睥睨幻魔空間？但是小子，你又怎麼知道我還活在這個世上，元神未滅？」

朝陽道：「你忘了我的師父是梵天，當初正是他與冥天將你的元神封禁於此的。」

破天恨恨地道：「我倒差點忘了你是那惡賊的弟子，定是他告訴你的，讓你來獲得我的力量！」

破天的話音落下，煉神鼎內激蕩不已，鼎下的三味真火受到感應又開始熊熊燃起，變得強烈，赤晶寒紫鏈也開始顫動著。

朝陽道：「既然你已知道我的到來是爲了獲得你的力量，你也應該知道，這與師父無關。師父曾對我說過，他這一輩子所犯的最大錯誤是因爲自己而害了一個人。如果我理解得未錯的話，他口中的那個人，指的便是你！」

破天哈哈大笑，道：「你以爲你爲他說好話有用麼？我恨不得有一天喝這惡賊的血，啃這惡賊的骨，以消我心頭之恨！哈哈哈……」

朝陽道：「我並沒有爲他說好話，他常常說，是因爲他太過自我，才讓神族的和諧被打破，才有了神族的百年大戰，如果讓他重新選擇的話，他絕對不會離開神族，也絕對不會讓一個人永不能見天日。」

破天暴喝道：「他少在貓哭耗子假慈悲！若是他真的對我有半點愧疚之心，應該解除我身上的封禁，還我自由！當初他與冥天將我封禁於此，可知我要在這裡受多大的苦？又豈是他三言兩語所能補償的！」

朝陽道：「是的，沒有任何言語能夠彌補你在這裡所忍受的痛苦，也沒有人可以幫你解開封禁離開這裡。師父一死，也就宣佈你再也不可能有重見天日的一天，就算是冥天也不能夠！你還是安安心心地待在這裡吧，直到哪一天你感到疲憊，不再掙扎了，你的元神也就再無須忍受這非人的痛苦了。」

「嗚嗚嗚……」煉神鼎內竟然傳來破天哭泣的聲音，曾經的戰神哭泣的聲音，哭聲痛徹心扉，連置身外面甬道的紫霞也聽到了。

紫霞知道這不是朝陽的聲音，從裡面隱約傳來的對話聲，她知道朝陽沒事，也知道這哭泣的是戰神破天。可她從沒聽到一個男人有著如此傷心的哭泣，連她也不禁悲從心來，眼淚止不住地流出。

破天的哭聲久久不歇，朝陽也不禁有著想哭的衝動，他只不過相激破天，以勾起他心中的痛楚，卻沒有料到破天竟如此動情地哭了。一個男人可以一輩子只哭一次，但哭泣絕對不願讓人見到，而朝陽卻見到破天當著他的面哭了，一個男人絕望的哭，可見破天心中忍受著的痛苦是何等巨大。

朝陽想起自己，想起自己孤獨的一個人，沒有人說話，沒有人理解自己，也不禁悲從中來，淚流滿面……

也不知過了多久，破天止住了哭聲，他哽咽著聲音道：「小子，你想獲得我的力量是

麼？」

朝陽忙調整自己的心緒，沈聲道：「是的。」

破天道：「你能給我一個理由嗎？」

朝陽道：「因爲我們有共同的目標，我可以幫你殺了冥天，爲你報仇，遂你心中夙願。」

破天道：「好，很好！這千萬年的煎熬，終於沒有白費，終於等到了一個和我有著共同目標的人，這是上天對我戰神破天的垂憐麼？不！這是我戰神傳承下來的不死戰心，才有著今天的結果！即使我的元神消散，只要戰心不死，戰神便會永遠存在！小子，來吧！」

一股強大的吸力將朝陽吸了過去，三味真火猛地燃起，盈滿山洞，赤晶寒紫鏈急劇抖動收縮，煉神鼎紫光炫耀，朝陽進入了煉神鼎……

祭天台禁區上空驚電不斷閃耀，道道如銀蛇，直落而下。

禁區內炸響之聲不絕傳出，大火兇猛地燃了起來，將妖人部落聯盟的上空映得一片凄紅。

三族部落的居民都在睡夢中被驚醒，望著那滔天的火光，心中有著強烈的不安。

而山洞內，一道道閃電通過玄冰冷鐵柱，繞過赤晶寒紫鏈，直擊煉神鼎，但卻無法壓制住煉神鼎上空那團血火黑氣……

太陽從東方升了起來，溫暖的陽光照在遼城大將軍府的門前。

「來者何人？」一個人來到大將軍府門前，卻被門前的侍衛給喝止住了。

來者是顏卿。

顏卿臉色依舊消瘦蒼白，只見他一拱手道：「麻煩通報一聲，說是顏卿求見無語大師。」兩旁的侍衛打量了顏卿一會，只見顏卿溫文爾雅，卻又精氣內斂，知道並非平凡之輩，但他們並不知曉眼前的顏卿曾經是怒哈的軍師，只見一名侍衛道：「請在此稍等，容我進去通報！」

顏卿忙又拱手道：「那顏卿先謝過了。」說完，便站在一旁靜待。

自怒哈戰敗回到遼城之後，與樓夜雨有過爭吵，顏卿便離開了怒哈，也離開了大將軍府。此次，他又站在了大將軍府門前。

不久，那進去通報的侍衛從大將軍府內走了出來，肅然道：「大師有請顏卿先生！」

在那名侍衛的帶領下，繞過假山，沿著九曲迴廊來到了那池中的六角亭。

那侍衛見到無語便退下，顏卿走進了六角亭。

此時，無語正在喝著酒，臉上是慣有的恬靜。見到顏卿，放下酒杯，右手作出「請」的手勢，道：「請坐。」

顏卿也不多話，在無語對面的位置上坐了下來。

無語拿出一個精緻的小瓷杯，親自爲顏卿斟滿酒，然後又作了一個「請」的手勢。

顏卿也不客氣，端起酒杯，道：「大師請！」

兩人端起酒杯，相對一飲而盡。

沒待顏卿說話，無語又爲兩人的酒杯斟滿酒，接著端起自己的酒杯。

顏卿也只得端起自己的酒杯，與無語相碰之後一飲而盡。

如此對飲了三杯。

顏卿放下酒杯，又從座位上站了起來，恭聲道：「晚輩顏卿見過大師！」

無語道：「我是戴罪之人，何敢言大師？顏卿先生無須客氣，請坐！」再次伸出手相請。

顏卿重又回到座位上，道：「大師知我此次來意？」

無語道：「先生有話不妨直說，無語身已老邁，不願過多地占卜未知之事。」

顏卿道：「晚輩這次奉命來到幻魔大陸，一是爲了歷練，二是爲了尋找大師，今日是特意專門前來拜訪大師的！」

無語道：「無語多謝先生此意，卻不知先生到訪有何要事？」

顏卿道：「顏卿已經經過歷練，今奉命請大師一起回星咒神殿。」

「回星咒神殿?!」無語心中一震，嘴唇顫動著，平靜的眼神頓時夾雜著萬千情感，卻不知到底該說些什麼。

經歷了這麼多事，自己最大的心願不正是爲了在有生之年回到星咒神殿麼？

顏卿看著無語表情的變化，沒有出聲。

半晌，無語的心緒略爲平靜，道：「是主神讓你來對我說這些的麼？」

顏卿道：「主神說，大師年齡已經大了，是該回去的時候了，她不想占星家族的人死在外面。」

無語的眼中有淚光閃動，道：「主神真是這樣說的？」

顏卿道：「在我離開星咒神殿，來幻魔大陸歷練時，主神親口對我說的。她還說，占星家族才是你的家。」

無語顫動著雙唇道：「家，回家，屬於我的家……」眼神中充滿著無限的神往，一時百感交集，兩行濁淚自乾枯的眼角溢出。可過了半晌，無語又道：「我還有家麼？我是占星家族的叛離者，他們還當我是占星家族的人麼？」

顏卿道：「主神讓顏卿告訴大師，每個人都有自己的根，不管他曾經做過什麼事，逃得有多遠，終究是要落葉歸根的。況且，這些年對大師來說，該得到的懲罰都已經得到了，事實也證明，大師當初的選擇是錯誤的。」

無語身體禁不住一陣搖晃，道：「錯誤的？我的選擇真的是錯誤的麼？」無語不能夠回答自己，原來他一生的定論竟是「錯誤」二字。

他一陣苦笑，道：「原來我一生只用兩個字便全然概括了，我還以爲我一輩子的經歷足以給幻魔大陸寫一部歷史。看來，主神仍是不明白無語當初爲何要作出不回星咒神殿的選擇，無語的選擇沒有錯，無語仍堅信所有的事情都有第二種可能。」

顏卿道：「看來大師仍沒有悔改之心，不知大師願不願意隨我一起回去？」

無語搖了搖頭，道：「我不能隨你一起回去，我隨你回去，不就證明我一輩子所做的選擇都是錯誤的嗎？無語一輩子都在做一件錯誤的事情！」

顏卿道：「但大師確實是錯了，任何事情都只有一個結果，所有的結果都由天定，占星家族的存在不就證明了這件事情麼？大師何須作徒勞的置疑？大師應該很清楚，你之所以被稱爲幻魔大陸三大奇人之一，就是因爲你的占星術，你的占星術所得到的結果，所以才尊稱你爲『無語道天機』。如果你不相信所有的事情只有一個結果，只有一種可能，爲何還要使用占星術？這樣，大師豈不是在打自己的嘴巴麼？」

無語道：「這正是我選擇有沒有第二種、第三種可能的原因，如果占星術真的什麼都可以占卜到，那這個世界的存在還有什麼意義？一切都是已知的，一切都沒有懸念，如同一潭死水，這個世界何以能夠發展？何以能夠進步？人們的生活還有什麼意義？人又與一隻螻蟻有什麼區別？」

顏卿道：「所以占星術只掌握在占星家族的手中，唯占星家族才能夠占卜到事情的未來，而那些平凡的人對自己的未來是永遠不可能知曉的，這也是星咒神殿能夠主宰幻魔大陸的原因！」

無語道：「不，我不相信，我不相信僅憑占星術就可以主宰所有人。最大的力量應該來自最廣大最爲普通的人，應該是普通人來主宰著這個世界！他們日以繼夜地努力奮鬥著，是因爲他們相信，通過努力奮鬥，他們的生活會變得更好，而懶惰則會一無所有。他們選擇了一種生活方式，就會預見他們的將來；選擇另一種生活方式，便會出現另一種將來。所以，任何事情都有第二種可能，所有的主動權最終掌握在最普通人的手中，是他們來作出最初的決定，而占星術則是根據他們最初的決定占卜可預見的結果，這就是所謂的占星術的本質。」

顏卿心中震動，他還是第一次聽到這種論調。他曾經單純地認爲，無語當初之所以選擇叛離星咒神殿，是因爲其被幻魔大陸的有色生活所吸引，卻不料無語考慮的問題竟是如此之深，想的也是如此之多。他自認爲是近百年來占星家族最好的占星師，卻根本沒有想過這些問題，無論無語的想法是否正確，單憑其思想，相較之下，他頓感到自己是如此渺小。

顏卿定了定神，道：「看來大師是絕對不會回星咒神殿了？」

無語搖了搖頭，道：「不，我一定會回去，在有生之年，我一定會再回到星咒神殿。但不是現在，我一定要在回去之前證明給主神看，我用一輩子所做的選擇並沒有錯！」

顏卿若有所悟道：「你選擇幫助朝陽，就是爲了向主神證明你的選擇沒有錯？」

無語深深地點了點頭，道：「是的，命運之神設定了他的命運，我要看著他怎樣改變這設定的結果！」

顏卿道：「大師認爲有可能麼？不，沒有人可以戰勝命運之神！更沒有人可以改變自己的命運，你的選擇不會有結果的！」

無語望向顏卿，自信地一笑，道：「會有結果的，沒有人可以占卜到，但我已經看到那一天正向我走來，它就是我要等待的結果！」

顏卿爲無語的自信感到絕望，但無語的自信又打動了他，並不是因爲他相信無語所說的結果，而是無語執著無悔的精神。顏卿曾經在心裡想過，爲什麼一個人歷經了數千年還能夠堅持自己的信念？他曾經以爲這是無語爲當初作出的錯誤選擇付出的代價，不能回星咒神殿，只能夠無奈地在幻魔大陸遊蕩，原來事情並非如此。

雖然顏卿爲無語的自信感到絕望，但他不得不考慮，爲什麼一個人歷經數千年還擁有著如此的自信？這又不能單單用自信來解釋，是否事情真的如無語所說有第二種可能？

顏卿不相信，但他不得不重新以一種眼光去看這個世界的一切。

突然，顏卿想起昨天晚上對妖人部落聯盟奇異天象的占卜。那是一個看不清的卦象，他以爲是自己的修爲不夠，所以占卜不到結果，但誰又能肯定，這種不能夠看清的卦象，是事情還沒有往更明朗的方向發展的一種表現呢？抑或是說，它裡面還藏著第二種可能……？

顏卿拜別了無語，但他的心卻比來時顯得更迷惑。

妖人部落聯盟。

事情果然如影子所料，第二天一大早，便傳來了長老會要見他的消息，還包括泫澈。

他與泫澈走在一起，往長老會所在的竹林竹屋走去。

一路上，泫澈沈默不語，但他知道，泫澈此刻心裡想的事情一定很多。昨晚祭天台禁區的大火，讓整個妖人部落聯盟一下子都改變了，街上之人一個個都變得惶然不安，焦灼的眼神從相識的人身上找尋著事情的原因，但沒有人可以告訴他們。

在妖人部落聯盟居民的心中，祭天台禁區已經成了妖人部落聯盟安寧和平的象徵，而昨晚祭天台禁區的大火，也便象徵著妖人部落聯盟即將發生難以預料的事情。他們隱隱感到，他們的生活將從此發生改變，或許迎來的，是整個妖人部落聯盟的滅亡。

當影子與泫澈來到竹林內的竹樓時，長老會的五位長老早已在等著他們。而竹樓的人卻遠遠不只五人，除五大長老之外，還有瀾蝶，以及九名影子不認識，但修爲卻高深莫測者。影子隱隱發覺，這些人才是真正代表著整個妖人部落聯盟，而這些人加在一起的力量，相信足以改天換地。

在兩張空竹椅上，影子與泫澈坐了下來，在影子的身側正是瀾蝶。

影子看了瀾蝶一眼，瀾蝶的表情看上去顯得非常凝重。不僅是她，整個竹樓內每一個人的臉色都極爲難看。

影子知道，這些難看的表情全都是祭天台禁區內的那場大火所引起的，而僅僅是因爲一場大火嗎？顯然不是，到底那場大火代表著什麼呢？

影子原以爲長老會五位長老讓自己過來，是他們之間已經有了結果，決定到底讓不讓自己進入祭天台禁區。現在看來，事情已經變了。

這時，只聽那獨臂老人道：「我想該到的人都已經到了。我們受命運之神大赦之恩，得以不死，存活於此，就是爲了有一天當異變發生之時，能守住祭天台禁區，以保天下安寧。昨晚祭天台禁區天象大變，有不測之事即將發生，我想是各位報答神主大赦之恩的時候了，不知在座的諸位長老有什麼異議？」

話音落下，半晌沒有人說話。

影子不知他們讓自己前來參加這次會議有何用意，他端起旁邊茶几上的一杯茶水，輕啜一口，茶水味道仍如上次瀾蝶爲他所沏一樣，澀中帶苦。趁放下茶杯之際，他眼角餘光掃視了一眼在場的每個人，他們的沈默讓影子知道，幾乎沒有人苟同那獨臂老人「大赦之恩」的言辭。唯瀾蝶與眾有所不同，但她並沒有絲毫言語之意。影子所想的是，既然有這麼多人不同意那獨臂老人的意見，可他們爲什麼保持沈默呢？他們流放至此，遭到封禁，完全可以駁斥獨臂老人的話，他們在顧忌著什麼呢？

影子等待著，在有什麼重大事情發生前，等待是最好的辦法，只是他要比他們更有耐心，所以，他又端起了茶杯，開始漫不經心地品嘗著那苦中帶澀的茶水。

獨臂老人沒有等到任何人的反應，但這結果似乎也如他事前所預料。他看上去並不感到意外，於是又以那淡然的語氣道：「既然大家對我剛才的話沒有任何異議，作爲長老會的大長老，作爲三族部盟的決策者，我決定啓用『祭天封神陣』，讓祭天台禁區永遠在幻魔大陸消失！」

此話一出，十五人，三十隻眼睛齊刷刷地望向獨臂老人，滿眼的不可思議，唯影子仍在悠然地喝著茶。

「我不同意大長老的話，更不同意啓用『祭天封神陣』！」首先說話的是坐在獨臂老人身側的黑玄。

獨臂老人望向黑玄，道：「我作爲長老會的大長老，已經決定，你的反對沒有用！」

「我也不同意大長老的決定。」說話者是臉上有刀疤的千毅。他說著話，眼睛只是望著自己的手，翻開著自己的手掌左看右看。

「我贊成黑玄與千毅兩位長老的意見，因爲，若是啓動『祭天封神陣』，整個三族部盟都會受到牽連。我們只是流放在這裡的人，並沒有義務替『他』辦事。」說話者是臉色蒼白、大半個身子裹於皮毛大衣內的織雨。

纖雨的話音一落，立即傳來一聲冷笑，發出冷笑之聲的是那九名影子第一次見到的其中一人。他臉色陰柔，表情冷傲，滿臉的不屑。

第廿章　啓陣封神

千毅擡眼望向冷笑之人，冷冷地道：「鳳泉，你的冷笑是什麼意思？」

被稱作鳳泉之人輕蔑地道：「你們當然不希望啓動『祭天封神陣』，因爲關在祭天台禁區內的是你們的戰主破天，當然希望他破禁而出。但你們可曾爲我們想過，若是祭天台禁區的封禁被破，我們身上的詛咒便會應驗。我們的命運是與祭天台禁區聯繫在一起的，我想你們不會不明白這個道理吧？」

這鳳泉乃是昔日冥天手下的一名得力大將，只因後來貪戀女色，破壞族規，被冥天毫不留情地流放到了妖人部落聯盟，其修爲並不遜於破天昔日十大戰將中的任何一人。至於其他八人，也都是由於犯了各種族規而被流放到妖人部落聯盟，他們與黑玄、千毅等同爲長老會成員，但相互之間卻因各自效忠的對象不同，而心存芥蒂。

鳳泉的話無疑也是其他八人想說的話，只要祭天台禁區一破，他們身上被下的詛咒便會應驗，那他們的生命也就宣告終結。

千毅這時又道：「可你也別忘了，若是啓動『祭天封神陣』，以妖人部落聯盟地下都是沼澤泥潭的地質，巨大的震動帶來的很可能是整個妖人部落聯盟都陷入沼澤之中。我們雖然可以逃離，但三族部盟的其他數百萬人可就沒那麼幸運了。」

鳳泉冷酷地道：「在沒有我們之前，這裡本來就沒有他們，他們的先祖逃到這裡，若非我們的收留，早就在幻魔大陸消失了，何以有他們今天的存在？」

黑玄這時氣憤地道：「這是你所說的話麼？」

鳳泉毫不介意地道：「我只是實事求是而已。」

「但他們畢竟是二百萬人的生命！」黑玄暴喝道，似乎已經氣到了極點。

鳳泉毫不相讓地望向黑玄，冷笑道：「你也在乎生命？別忘了你當初追隨破天之時是如何殘殺族人的，現在爲了破天，跟我談什麼二百萬人的生命？真是天大的笑話！」

「你……」黑玄氣得不知說什麼才好，臉色脹得青紅。

鳳泉看著黑玄的樣子，又是一陣輕蔑的冷笑。

影子輕慢地喝著茶，聽著眾人的對話。他已經知道了這些人聚於一起的原因，也摸清了他們之間所存在的利害關係。他望向那獨臂老人，倒想看看這獨臂老人是怎樣在這兩者之間作出決斷的，也想瞭解這不露聲色的老者到底是怎樣的一個人。

獨臂老人這時卻把目光投向了影子身邊的泫澈，道：「泫澈女神怎麼看？」

泫澈淡淡地一笑，道：「這是你們之間的決策，與我無關。我來到三族部盟，是因爲紫霞，其他所有事情，我沒有興趣過問。」

獨臂老人目光掠過影子，重新掃過在場的長老會眾人，道：「我們雖爲流放者，但受神主之命鎮守祭天台禁區，就是爲了防止祭天台禁區哪一天發生異變，職責所在，我們必須按照神主所說的，當異變發生之時啓用『祭天封神陣』，將祭天台禁區永遠在幻魔大陸封滅！」

「大哥！」

話音剛落，纖雨、千毅、黑玄、哲野皆望著獨臂老人，眼露急切乞求之情。

「他可是我們的戰主啊！」黑玄哽咽著道，眼淚忍不住流了下來。

獨臂老人斷然道：「我的主意已定，不用再多說！」

黑玄突然跳了起來，道：「我堅決不同意！如果誰啓動『祭天封神陣』，我黑玄第一個與他勢不兩立！」說話中，左手心的黑火已然冒出，黑火神兵在掌心跳動變幻著，隨時可能對人發動致命的攻擊。

千毅、纖雨、哲野也相繼從自己的座位上站了起來，齊聲道：「我們都與四哥一樣，堅決反對啓動『祭天封神陣』，並且盡一切可能阻止任何人做這一件事！」

四人凌然而立，蓄勢以待。

鳳泉冷笑一聲，道：「我們本就不該同時存在於這裡，這一天應該早就到來了。」

其他八人眼中殺機陡現，以敵視的目光投向站立的四人。

剎那之間，空氣中流動著一種令人窒息的沈重，形勢一觸即發。

也許，正如鳳泉所說，這一天應該早就到來了，只是一直以來，他們都隱忍了下來，而今天，終於是隱忍著的火山爆發時刻的到來。

影子仍是喝著茶，對眼前即將發生的事情視而不見，泫澈同樣顯得很平靜，唯有瀾蝶顯得有些憂慮，自語般道：「為什麼又要打呢？難道還沒有打夠麼？」

影子望向身旁的瀾蝶，那憂怨的眼神突然間讓他明白，其實瀾蝶剛開始的天真可愛並不是裝給他看的，而是裝給她自己看的。或許，她只是想從中找回一些丟失了的記憶。

那獨臂老人突然暴喝道：「你們給我坐下！」所說之話，顯然是針對黑玄、千毅、織雨、哲野四人。

四人並沒有坐下來。

黑玄轉過身來，面對著獨臂老人道：「大哥，你可以無視戰主對我們的知遇之恩，但我們卻萬萬不能！我們不能忘了當初是怎樣敗的，不能忘記其他五位兄弟的死亡！這些年來，我們雖然平靜地生活在這裡，但我們四人的心無時無刻不在想著戰主重新帶領我們殺回神族，奪回屬於我們的一切，為死去的五位兄弟報仇！我們的心裡滴著血，一直在乞盼著……昨晚，終於讓我們看到了希望，看到了戰主即將破禁而出，我們又怎能看著即將到來的希望被無情地毀滅？不！不能！沒有人可以這樣做！我以我們四人的生命作出保證！」

手中的黑火神兵化作一柄電光刀，破空劈下，眾人所在的竹樓頓時一分爲二，向兩邊分開倒去。

轉而，黑玄望向千毅、纖雨、哲野，大聲道：「兄弟們，讓我們再次並肩作戰，將這些想阻止戰主破禁而出的惡賊統統擊殺！」

暴喝聲中，手中的黑火神兵暴長五尺，向鳳泉等九人狂劈而去。

黑光狂舞，刀浪怒卷。

影子望去，只見黑玄這一刀比與他對陣時的任何一刀都要狂霸兇猛，連他都被刀氣逼得有些呼吸不暢。

未等刀勢落下，鳳泉身形飄動，對著其他八人厲聲道：「大家一起動手！」

話音剛落，閃電般攻上，衣袖開處，青光電舞，一柄碧光戰刀赫然出現在手中，青光耀舞，毫不避讓地迎上黑玄的黑火神兵。

「鏘……」金鐵交鳴，電光四射，澎湃的真氣相撞，反向席捲整個竹林。

影子、泫澈、瀾蝶同時飛退，影子倒退之時看到，唯有那獨臂老人坐在原位一動未動。而千毅、纖雨、哲野此刻早已與其他八人戰在了一起。

四人力戰九人，時間在分分秒秒地推移。隨著時間的推移，原先模糊不清的形勢開始漸漸變得明朗，憑藉黑玄、千毅、纖雨、哲野四人之力，長時間作戰，頹勢開始漸漸顯現出來，他們無法在九名功力相近之人的連環進攻中保持任何優勢。先前，他們所憑藉的是一股氣勢，但長時間下來，氣勢自然減弱，沒有人能長時間保持著最高昂的氣勢，特別是在久戰不下的情況下！

四人身上已是傷痕累累，破碎的衣衫在勁風中亂舞著。

「砰……」猝不及防之下背後一腳踢來，哲野一個踉蹌跌倒在地，而他的身子剛剛著地，兩柄挾帶肅殺刀芒之刀迎身劈下。

哲野就勢一滾，險險避過，而背上卻被兩道刀氣割破皮肉，鮮血激濺。

不及止血，他連忙彈地掠起，開天巨斧借勢斜劈而下。可斧勢尚未完全劈下，又有凜冽的破空刀氣自背後攻至，他不得不收斧回劈，以保性命。

黑玄、纖雨、千殺三人的情形與哲野差不多，狼狽不堪地在九人的攻擊中閃避，完全沒有還手的能力。

就在這時，只聽黑玄突然暴喝道：「兄弟們，難道我們就這樣敗了麼？就算是拚得一死，我們也要阻止他們啓動『祭天封神陣』，死了，自然有戰主爲我們報仇！」

聲音朗朗，直插雲霄，三人頓時精神爲之一震。不錯，就算是死，也要死得轟轟烈烈，這麼多年的等待，不就是爲了這一天麼？

「我殺了你們這些王八蛋！開天闢地斧！」喝聲中，哲野的開天巨斧破空劈出，勁氣頓時前所未有的暴漲，金光耀滿整個竹林，氣勢如虹。澎湃的殺伐之氣頓時將圍攻著他的眾人逼開，沒有人敢與這狂暴的一斧相拚！

哲野胸中壓抑的怨氣得以宣洩，胸中頓時酣暢淋漓，快意無比。當下縱聲狂呼，揮斧又向圍攻黑玄、纖雨、千毅之人分別劈去。

斧勢凜冽霸道，所挾之力無人敢擋。

四人相靠一處，負背作戰，氣勢頓時前所未有的高漲。

「哈哈哈哈……」四人仰天狂笑。

哲野道：「兄弟們，讓我們像當年追隨戰主一樣，相攜連手，將這些王八蛋殺得片甲不留，屍骨無存！」

四人以背相依，同時攻出。

開天巨斧挾帶強勁的風雷之聲，狂暴劈出。

黑火神兵黑火焚空，熱浪滾滾，刀劍槍戟隨勢變化，無一定勢。

玄鐵戰劍劍氣縱橫，大開大闔，睥睨天下，殺勢激昂，所向披靡。

白玉緞帶飄忽不定，變化莫測，如龍騰天際！

四人原本都是戰神破天手下得力戰將，有數以百計的作戰經驗，相互之間心意相通，團結默契。剛才分散作戰，相互之間難有支援，現四人團結一心，捨命迎敵，聲威大盛，勢如瘋魔。九人見狀，自是不敢與之拚死相搏，氣勢頓時弱了三分，只是一味地交錯縱橫，遊鬥突襲，不敢與之硬接。

四人愈戰愈勇，一改剛才的頹敗之勢，形勢一下子倒轉了過來。

鳳泉見勢立知不妙，長此以往，必會被個個擊敗，必死無疑。當下氣運丹田，大聲喝道：「大家不用怕，他們只是強弩之末，以我們九人合擊之力，根本不用怕他們，他們必敗無疑！」

說完，首當其衝，手中碧光戰刀破空揮出，迎上黑玄的黑火神兵。

而就在這時，站在一旁的影子突然看到，那坐在竹椅上的獨臂老人已然消失，只見青影如電閃動，衝進了戰陣之中。

影子的眼睛尚未來得及眨動一下，戰陣之內，一切停止。

黑玄、千毅、纖雨、哲野四人四背相對，面對四個方向，手中的兵器只揮出一半，便凝於空中，欲動不能。

而那獨臂老人站在四人之間，卓然而立，勁風吹動他青色的衣衫和白鬚。

「好快的反應！好快的速度！」影子心中不禁驚呼，以獨臂老人剛才的速度來看，已然高出了場上所有人一大截，影子沒有料到他的修爲竟是高深至如斯地步。

泫澈、瀾蝶微愕，她們沒有想到獨臂老人竟會向黑玄四人動手。

鳳泉九人更是驚詫不已，以黑玄四人剛剛逆轉的優勢，不明白獨臂老人爲何在這時動手，而且對付的是他曾經攜手相戰的兄弟，一時之間，九人有些摸不著頭腦，呆望著獨臂老人，滿臉不解。

獨臂老人從四人中間走了出來，自四人面前繞過，道：「兄弟，對不起了，爲了神主之命，爲了幻魔空間，我不得不這樣做，幻魔空間再也承受不起一次百年大戰了！戰主既已經被封禁，就應該永遠被封禁，我們不能讓他破禁而出。對不起！」

黑玄四人眼中燃著瘋狂的怒火，身上穴位被制，但臉上的肌肉仍在一點點地扭曲。他們怎麼都沒有料到，最終向他們動手的竟是他們視爲手足的大哥！

這讓他們心中怎能不恨？他們的臉怎能不扭曲？全天下，再沒有什麼比這更讓他們痛苦的了。

四人口中不能說，但心中卻在不停地問著：「爲什麼？爲什麼你要這麼做？」這比讓他們死還要難受。

獨臂老人歎息了一聲，道：「我知道你們心中怪我，但我不得不爲大局著想，也爲你們的生死著想。戰主是不可能再回來的，『祭天封神陣』必須啓動。」

說完，獨臂老人轉身面對著鳳泉九人，道：「我希望諸位長老能看在老朽的面子上，饒過他們不死，待『祭天封神陣』啓動之後再來給他們定罪。」

九人中一身材瘦小的長老道：「大長老言重了，大長老能夠明白事理，關鍵時刻站在我們這邊，大長老所說之話，我們自是不敢不從，對大長老的高風亮節更是欽佩有加！」

附和者甚眾。

獨臂老人連忙點頭道：「謝謝各位長老的寬容，我替他們四位謝過各位長老，只要饒他們不死，事過之後，自會以長老會的規矩對他們處以重罰。」

「大長老言重了。」眾長老同聲道。

此時，黑玄、千毅、纖雨、哲野四人心中的怒火，真是無處發洩，這些話聽在耳中，如同千萬隻螻蟻在啃噬著他們的心——想起死去的五位兄弟的仇，想起戰主，眼淚忍不住流了下來。

唯鳳泉心中隱隱感到有些不妥，但不妥在哪裡卻又把握不住。

而此時的影子，嘴角卻浮現出了一絲笑意……

第廿一章 糾纏千年

遼城。

在顏卿離開大將軍府後不久，大將軍府又迎來了一位客人。

他穿著一件黑色斗篷，頭上戴著帽子，帽沿壓得很低，讓人無法看清其面容。

他站在大將軍府門前，頓時給門前的侍衛一種強烈的壓抑感，彷彿胸中有一口氣無法舒出，手更是不自覺握緊了腰間的佩劍。

還未等他們出口相詢，只聽來者沈聲道：「就說陰魔宗隱風魔使求見安心魔主。」

兩名侍衛聞言，相互對視一眼，不敢有絲毫的大意，其中一名侍衛十分鄭重地道：「請稍等。」隨即轉身入內通報。

來者的眼角微微擡起，望向大門，露出的側臉赫然是屬於已被褒姒和月戰殺死的軌風的臉！

臉上刻著的是一如繼往的冷傲。

片刻，進去通報的侍衛急步而出，躬身施禮道：「魔主有請！」

軌風跟隨著侍衛來到陰魔宗魔主安心的房門前，那侍衛不作言語便欠身退下。

軌風掀開頭上的帽子，解開黑色斗篷，露出裡面如烈焰焚燃的火紅戰袍。

他打量著門前，這是一間東南朝向的房間，面對著花苑的一座假山。軌風並沒有立即出聲相報，而是有著片刻的遲疑，然後沈聲道：「你不是安心魔主！」

裡面傳出聲音道：「是的，我不是安心魔主，我是無語。」

聲音赫然是屬於無語的！有著一貫的通徹世事的淡然。

「無語大師？」軌風冷然道。

「正是無語，安心魔主有事不在大將軍府，是以無語代之接見魔使。」

軌風眼中乍現一絲精光，遲疑一下，推門進了房中。

房間內一切佈置甚爲簡潔，只有一床一桌一凳一燈。

燈是那種很古老的燃油燈，細小的燈芯跳動著豆大的光亮，整個房間的窗戶緊閉。

這正是安心慣有的生活作風。

無語此時便坐在那唯有的一條凳子上。

軌風隨手將房門關上，房內頓時一片陰暗。他走到桌前，略爲躬身道：「軌風見過大師。」

無語道：「隱風魔使不用客氣，安心魔主在離開前曾提到過魔使這些時日會到，所以無語一直都在等魔使的到來。」

軌風道：「魔主爲何事外出？」

無語道：「他去了妖人部落聯盟，因爲聖主出了事。」

軌風詫異，他沒想到無語如此直言不諱地告訴他這些，忙又問道：「聖主出了什麼事？」

無語道：「聖主被關在了妖人部落聯盟的祭天台禁區，現在生死不明。」

軌風表情一驚，道：「怎麼會這樣？」

無語淡然道：「這是聖主必要經過的一劫，聖主能否突破千年前的自我，全在此劫。」

軌風不解地道：「軌風不明白大師的意思。」

無語道：「因爲聖主此次進入祭天台禁區，既有可能是有去無回，也有可能獲得足以與天戰的力量，一切尚是未知，而聖主又不能不冒此險，所以，一切全在此劫。」

軌風又道：「那魔主前去妖人部落聯盟又是所爲何事？難道有什麼辦法可救聖主麼？」

無語望向軌風的臉，道：「軌風大人似乎急於想知道一切。」

軌風心中一緊，不知不覺中他竟被無語牽著鼻子走，而且是如此的不露痕跡。他連忙收攝心神，冷冷地道：「大師這是在懷疑軌風？聖主身繫整個魔族，軌風只是擔心聖主的安危而已。」

無語淡然道：「原來如此，是無語言之有誤。」轉而又道：「魔使此次前來遼城，是否帶有重要的消息？」

軌風鄭重地道：「軌風奉魔主之命，潛身於西羅帝國，就是爲了有一天能夠爲魔族的光復做出貢獻。此次，軌風率領西羅帝國的百萬大軍已達西羅帝國的南方邊境，只等聖主一聲令下，便可與聖主的大軍合二爲一，反殺回西羅帝國，實現聖主一統幻魔大陸的夙願！」

無語皺了皺眉頭，道：「可聖主現在生死未卜。」

軌風道：「以大師未卜先知之能，難道不能占卜到聖主是否有事麼？」

無語道：「安心魔主也問過我這個問題，但我現在唯一知道的答案是等。」

「等？」軌風道。

「等。」

「如果等不到呢？」

無語的眼神中露出茫然之色，道：「等不到？」頓了一下，又道：「也許，每一個人都只有回到自己的來處。」

軌風道：「難道真的連一點拯救的辦法都沒有麼？」

無語搖了搖頭。

軌風想了想又道：「如果聖主能夠平安回來呢？到時聖主會有什麼打算？」

無語淡淡地道：「一切只有待聖主回來後才知道。」

軌風突然語氣一變，道：「可如果等不到聖主回來呢？」

無語擡眼望向軌風，軌風的眼睛瞬間變得異常詭異，彷佛兩泓深不可測的潭水，潭水靜靜的，一層漣漪緩緩盪開。他望著軌風的眼睛，所有意識漸漸變得模糊，眼睛慢慢合上……

一個時辰之後，兩名看守大將軍府門前的侍衛看到無語送軌風離開了大將軍府。

紫霞在甬道內來回走著，等待著，但她永遠不知道自己等待的是什麼，是朝陽獲得破天的力量，破禁而出嗎？還是等待著朝陽的元神與破天一樣，被封禁於煉神鼎內？

她的心裡很矛盾，也許她一直都這樣矛盾著。她選擇了影子，就真的代表她希望朝陽毀滅麼？也許原來是，但現在，她不能夠確定了。

她清楚地聽到朝陽自己承認，他來此的目的是爲了獲得破天的力量。也就是說，在他前來妖人部落聯盟之前，便已經想到了可能發生的一切。她不知道他冒險而來，到底有幾分是爲了自己，抑或他從來都沒有想過自己，她只不過是他很好的一個掩飾藉口。

而她來到這天地陰陽倒轉之地的意義到底在哪裡呢？如果朝陽成功獲得破天的力量，破禁而出，她最初的意義就沒有了，剩下的是她與朝陽在這裡度過的一段經歷，一段若即若離、痛苦而又甜蜜的經歷。而在這段經歷中，又有幾分是真實的呢？她所獲得的又是什麼？

前面甬道內的烈焰一浪強過一浪，隱隱可聞閃電聲連綿不絕，整個世界彷佛都在震怒。

紫霞的臉在火光的映照下有著無盡的落寞，她的心無依無靠，找不到停泊的港灣。她原以爲，只要作出了選擇，就不會有這麼多的矛盾和痛苦。可選擇後的結果並沒有讓她解脫，她仍擺脫不了千年前那痛苦無奈的糾纏。時間變了，其他的一切似乎都沒有變。

這就是命運的安排麼？愈想擺脫，只會讓人更痛苦。

「轟……」一聲巨響傳出，整個山洞劇烈地顫抖，細小的石塊四濺震落，那狂暴的烈焰竟向紫霞所在的甬道瘋狂撲來。

紫霞心中陡然湧起無限的悽楚，心道：「這樣也好，就這樣去了，再也不會有痛苦了。」竟然閉上了眼睛，站立不動，任憑那瘋狂的烈焰迎面撲來。

與此同時，山洞內的煉神鼎一道赤紅的電光爆射，穿透頭頂的石壁。

六條赤晶寒紫鏈不斷收縮，道道閃電通過玄冰寒鐵柱，流過赤晶寒紫鏈，彙聚於煉神鼎，霹靂炸響不斷。

「哈哈哈……」破天元神的虛像倏地自煉神鼎竄出，六根赤晶寒紫鏈的拉扯和玄冰冷玉索的收縮讓虛像的變形到了極度誇張的地步。

只聽破天狂嘯道：「戰心不死，戰意不滅！我戰天雖然元神消失，但幻魔空間將永存著戰神不死的戰脈！冥天，你等著瞧！哈哈哈……」

「轟……」巨響聲中，破天的元神化爲縷縷火光消散於山洞內。

又是一聲巨響，六根赤晶寒紫鏈同時斷開，緊接著，煉神鼎爆破飛碎。

烈焰中，朝陽手持聖魔劍，緩緩地站了起來，他身上的肌膚在烈焰中鍛燒成赤紅色，眼睛如同兩團不滅的烈焰，頭髮在烈焰中飛散飄揚，竟然不燃。

一聲長嘯，聖魔劍揮劈而出，聖魔劍靈化作怒龍瘋狂竄出。劍光閃過，山洞的壁頂從中被一分爲二，隨即，整個山洞轟然坍塌。

那即將將紫霞吞噬的烈焰隨著一聲巨響，停止不再向前，甬道不斷被坍塌下來的巨石所掩埋。這時，紫霞頭頂的甬道一陣劇震，隨即，一塊巨大的岩石迎頭砸下。

就在巨石即將壓碎紫霞的一刹那，一條赤紅的怒龍猛然撞向那巨石，巨石頓時化爲齏粉。

粉霧彌漫中，朝陽飛身將紫霞抱住。

聖魔劍破空刺出，頭頂岩石開裂，朝陽挾著紫霞沖天而出。

而就在破空沖出的一刹那，天上數道閃電向朝陽疾劈而下。

朝陽聖魔劍靈猛地釋放竄出，怒龍飛舞騰躍，迎上那數道閃電。

「轟……」巨響聲中，氣浪翻天覆地，紅白電光交相輝映，虛空一片迷茫。

這時，朝陽所在的空間緩緩傾斜，倏地，天和地一下子倒轉了過來……

晴朗的天空下，妖人部落聯盟上空驚雷陣陣，閃電耀舞。

祭天台禁區內烈火愈燒愈旺，直沖虛空。

三座祭天台上，旌旗飄揚。

祭天台禁區外，獨臂老人及另外九名長老站在一起，影子、泫澈、瀾蝶立於一旁。

獨臂老人面對著鳳泉等九人道：「各位長老，事情緊迫，煩請各位立即開啓三座祭天台的『封神陰陽印』，組成『祭天封神陣』，將祭天台禁區永遠封禁，以絕後患！而我身爲昔日戰神破天的戰將，且有四位弟妹之事，爲避免嫌疑，不方便入內，望各位不要辜負神主所托之重任。身爲長老會大長老，老朽在此先行謝過。」

說罷，深深地向九人鞠了一躬。

其中一身材高大之長老道：「大長老的良苦用心，我等心中自是明瞭，如此大禮，實是折煞我等。況且，封禁破天是我們義不容辭之事！」

其他幾位長老同聲附和，唯有站在身後的鳳泉尙在想著有何處不妥，但看他的樣子，顯然沒有找到自己想要的答案。

獨臂老人雙手一拱，施禮道：「既然如此，那就有勞各位長老了。」

言畢，九人分作三組，飛身趕往三座祭天台。

鳳泉及另外兩位長老走進禁區，沿著盤旋的石階往神族祭天台攀去。他們所攀的祭天台，也是離影子及獨臂老人最近的祭天台。

泫澈、瀾蝶、獨臂老人望著鳳泉三人一步步往祭天台攀去，而影子卻把目光放在了獨臂老人身上。他邁動腳步，向獨臂老人靠去。

獨臂老人似也感到了影子向他走來，他收回了自己的目光，望向影子，平靜地道：「你一定想知道我對黑玄、千毅、纖雨、哲野四人動手的原因吧？」

影子在獨臂老人身前站定，微笑著搖了搖頭。

「哦？」獨臂老人並不感到意外。

影子道：「因爲我已經知道你想怎麼做。」

獨臂老人道：「那你以爲我會怎樣做？」

影子道：「你想借他們開啓『祭天封神陣』之際除去他們，而只有這樣，你才有機會幫助你們所謂的戰主破禁而出。」

獨臂老人並沒有否認，只是道：「你的想像力很豐富。」

影子道：「但我不明白，以你的實力除去他們九人綽綽有餘。你到底想借用他們的什麼力量？難道只有合他們九人之力，才能夠開啓『祭天封神陣』？而要讓破天破禁而出，必須先毀去『祭天封神陣』的存在。」

獨臂老人望了影子一眼，沒有回答，只是道：「你不是也想紫霞能夠破禁而出麼？」

影子道：「你借機將黑玄四人關在大牢中，他們四人現在在做什麼？」

獨臂老人仍是沒有回答，他重新擡起目光，朝祭天台望去，此時鳳泉三人已經快到祭天台頂端了。

影子又道：「你真的以爲破天沒有死，能夠破禁而出麼？」

獨臂老人又將目光投向影子臉上，無比堅決地道：「一定！」

「爲什麼？」影子道。

「沒有爲什麼，因爲我們相信戰主的能力。」獨臂老人無比自信地道。

影子道：「既然如此，爲何你們不早點這樣做？」

獨臂老人道：「因爲時機未到。」

影子突然話鋒一轉，道：「如果我要阻止你呢？」

獨臂老人凝視著影子的眼睛半晌，然後道：「不會的，你不會這麼做。你和我一樣，希望讓祭天台破禁，你和我有一樣的目的。」

影子道：「但我從沒有想過，讓戰神破天破禁而出，他是一個不該再度存在的人！」

影子的口氣陡然也變得無比堅決。

獨臂老人顯得異常平靜地道：「你可以阻止他們開啓『祭天封神陣』。」

影子看了獨臂老人一眼，飛身往禁區的反方向掠去，獨臂老人理也不理，往祭天台上望去。

此時，鳳泉三人已經登上了祭天台頂端，而另外的六人也都登上了另外兩座祭天台。

鳳泉三人在祭天台中間，面對面，成三角形跪了下來。在他們之間，是一塊一尺見方的圓形石塊，上面刻著眾多上古時期象形的文字，而在這些文字圍繞的中間，是一個封禁圖案。只是，歲月的侵蝕已經讓這些字跡和圖案變得模糊。

鳳泉用衣襟拭去上面的石屑和塵埃，模糊的字重新又顯出輪廓來。

此時，禁區內燃起的火苗已經有祭天台那麼高，烈焰當空。

鳳泉望向另外兩人道：「開始吧。」

另外兩人鄭重地點了點頭。

鳳泉將右手伸了出去，放在了那一尺見方的圓形石塊旁邊的一塊黑石上，黑石上有一隻深陷的手印，鳳泉的右手放在了手印上。

而在另外兩位長老身前，也都有著一塊黑石，黑石上也都有著陷進去的手印，他們依照鳳泉的樣子，將右手放進了那手印中。

三人同時閉上了眼睛，腦海中默念著中間那圓形石塊上的上古文字，將自身的功力緩緩注入那手印中。

倏忽間，黑石手印白光四射，那中間的圓形白石開始發出磨擦的聲響，並緩緩向上升起。

而在另外兩座祭天台，同樣的情況也都在發生著……

第廿二章　摧毀一切

影子以最快的速度趕到關押黑玄、千毅、織雨、哲野四人的地牢，一切如影子所料，地牢內空空如也，根本不見四人的蹤影。

影子看到那昏睡過去的獄卒，重重地搧了他一記耳光，將之打醒，然後厲聲問道：「剛才關在牢房內的四人到哪裡去了？」

那獄卒彷彿還沒有清醒過來，惶然不知所措，驚恐地望著影子。

影子抓住他胸前的衣襟，再一次厲聲道：「剛才關押在地牢內的四人現在去了哪裡？」

那獄卒略爲有所清醒，支支吾吾地道：「我……我不知道，我剛才想叫……叫住他們，便被打暈了，隨即什麼都不知道了。」

影子聽得費勁，卻是一無所獲，一把放開那獄卒，奪門而出，卻又剛好碰到一隊巡衛。

領頭的巡衛大聲喝道：「什麼……」

「人」字尚沒有說出口，一隊人頓感強大無匹的氣勁向他們迎面撞來，隨即思維一滯，失去了所有知覺，紛紛倒在地上。

影子衝出地牢，一時之間四顧茫然。

突然之間，他不知爲何有著強烈的不安情緒，心裡有個強烈的念頭告訴他：絕對不能讓破天衝破封禁而出！卻把紫霞的安危丟在了一邊，根本不去想。

他隱隱感到，要想「祭天封神陣」生效，將破天永遠封禁住，就必須找到黑玄、千毅、纖雨、哲野四人，他們四人才是關鍵。而他們四人的失蹤也證明了影子的猜測不假。

他必須阻止他們！

但他們四人現在去了哪裡?到底幹什麼去了呢?獨臂老人故意製造出一場紛爭的鬧劇，迷惑人的視線，然後借機暗渡陳倉，做到神不知、鬼不覺，顯然是早有謀劃。

影子就像風一般在妖人部落聯盟飛奔著，精神力隨著移動的腳步無限延伸，方圓數里之內的一草一木、一蟲一鳥，都無法逃過他精神力的感應。來來往往的人，除了祭天台禁區無法感應和獨臂老人、泫澈、瀾蝶之外，沒有一個擁有像黑玄四人同等修爲之人的存在。

一刻鐘過後，他已經沿祭天台禁區飛奔一圈，感應著方圓十里左右的所有生靈，卻是一無所獲。

「難道他們四人就這樣突然憑空消失?」影子停下如風的腳步，思忖著，但得到的答案顯然是不可能，除非他們四人已然死去，但無論什麼情況都可能發生，最不可能發生的是黑玄四人已死！

就在影子感到一籌莫展、無可奈何之際，四個有著超強精神力的人在向他精神力所及範圍內侵進，強悍到影子的心禁不住一陣收縮。

影子不敢有絲毫的怠慢，飛身掠起，向四人所在方向凌空奔去。

大街上擡頭望著祭天台沖天火光的妖人部落聯盟居民只感頭頂一陣風疾逝而過，待回頭看時，卻什麼也看不到。

影子看到了四人，但這四人並不是他所要找的黑玄、千毅、織雨、哲野，而是落日、天衣、殘空、漓渚。

四人已經不再是影子昔日所熟悉的四人，他們身上所散發出的超強氣息，連影子都感到無可擋抵，那是可以摧毀一切阻擋力量的象徵，重生後力量的象徵！

四人並排站在一起，依然是以往的裝束和打扮，見到影子，四人同時單膝跪地，朗聲道：「落日、天衣、殘空、漓渚參見王！」

影子不由得一陣失望，他還以為是黑玄四人，但心中又充滿了欣然，漠告訴他，只有這四人可以幫助他突破四大護法神殿。漠讓影子離開星咒神殿後便去找他們，卻不想他們自己找到了影子。

影子將凝於半空的身子飄落下來，站在四人面前，也不多作謙讓，道：「四位請起。」

影子知道，這是他們的使命。

四人重新站了起來。

思維縝密的落日看著影子笑了笑，道：「王這是在找人麼？」

影子道：「是的，我正在找四個人。」

落日道：「不知王所找的是什麼樣的人？」

影子回答道：「他們是昔日神族戰神破天手下的四名戰將，被流放至此。他們此刻正想將封禁在祭天台禁區內的破天放出，我必須阻止他們！」

落日道：「王想阻止他們將破天放出，爲什麼？」

影子不知如何解釋，茫然道：「我不知道，但直覺告訴我必須這麼做，我必須阻止他們！」

落日與天衣、殘空、漓渚對視一眼。

天衣這時道：「既然王要這麼做，那我們就必須相助王，這是我們的使命。」

漓渚這時道：「天衣說得對，這是我們的使命。王放心，就將這件事交給我們四人，我們替王解決。」

影子望向這曾經關在西羅帝國玄武冰岩層的漓渚，他看到了漓渚滿臉的自信，道：「你知道他們現在哪裡？」

漓渚笑了笑，然後點了點頭，道：「他們四人都在地下，其中有兩人在一起，其他兩人分別在不同的兩個地方，也就是說四人分成了三個地方。他們現在正分別走在地下通道，朝三個不同的方向移動……」

影子的精神力往地下延伸，他也感應到了四人正走在三條通道上，往三個不同的方向移動，而這三條通道指向一個共同的地方，那就是祭天台禁區三角形頂端的三座祭天台！

「他們從地下通往三座祭天台的目的到底何在？」影子不解，但此時也容不得他想太多了，這三條地下通道顯然是早已挖掘好的，他們早已經有了預謀。

影子望向漓渚，他根本未曾想過黑玄四人會在地下，而漓渚剛剛到此，便發現了他們的存在，看來漠對他說這四人可以幫助他，這四人果有自己所不及之處。

漓渚似乎看透了影子的心思，道：「王不要這樣看著我，我曾經生活在西羅帝國皇宮最底層的玄武冰岩層，自然對地下的一切比較敏感。」說完，又笑了笑。

落日笑著道：「看來你上輩子是老鼠無疑。」說完，拍了拍身旁殘空的肩，道：「殘空兄，你說對不對？」

殘空微微笑了笑。

漓渚道：「沒想到落日兄這般喜歡取笑人，以後倒要和你多親近親近。」

只見天衣正色道：「我們該行動了，不要誤了王的大事。」神情依然是一絲不苟，與以往沒有絲毫的改變。

這時，祭天台禁區上空，突然射出三道金光，直沖蒼穹。

晴朗的天空黑雲四起，漸漸合攏，轉瞬之間，天空一片漆黑。

三道金光在黑暗的天空中映出三個奇異的靈印，每道靈印一半陰，一半陽，陰陽互轉，相生相衍。

影子望去，這三道金光正是從三座祭天台射上空的，「封神陰陽印」！

落日、天衣、殘空、漓渚四人見狀，神色爲之一肅，天衣道：「王，我們去了。」

話音落下，四人倏地自原地消失。

影子見四人已離去，飛身往獨臂老人所在的祭天台方向疾速掠去……

朝陽剛剛攬著紫霞從地底山洞衝破而出，整個天地一下子倒轉了過來。他和紫霞被壓在了地下，身上承受著的是整個天地的重量。

朝陽手腳撐地，弓著身子，承受著全部重壓而下的力量。

紫霞以爲自己已死，她的思維仍停在山洞甬道內烈焰瘋狂撲來的一幕。她的身體被烈焰所吞噬，在大火中燃燒，而她卻感覺不到痛，她以爲，身心已死的人是沒有痛感的。

但當一滴汗水滴下來的時候，她卻有了感覺。汗水滴在她的臉上，冰涼冰涼的。

她睜開了眼睛，看到自己在朝陽的身下，而朝陽以自身撐著重壓而下的全部力量，他的手腳一鳖一鳖陷進堅硬的石塊裡面，弓著的身體在一點一點地下沈。那汗水自是從朝陽的額頭上滴到她臉上的，並且仍在一顆一顆地滴著，從額頭上、從臉上，從身體的每一處。而經脈從身體裡面，一下子突到了皮膚表層，一幅完整的人體經脈圖。

紫霞望著朝陽強撐著的樣子，幽怨地道：「我還沒有死麼？」

朝陽緊咬著牙，艱難地擠出幾個字，道：「當然沒有死！」

隨著說話聲，紫霞看到了朝陽牙縫間滲出的血，滿溢一嘴。

紫霞以破碎的衣衫輕輕擦去朝陽嘴角溢出的血絲，憐惜道：「你還在強撐著什麼？即使你已經獲得了破天的力量，也逃脫不出這天地陰陽倒轉之地的，天和地在無數次的疊加，無窮無盡，你突破了一層，又一層天地再重壓而下，你突破不了的。」

朝陽臉上浮現出一絲冷笑，道：「是麼？真的突破不了麼？我便不信！」

他的手腳一鳖一鳖往地下深陷，弓著的身體也在一點一點下沈，與紫霞身體之間的距離愈來愈近。

紫霞道：「究竟怎麼樣你才能夠放棄？」

「不！我永不放棄！」牙縫間溢出的血滴落在了紫霞臉上。

紫霞道：「你這樣做到底是爲了什麼？難道你不知死後就可以解脫，就沒有痛苦了麼？」

朝陽道：「既然我活著，就沒有想到過死！我要用我的力量去推翻這天地！」

紫霞閉上了眼睛，兩行眼淚從眼角溢出，順著耳鬢滑落。半晌，她道：「那你就讓我死吧。」

「不！只要我活著，你就不能死！我也不會讓你死！」

朝陽的身體已經與紫霞的身體緊貼在一起，透過朝陽強撐著的身體，紫霞已經感受到了那天地重壓而下所擁有的無形力量，如此的強大！如此的可怕！紫霞不信，以一個人的血肉之軀可以支撐如此之久，到底是什麼樣的力量支撐著他？是破天的？是他自己的？還是她給他的？

紫霞不再說什麼，此刻什麼都不重要了，她等待著這整個天地的力量將他們摧毀，一起永遠地死去。

「啊——！」

一陣暴喝，整個天地倒轉了過來，但此次不是這天地陰陽倒轉之地的自行倒轉，而是朝陽讓重壓在他身上的「天地」倒轉了過來。

「轟……」天地震動，空氣顫抖。

與此同時，在這無始無終的天地陰陽倒轉之地之外的祭天台禁區，也發生了劇烈的顫抖。三座祭天臺上的鳳泉等九人被這巨大的力量震到一邊，三道直沖九天蒼穹的「封神陰陽印」倏地從虛空消失，剛開啓的靈印一下子又回到了三座祭天台中央那圓形的石塊裡面。

影子剛剛從空中飄身落地，他看到了這一幕，也看到了獨臂老人嘴角微微牽動的一絲不易覺察的笑意。

那是真正發自內心的狂喜！

影子向獨臂老人走去，獨臂老人似也感到了影子的重新到來，他將頭偏了過來，望向影子，道：「你沒有找到他們麼？」

影子在獨臂老人身前一米處站定，道：「是的，我沒有找到他們，但自有人會幫我找到他們！」

獨臂老人眼中閃過一絲詫異，瞬即又恢復平靜，道：「你以爲我會相信你的話麼？」

影子道：「你看我的樣子，就應該相信我的話。」

獨臂老人凝視著影子。

是的，影子篤定自信的眼神已經告訴了他——對方並沒有撒謊！但到底是誰會幫影子？或者說，有誰具備這個能力，能夠阻止黑玄、千毅四人行事？整個幻魔大陸，恐怕也難以找出三四個，何況在這麼短的時間內？

獨臂老人看著影子，狐疑著不敢確定。

這時，影子道：「現在，我要讓你告訴我，你到底想怎樣讓破天破禁而出？你要讓鳳泉他們開啓『祭天封神陣』，到底用意何在？」

獨臂老人平靜地看著影子，道：「你以爲你有這個能力，讓我回答你的話麼？」

影子自信地道：「是的，你必須回答我！」

獨臂老人平靜地看了看影子，又看了看天，天上黑雲聚攏，一片漆黑，隨即又望向三座祭天台，劇震過後，鳳泉等九人又在以自身的強大功力開啓三座祭天台的「陰陽靈印」。那三道金光赤柱又開始沖向九天蒼穹，空中那三道靈印又開始顯現出來。

獨臂老人重又將目光投到影子臉上，道：「其實，我們有共同的目標。今天，我讓你參加我們的長老會，其實是想讓你知道，你沒有必要冒險進入祭天台禁區救紫霞，只要祭天台禁區一破，紫霞自然會沒事。而我也知道，你也可以看出我的真實意圖是和黑玄四人一樣，讓偉大的戰主破禁而出！但我卻不明白，我們有著同樣的目標，而你卻爲何要阻止我做這一切？」

影子道：「你當然不會明白，連我自己都不太明白，但冥冥中有一種力量支撐著我必須阻止你！我相信自己的這種直覺。」

獨臂老人道：「相信直覺？你就憑你所謂的直覺放棄紫霞？難道你真的不在乎紫霞的生死麼？」

影子心中「咯噔」了一下，如果「祭天封神陣」真的將祭天台禁區封禁，祭天台禁區就會永遠在幻魔大陸消失，破天永遠消失，也代表著紫霞會永遠消失，他真的希望看到這個結果麼？

影子心中不禁一陣猶豫。

獨臂老人看著影子，平靜地道：「既然我們都不想看到這個結果，那就讓我們等待他們破禁而出那一刻的到來吧！」

影子心中矛盾至極，原先判斷的思緒，經由獨臂老人一提起，立即變得零亂不堪。「自己是希望紫霞破禁而出，還是希望看到她永遠從自己的眼前消失，成爲記憶中遙不可及的模糊身影？到底希望怎樣？自己到底希望怎樣？」

影子直感頭要炸開，疼痛欲裂。

「不！我必須阻止他！」一個聲音突然從影子的腦海中竄出，主宰著他全部的思想。

「不，我必須阻止你！」影子突然大聲道，眼中陡然燃起熾烈的殺機。

獨臂老人對影子的反應頗感詫異，似乎看起來有些陌生，他再一次道：「你真的已經決定？」

影子喝道：「何來如此多廢話？出招吧！」他的心中有著莫名的浮躁。

獨臂老人似乎並沒有與他動手的意思，他道：「你不就是想知道我是怎樣讓戰主破禁而出，爲什麼還要鳳泉九人開啓『祭天封神陣』嗎？好，我現在就告訴你……」

朝陽又一次被倒轉過來的「天地」壓在了下面，他甚至還沒有來得及喘息一下，看清所推翻的「天地」是個什麼樣子。

一切皆如紫霞所說，「天」與「地」會無數次疊加，突破一層，又一層會重壓而下，永遠都突破不了。

在這又一次的天地倒轉之時，他又用自己的四肢支撐著，保護著身下的紫霞不被壓碎。

紫霞哀怨地看著朝陽，她心裡在問著自己：難道這個男人來到這天地陰陽倒轉之地，就是爲了獲得破天巨大的能量麼？如果僅僅如此，他又何必如此拚死地救護自己？他所爲的到底是什麼？他的心裡到底在想些什麼？

紫霞感到自己永遠都看不透這個男人，他的心用一層層真實而又虛假的東西包裹著。他如此倔強地活著，是害怕受到傷害麼？自己究竟該怎麼辦？

紫霞看到朝陽的四肢不停地顫抖著，她知道，朝陽隨時都可能支撐不住，若非爲了自己，他又何必這樣做？

紫霞含著淚，對替她支撐著整個「天地」力量的朝陽道：「你放下吧，不用管我，讓我死去。」

「不！」朝陽顫抖著雙唇道：「如果連一個女人都保護不了，我擁有這顛覆天地的力量又有什麼用？我一定要帶著你，一起衝出這天地陰陽倒轉之地！」

他一邊說著，體內又一點點地重新積蓄著力量。

紫霞道：「爲何你總是做一些別人都認爲不該做的事情？你這樣做到底是爲了什麼？」

朝陽半晌沒有說話，閉著眼睛，待不停顫抖著的手腳微微有所穩定，才睜開眼睛，道：「不爲什麼，因爲，我是朝陽！」

紫霞道：「就因爲你是朝陽？」

「是的！」朝陽十分艱難，卻又無比堅決地道。

紫霞望著朝陽痛苦的樣子，哽咽著道：「可我很想知道，我在你眼中到底是一個怎樣的女人？」

朝陽搖了搖頭，艱難地道：「我也很想知道這個問題的答案，但我知道，你絕對不可以在我生命中消失！」

紫霞悽楚地一笑，然後擡起手，以她纖弱蒼白的手指輕輕拭去朝陽臉上的汗珠。她知道，有些問題是永遠都沒有答案的，就像她不知道自己的生命到底是爲了自己，還是爲了別人而存在一樣，就像她不知道選擇影子到底是對還是錯。當你強行去想弄清它的時候，注定出現的只會是一個悲劇。

也許，對紫霞來說，她所要做的，是什麼都不去想，什麼都不去做，靜待著最後，那屬於自己的命運的到來。

而在這一刻，紫霞似乎也懂得了朝陽。他之所以選擇反抗命運，是想證明他並不是一個失敗者！他的不放棄，就是爲了證明他生命的價值，他可以擁有屬於他生命中該出現的一切，包括她！

突然之間，紫霞變得坦然了，她什麼都不去想，面帶微笑，道：「那就讓我們承受所有會到來的一切吧！」

瞬間，朝陽感到全身充盈著無窮的力量，這種力量比破天給予他的還要強大百倍！

終於，有一個人，一個女人，能夠與他一起承擔面臨的事情，哪怕是短暫的……

祭天台禁區上空，「封神陰陽靈印」在緩緩地靠攏。

所有妖人部落聯盟的居民都在觀望著天上的異象，他們已經習慣了平靜的生活，這突然發生的事情讓他們的心理毫無準備，也就在這時，他們意識到，其實這一天遲早是要到來的，只是出現在了今天，在這個時候。

曾經很多時候，他們都忘記了在他們所生活的這片土地，有著祭天台禁區的存在，好像它與他們的生活無關，以至於讓他們忘了，他們之所以能夠活到今天，之所以在這裡繁衍下來，全都是因爲這三座石砌的祭天台。

現在，他們的心又繫著這樣一個地方，等待著即將到來的不可預知的災難，等待著那一刻的到來。

此時，影子已經知道，獨臂老人爲什麼要讓鳳泉九人開啓「祭天封神陣」，知道了獨臂老人想通過怎樣的方式讓戰神破天從裡面破禁而出，也知道了獨臂老人的身分——戰神破天的兒子無鋒！

無鋒告訴影子，他的那隻手之所以斷了，是他自己砍的。當年的神族百年大戰，破天眼看大勢已去，爲了保存最後可能捲土重來的機會，就設計了最後的眾叛親離，讓無鋒領著黑玄等四位戰將背叛，投靠冥天。而爲了取得冥天的信任，無鋒砍斷了自己的手臂，千殺劃破了自以爲傲的臉，黑玄自傷心脈，哲野刺瞎了自己的一隻眼，織雨將體內五臟六腑震動移位，而他們便將這「功勞」轉嫁給破天，是破天知道他們的背叛所賜予他們的。這正是後來破天被永遠封禁，而他們卻沒有死，得以存活於妖人部落聯盟的原因。正因爲有了他們當年的苦肉計，才有了今天這個機會的到來，而爲了這一天的到來，他們顯然用了足夠的耐心，等了足夠長的時間，直到今天，他們終於看到了即將到來的希望。

真可謂處心積慮！

現在，影子將所有的機會都交給了落日、天衣、殘空、漓渚四人，只有四人在三個「封神陰陽靈印」合一之前，制止黑玄他們破壞靈印的靈根，才能夠讓戰神破天永遠被封禁，永遠地消失於幻魔大陸。

但他真的希望「祭天封神陣」能夠發生作用麼？他心裡又顯得矛盾，起初他爲了救紫霞而留在妖人部落聯盟，現在則變成了他將紫霞唯一可能破禁而出的機會給毀滅了。

影子與無鋒站在一起，他望向祭天台禁區的上空，看著那慢慢靠攏的三個「封神陰陽靈印」，等待著那三印合一時刻的到來。

此時，泫澈與瀾蝶也都在望著那三個靈印。

空中，三道赤紅金柱鼎足而立，三座祭天台之巔的九人，額頭上都密布著細密的汗珠。他們在以自身的功力開啓著「封神陰陽靈印」的同時，也在極度地耗損著自身的功力。

當年，這靈印是冥天與梵天聯手打造，這「祭天封神陣」也是他們親自所設，沒有足夠的修爲作爲支撐，怎有可能開啓「封神陰陽靈印」，引導天地間的力量，啓動「祭天封神陣」？是以，必須由九人聯手，才能夠做到。

「劈叭……」一聲霹靂驚響，厚厚的黑雲被一道閃電撕開，直落祭天台禁區，緊接著，數道閃電接二連三閃落而下。

祭天台禁區內炸響不絕。

獨臂老人無鋒神色嚴峻，三印合一，那激動人心的一刻就要到來了，成敗也全在此一舉。他突然想起了影子對他所說的話：已經派人去阻止黑玄等四人。雙目精芒陡射，望向影子，道：「你真的派人去阻止黑玄四人？」

影子正在想著紫霞，沒料到一向鎭定自若的無鋒陡然間變得如此咄咄逼人，心中倒是一

驚，隨即平靜地道：「是的，相信他們此刻已經戰在了一起！」

無鋒周身陡然湧起無限殺伐氣息，以不可抗拒的語氣道：「你必須馬上讓他們停下來！」

影子看著無鋒那充滿殺機的雙眼，半晌才道：「你這是在命令我？」

無鋒斷然道：「是的！」

影子平靜地道：「但我從不接受任何人的命令，而且此時，我若成為你的對手，對你並不是一件好事。」

無鋒周身所散發出的殺機陡然一滯，是的，若是影子此刻成為他的對手，對他來說並不是一件好事。影子目前所擁有的實力，他心裡很清楚，若是以往，他絲毫不會放在心上，而此刻，他的功力被封禁，所剩下的功力只有三分之一。影子與千毅三人對決的情形他親眼所見，而且似乎並沒有完全發揮，以自己現在三分之一的功力，能夠與之相拚麼？

這是一個未知數。

無鋒身上強烈的殺機漸漸淡去，目光又變得深邃空洞。他現在的希望也只有寄託在黑玄等四人身上了，在三印合一之前，殺死那些阻止他們的人。在他看來，幻魔大陸實在找不出有足夠實力與黑玄等四人一戰者，思及此處，他的心這才稍稍安定。

而此刻的影子也在想著落日四人能否阻止黑玄四人……

第廿三章　手擎神跡

玄冰圓柱內的靈根開始緩緩轉動，慢慢地愈轉愈快……

靈印緩緩升騰而起，大地劇烈震晃，如發地震。

此時，祭天台禁區上，三道「封神陰陽靈印」合三爲一！自九天蒼穹之上，一道光柱彙聚著天地間的能量，直達合三爲一的「封神陰陽靈印」，靈印又分成三道光柱與三座祭天台相連。三座祭天台之間，陡然升起三道光屏，達到與祭天台平行的高度。

此時，鳳泉等九人都慌忙地站了起來，跌跌撞撞地跑到祭天台的邊緣，紛紛往禁區外跳出。

斷臂老者無鋒神色變得極爲凝重，因爲他知道，關鍵的時刻即將到來了。

影子的心亦爲之懸起，但他不知道，自己需要的到底是一個怎樣的結果。

瀾蝶與泫澈也都緊張地等待接下來發生的事情。

所有妖人部落的居民也都在等待著即將發生的事情，等待那不可預知的結果的到來……

大地搖晃，祭天台禁區開始緩緩下沈，天上的黑雲疾速行走，天上閃電，如萬千道銀蛇同

時在耀舞。

此刻，祭天台禁區上空，神族部落祭天台的「封神陰陽靈印」的靈根突然飛速飛了起來，緊接著魔族部落祭天台的「封神陰陽靈印」的靈根飛了起來……

斷臂老者見狀，身子一個踉蹌，站立不穩，口中喃喃道：「怎會這樣？怎會這樣……？」彷彿不敢相信，他不知道靈印的靈根會升了起來，黑玄他們到底幹什麼去了？

神族祭天台靈印的靈根與魔族祭天台靈印的靈根合二爲一。

大地劇震，猛地往下一沈，整個妖人部落聯盟的房舍及人全都震倒在地。

淒慘的喊叫聲不絕，大地裂開數道寬有兩米的裂縫，旁邊的人和房全都往裂縫掉去，而黑色的沼澤泥漿又不斷往上翻湧。

祭天台禁區旁，鳳泉等九人正在等待著人族部落所屬祭天台內的靈根飛升，合三爲一，正式啓動「祭天封神陣」，可他們等來的卻是一聲「轟……」然巨響，整個人族祭天台頓時被炸爲碎片。

與人族祭天台相連的光柱頓時消失。

鳳泉九人爲之一震，不知爲何突然之間會發生這種事，頓時驚慌失措。

本已感到絕望的無鋒眼睛突然睜得很大，臉上表情瞬息數變，彷彿又看到了一線生機。

影子心中先是一沈，卻又有一種莫名的興奮，他的心情很複雜，不知道自己到底需要的是怎樣一種結果。

泫澈與瀾蝶的心卻是無比沈重，她們彷彿已經看到了那即將出現的未來。

「轟……」一聲巨響，神族祭天台與魔族祭天台同時倒塌，空中的「封神陰陽靈印」突然破碎。

本在不斷下墜的祭天台禁區突然飛速往上升起，大地轟鳴之聲不斷。

轉瞬之間，整個祭天台禁區竟然脫離了地面，並不斷往虛空升去。

這時，祭天台禁區外的影子、無鋒等赫然看到了在升起的祭天台禁區下面，竟然有著一個人！不，是兩個人——朝陽與紫霞！是朝陽一隻手抱著紫霞，另一隻手擎頂著整座祭天台禁區！

天啊，竟然有人可以隻手擎住整座祭天台禁區！

所有人都望著朝陽隻手擎住整座祭天台禁區在飛升，但沒有人會想到是這樣一個結果，沒有想到會是朝陽破禁而出，而不是戰神破天！甚至他們都忽略了朝陽曾進入祭天台禁區。

無鋒沒想到會是這樣一個結果，他始終不明白爲什麼會是朝陽，而不是戰主破天。何況，朝陽哪裡會有如此強大的能量？

而影子這時突然間明白，爲什麼自己有種強烈的要阻止無鋒的念頭，這種感覺並不是破天給他的，而是朝陽！是一種強烈得要毀去生命中另一半的衝動，正是這種衝動在影響著他。沒有人願意看到自己成爲自己的對手，沒有人有足夠的勇氣去面對這不可能，卻又偏偏發生的事實。

從這一刻，影子彷彿已經看到，一場宿命中注定的，自己與自己的戰爭已經拉開序幕。

半空中，朝陽抱著紫霞突然轉身，飛起一腳踢在整座祭天台禁區上。祭天台禁區就像一支離弦之箭，撕開黑雲，疾速飛向天宇的最深處，飛向一個永遠都不可預知的地方……

漸漸地，禁區變成了一個黑點，直到最後的消失。

朝陽立於空中，身上的黑白戰袍隨風飄動。他掃視了一眼整個妖人部落聯盟，眺望更遠處的西羅帝國，狂傲地道：「從這一刻開始，整個幻魔大陸都是屬於我朝陽的！」

說畢，手中聖魔劍破空刺出，聖魔劍靈若張牙舞爪的怒龍騰空而舞，發出一聲震爍蒼穹的吟嘯，久久不絕。

此時，與黑玄等人久戰的落日、天衣、漓渚早已逃了出來，站在了影子身後。

黑玄、纖雨、千毅也都望著虛空中的朝陽，心中有種說不清、道不明的滋味，他們從沒想過，破禁而出的會是朝陽！

空中，朝陽將目光落在了影子身上，他抱著紫霞落了下來，落到了影子面前。

朝陽看著影子道：「我知道你的心裡在想些什麼，但我今天不準備殺你。回到西羅帝國去，我要與你在戰場上一決高下，我要讓冥天知道，只有我才是幻魔大陸的最強者！只有我才能夠真正擊敗他！」他厲目掃向無鋒、鳳泉、黑玄、織雨、千毅等人道：「至於你們，都得死！」

無鋒、鳳泉、黑玄等聽得心中一陣劇震。

影子顯得很平靜，他望向朝陽身邊的紫霞道：「那麼你呢？你已經選擇和他在一起了麼？」

紫霞也平靜地道：「我曾經說過選擇了你，但我食言了，我不再選擇任何人，也不再做任何的抗爭，一切聽憑命運的安排。」

影子一陣冷笑，道：「是麼？好一句『聽憑命運的安排』，好一個豁達的人！」

朝陽回頭望向影子道：「因爲這是一個勝利者的遊戲，只有勝利者才可以決定她最終選擇誰！」

影子望向朝陽道：「你說得很對，只有勝利者才可以決定一切，我期待著我們那場即將開始的戰爭。」

說完，影子調轉頭，對著落日、漓渚、天衣三人道：「殘空呢？」

漓渚道：「王放心，他不會有事的。」

影子點了點頭，道：「那我們走。」

說完，逕自離去，落日、漓渚、天衣緊隨其後。

朝陽的目光落到天衣身上，喊了聲：「天衣。」

天衣停下了腳步，卻沒有回過頭來，道：「我已經不再是以前的天衣，以前的天衣已經死了，現在的天衣背負著與王協同作戰的使命。」說完，重新啓動腳步，跟了上去。

朝陽望著天衣的背影，眼中陡現殺機，最終卻又忍住了，道：「等到哪一天，我一同解決你！」

言畢，緩緩轉過頭，望向無鋒、鳳泉等人道：「現在必須解決你們！」

無鋒這時倒顯得平靜了，道：「你獲得了我主的力量？」

朝陽並沒有否認，道：「是的，因爲只有我才可以幫助他完成夙願！」

無鋒道：「那你可知我們是誰？我們是戰主部下的十大戰將，我們一直都在等待戰主能夠破禁而出，率領我們兄弟殺回神族，重新奪回屬於我們的一切！」

朝陽道：「這麼說來，是你們才讓我能夠破禁而出？」

無鋒沒有否認，也沒有說話。

朝陽看著無鋒道：「看來我得謝謝你們囉？」

無鋒道：「謝倒不必，我們兄弟只想知道，戰主最後說了些什麼，爲什麼將自身所擁有的生命力量都輸給了你？」

朝陽厲目逼視著無鋒，反問道：「這很重要嗎？」

無鋒平靜地道：「是的，很重要。」

朝陽道：「你們會知道這兩個問題的答案的，但並不是我告訴你們。很快，你們就可以去向破天詢問這個問題了。」

一聲龍吟響徹天地，赤紅劍芒盈滿天地。

一片血紅之中，聖魔劍靈捲起血紅怒風，露出森然牙齒，張舞著利爪，向無鋒、黑玄、纖雨、千殺四人狂猛撲去。

黑玄、千殺、纖雨三人先是一驚，紛紛看向無鋒，但無鋒顯得很平靜，沒有半分的懼意，也沒有半絲的反抗之意，彷彿是在等待著這樣一個結果的到來。三人的心中頓時變得坦然，從無鋒的平靜中，他們已經讀懂了，既然戰主已經不在，這個結果只能是他們最終的歸宿，也是他們最好的歸宿，他們所肩負的使命也已經到此結束。

四人面對著死亡，竟面帶微笑。四個以戰爲生的人，到了生命的盡頭，連反抗似乎都已經忘了。

聖魔劍靈一口將四人全都吞噬，接著，是一聲長長的無比快意的龍吟。

「他們這是得知自己命運後的坦然麼？原來死也並不是一件什麼大不了的事。」瀾蝶這時不禁想道，心中積壓著千萬年不能釋懷的東西一下子似乎變得很輕、很輕。

這時，鳳泉大喝道：「我們大家聯手將他給殺了，否則，我們唯有死路一條！」

剛才，無鋒四人毫無反抗便被聖魔劍靈一口吞噬的情形，讓九人心中不寒而慄。鳳泉話音剛一落，九人便同時揮動手中兵器，齊齊向朝陽攻去。

朝陽臉上毫無表情，隨意一拳揮出。

九人頓感天地間所有的力量同時向自己攻至，還未來得及想到如何應對，「轟……！」地一聲巨響，九人同時形體消散。

血霧彌漫著整個空中。

聖魔劍靈一聲龍吟，在血霧當中興奮地騰躍飛舞。

眨眼之間，無鋒四人及鳳泉九人便死去，泫澈不禁想到身旁的瀾蝶。

她側頭望去，見到一柄利刃已經刺穿了瀾蝶的左胸心臟部位，而利刃的另一端，握著瀾蝶自己的手。

瀾蝶面帶微笑，對著泫澈道：「知道嗎？一直以來，我都希望有一天能夠重回神族，重新回到『他』的身邊，可這個願望一直都沒有實現。我想，這一輩子都不可能實現了，不過，現在我明白了，當一個人無力做自己想做的事情時，『放棄』也不失為一種很好的選擇。那樣，起碼不會讓自己活得很累。」

一陣風吹來，瀾蝶「撲通」一聲便倒在了地上。

泫澈這時卻不禁吟起了瀾蝶最後所說的一句話：「那樣，起碼不會讓自己活得很累……」

人活著，真的是一件很累的事情嗎？

這時，紫霞向泫澈走了過來，道：「我們也走吧。」

泫澈不禁有些恍惚，道：「去哪兒？」

她第一反應想到的竟然是「死」！

紫霞道：「從哪裡來，便往哪裡去。」

泫澈這才醒了過來，道：「是了，我們已經做完了要做的事情，該回到神族去了。」

她望了一眼倒在地上死去的瀾蝶，道：「我想將她一起帶回去。」

紫霞道：「每一個人都有自己的歸宿。」

泫澈道：「但我認爲，她的歸宿之處應該是在神族。」說完，彎下身子，將瀾蝶抱了起來。

天上黑雲盡散，紫色的雲霞映滿天際，已是日將垂暮之時。

紫霞與泫澈抱著死去的瀾蝶，向晚霞的深處走去……

第廿四章　消失之族

朝陽望著天際的晚霞，溫和的晚風吹動著黑白戰袍，他卻感到了有點冷。

朝陽收回了自己的目光，望著滿目瘡痍的妖人部落聯盟和四處奔走呼叫的人們，整個妖人部落的大地開始下沈，黑色的沼澤之水開始從四處開裂的裂縫中漫溢出來。

朝陽騰身而起，往遼城方向飛掠而去。

夜幕慢慢降臨，黑色的沼澤之水已經將整個妖人部落聯盟淹沒，無奈哭泣的妖人部落居民站在齊腰深的黑色沼澤水中，滿臉的絕望。

這時，浮在水面上的一個人醒了過來。

是哲野。

哲野望著四處陌生的一切，道：「這是什麼地方？」可四處那一張張充滿絕望的臉又告訴他，這裡是妖人部落聯盟。

「怎麼會這樣？大哥呢？四哥呢？七妹、九弟呢？你們到底去了哪裡？」

聲音聲嘶力竭，在夜空下迴盪著，卻沒有人回答。

此時，夜空下有一隻鳥驚飛著，是會唱歌的拉姆，拉姆的叫聲很淒厲。

哲野淚流滿面，道：「就這樣結束了麼？一切就這樣結束了麼？大哥，你們怎麼可以扔下我……」

此時，影子與落日、天衣、殘空、漓渚五人並排站在空城高高的城門外，在他們面前，是一條深約十丈、寬達五丈的護城河，下面河水平靜，卻不時有著長長的似蛇般的尾巴露出水面，破空劃過，腥風撲鼻，幾乎到達地面。

「王，這就是西羅帝國的南方邊界——空城。因其一夜之間曾被妖人部落的軍隊殺得雞犬不留，所有食物和貴重物品被搶劫一空而得名。」落日站在影子身側說道。

影子長歎一聲道：「妖人部落的軍隊再也不可能來犯空城了。」

落日四人沈默不語，妖人部落聯盟號稱有百萬大軍，其人口有二百萬眾，但一夜之間卻永遠從幻魔大陸消失。

「也許，從他們的先祖逃到那裡的第一天開始，他們已經想到會有這樣一個結局。對他們來說，他們的生命之脈已經延續得夠長了。」天衣忽然開口說道。

影子心中一動，只有像天衣這種軍人出身，才對生死看得如此豁然，而這，也是他與朝陽之間的差別。

落日這時道：「天衣，沒想到你是一個這般無情的人，以往我倒是沒看出來。」

天衣肅然道：「不是無情，是戰爭的遊戲本是這樣，流不得半點眼淚。」

「哈哈哈，你說話倒是一套一套的，看來這幾年的『天衣大人』確實沒有白當。」落日取笑道。

殘空這時道：「天衣的話說得沒錯，一切還尚未開始，我們是不應該爲別人掉眼淚的！」

落日忽然一臉正經地盯著殘空，道：「說！天衣到底給了你什麼好處？沒幾天便幫著他說話！」

漓渚忙附和道：「是啊是啊，你們兩個到底是什麼關係？老實交代！落日可看著呢，殘空你千萬不能搶了他的『老相好』啊！」

落日忙接著道：「是啊是啊，天衣可是『我的人』，你要是想把他搶去，首先就得過我這一關。如果你拿出一點什麼東西賄賂我的話，嘿嘿，那我們什麼都好商量。」

殘空不置可否地一笑。

天衣仍是一臉肅然，不言不笑。

漓渚指著殘空道：「你看你看，殘空連笑都這麼曖昧，落日，這下你可完了，綠帽子戴到家了。」

落日裝著一臉生氣的樣子，道：「殘空，這你可得給我一個交代，否則有你沒我！王，你說是不是？」說著，把眼睛望向了影子。

影子知道落日是想讓大家變得輕鬆些，裝著想了想道：「這倒是一個很嚴重的問題，需要好好地考慮一下。」

天衣終於忍不住笑道：「什麼亂七八糟的，連王也攪和進來了。」

五人一起哈哈大笑。

這時，空城的吊橋放了下來，發出「轟轟……」的開啓聲響。

五人望著放下的吊橋，停住了笑聲。

天衣這時壓低聲音道：「王，在我們去妖人部落聯盟之前，曾到過空城。當時，軌風所率領的百萬大軍已經進駐空城。」

影子點了點頭。

這時吊橋完全放了下來，一個身穿黑色素衣的人向他們走了過來。

影子、落日、天衣、殘空同時感到驚訝，因爲這人不是別人，是月戰，當場只有漓渚一人不認識他。

天下已死，以月戰的身分在這裡出現，顯然不太尋常。影子知道，月戰的到來不可能是爲天下報仇，在月戰的背後，似乎有一個人，而這個人肯定不是軍部首席大臣軌風，也不可能是西羅帝國的新君王褒姒。影子在來到空城外時，便已感到有一個強者的氣息籠罩在空城上空，

這種氣息讓他想到了咒星神與無鋒，而在幻魔大陸，除了他自己與朝陽，還有誰可以散發出如此強的氣息？

月戰在影子面前停了下來，臉上仍是一付木然表情的樣子，道：「師父天下想見你。」

「天下?!」影子聽得一驚，隨即迅速讓自己保持冷靜，淡淡地道：「她不是已經死了麼？」

漓渚也驚訝不已，他是親眼看到天下被漓焰殺死的。

月戰道：「死的不是師父，她只是侍奉師父的婢女，或者說，只是師父的替身。」

影子心中明白了。是了，誰都沒有見過天下，誰又知道天下到底長得什麼模樣？但影子想到，如果連天下的婢女扮演天下，都可以達到以假亂真的地步，那真的天下又是怎樣一個人？而且，如此說來，連褒姒都不知道，授藝予她的只是天下的一個婢女，而非幻魔大陸真正的三大奇人之一的天下！

一個深諳天下興衰之秘的人，一個從未有人見過她真面目的人，關於她的傳說，甚至比無語及空悟至空還要玄，在幻魔大陸之人的心目中，她被冠爲三大奇人之首，是以稱之爲天下。

影子見到天下的時候，天下正在下棋，是幻魔大陸很普通的六子棋，連四五歲的小孩都會下。隨便折一段樹枝在地上畫出格子，從地上撿六顆石子，就可以下上一局。規則更是簡單明瞭，當一條直線上己方有兩顆棋子而對方只有一顆，就算把對方吃掉了。先被吃完六顆棋子的自然是輸家，和兩個人可以殺死一個人一樣簡單，卻是亙古不變的真理。

天下穿著一身素白的衣衫，滿頭銀髮如瀑般垂至腳跟，眉淡如煙，眼神平靜篤定，看上去不知比那個替身年輕多少倍，有著絕世的容顏。

而在天下的對面，則坐著一個老得不能再老的老人，面容枯瘦乾癟，眼神空洞。

正是無語！卻不知他何以會來此與天下一起下棋？

影子的到來並沒有打斷兩人的雅興，兩人全神貫注地望著石桌上的棋子，對影子視而不見。

影子並不認識無語，但直覺告訴他，那女子便是天下，因爲天下洞穿世事，對一切都處之淡然，而無語卻有著某種執著。

影子沒有說話，站在一旁看著兩人的棋局。

約莫二個時辰過去，無語擡起頭道：「我又輸了，已經連續輸了十三局。」

天下笑了笑，道：「大師過謙了，其實是你在讓我。」轉而望向影子道：「請坐！」伸手一指影子身前的石凳。

此時，他們是在空城將軍府後院一片竹林中間的小亭中。

影子也不客氣，在石凳上坐了下來。

天下將目光引向對面的無語道：「這位是無語大師。」

影子早已感到眼前不讓天下的老人決非常人，卻沒有想到會是無語，他知道無語在幫著朝陽，卻不知爲何會出現在空城，理應在遼城才對。

影子重又站起，略爲欠身道：「晚輩見過大師。」

無語道：「不必客氣，還是請坐吧。」

影子重新坐了下來。

無語望著影子道：「你要不要也來下一局？」

影子道：「大師的雅興，我又豈敢拂逆？」

無語道：「無妨，反正只是遊戲而已，玩過即止，豈能癡迷？」說罷，竟站了起來，起身在影子對面的空石凳上坐了下來。

影子本無下棋之心，卻不想無語真的讓出了自己的座位，一時之間倒不好拒絕。

天下伸出手，作出「請」的手勢，指向對面的位置道：「請坐。」

影子道：「既然盛情難卻，我也只好勉爲其難了。」他也想透過下棋，見見天下到底是一個怎樣的人。

影子在天下面前坐了下來，天下對著影子一笑，重新布好棋局，影子也隨即將六顆棋子放在了所屬之位。

天下道：「你先走。」

影子執起一顆棋子，面對棋局，正欲放下，卻發現眼前尚未開始的棋局突然變了，六顆靜止不動的棋子倏地變得變幻莫測，如天上的星圖，生生不息，不斷演化。

本是極爲簡單的一著，影子手中所執的棋子卻是放之不下，根本不知該放往何處。

一陣狂風吹來，眼前的棋局瞬息萬變。

影子不再是坐於竹林小亭內下棋，而是身披戰甲，手持聖劍，胯下騎著戰馬，率領著落日、天衣、殘空、漓渚等萬千將士馳騁於戰場，奮勇殺敵。

旌旗飄動，戰馬長嘶，殺伐之聲此起彼伏。

影子策動戰馬，揮動聖劍，所向披靡，在萬千敵眾中一路深入，殺出一條血路。

可當他衝到一片空曠之地，勒馬回望之時，卻發現不見了落日等四人，只剩自己孤騎深入。

這時，突然戰鼓擂動，四面八方湧起無數敵軍，層層疊疊將影子圍得水泄不通，萬千兵器閃泛寒芒，無數旌旗迎風獵獵作響。

影子胯下戰馬發出一聲長嘶，他心中暗呼：「糟了，這下中計！」臉上卻是不動聲色。

一串馬蹄聲響起，影子勒馬四望，只見身後的敵軍中讓開一條道，朝陽騎著戰馬，身披黑白戰袍，率領著驚天、安心、櫻釋悠然前來。

影子心中暗忖：「原來是他！」卻是擔心著落日四人現在不知怎麼樣了。

朝陽勒馬站定，輕蔑地道：「我說過，你不是我的對手，你根本沒有權利與我爭！你天生不是君臨天下的料，只是一介癡迷於小我的武夫！」

影子大喝一聲，揮劍道：「少廢話，有本事我們就來大戰一場，看是誰輸誰贏！」

朝陽冷笑一聲，道：「你以爲你現在還有這個資格麼？你我一分爲二，你稟承了我所鄙棄的性格，你所有的缺點我都一清二楚，總是癡迷於小我，癡迷於『爲什麼』，沒有睥睨天下，一切唯我的皇霸之氣，你連一個皇者最起碼的素質都不具備，又怎能與我鬥？」

「你胡說！」影子喝道：「你以爲用言語相激就能亂我心緒麼？」

朝陽道：「那你又何必生氣呢？」

影子心中一動，暗忖道：「是的，明知是他言語相激，自己又何必生氣呢？難道自己真的如他所說？」想到此處，影子立即打住了自己的思緒，若再想下去，自己就真的中了朝陽之計了。

他急忙調整思緒，不去想任何問題，冷靜地道：「生氣又如何？生氣並不代表我已經中了你的計，敗給了你！」

朝陽冷聲道：「不錯，還能夠快速調整自己的心緒，我還以爲你連以前的一點優點都沒有稟承。但就算是這樣又如何？你終究不是我的對手，你終究要敗！」

影子哈哈大笑，道：「這就是你所稟承的優點麼？原來你所稟承的優點是像一個女人一樣沒完沒了，光憑嘴巴取勝，如果真的是這樣，我倒是自歎不是你的對手。來吧，用你手中的劍說話，看誰是敗者！」

朝陽不爲所動，道：「我說過，你不是我的對手。你孤身一人，而我手中卻擁有百萬大軍，若你有能力將他們全部殺光，才有資格對我講這些話。」轉而沈聲道：「驚天、安心、櫻釋，將他給我拿下！」

「屬下謹遵聖主之命！」言罷，三人策馬前行，走出陣營。

驚天手持令旗，揮令道：「所有三軍將士聽令，不惜一切，誅殺此人！」

「是！」百萬大軍齊聲應道，聲音直沖九天雲霄，震驚天地。

緊接著，驚天令旗一揮，數千騎兵同時揮戈指向影子。

戰馬奔騰，塵土飛揚，濁浪滾滾，百萬大軍的大喝之聲震耳欲聾。

影子沒想到朝陽不惜部下性命，讓他們來送死。面對奔騰而至的數千騎兵，影子不敢有絲毫懈怠，不待他們近身，手中聖劍「鏘……」然出鞘，自周身劃過一道耀眼的圓形電弧。

鮮血激射，數千騎兵攔腰斬斷，轟然落馬。

戰馬長鳴，還未等到影子有喘息的機會，驚天手中令旗揮動，又有數千騎兵飛馳而至，揮戈向影子攻來。

影子如法炮製，聖劍再度破空劃出……

可隨著驚天手中令旗的揮動，攻勢猶如層層波浪，連綿不絕。

朝陽冷眼相觀，沒有絲毫停止的意思。

落日、天衣、殘空、漓渚候在將軍府後院的竹林外，來回踱步。

他們已經在此候了三個時辰，影子還沒有出來。而且，似乎一時半刻還沒有出來的意思。

天衣沿著竹林外走了一圈，然後望向漓渚，道：「漓渚兄，你的意念力感應結果怎麼樣？」

漓渚道：「王正在與他們下棋。」

落日笑著道：「漓渚兄，這句話你不知已經回答了多少遍，難道沒有一點新鮮的詞嗎？」

漓渚有些委屈地道：「可他們確實在下棋嘛，你以爲我願意啊，我也想找一點新鮮的詞來說說。」

落日道：「王也真是，什麼棋要下如此長時間？無論什麼棋，三下五去二就下完了，輸贏又有什麼關係？又不是性命之賭。」

天衣沒好氣地道：「你以爲王像你啊，一點志氣都沒有，成天吊兒郎當。」

「啊哈，我們『天衣大人』是不是當大人當慣了，教訓人倒是挺厲害的！」落日上上下下打量著天衣，一副不認識的樣子。

天衣道：「去你的，一副沒正經的樣子。」

殘空這時道：「你們說王爲何下一局棋要下如此長的時間？這其中是不是有什麼奧秘？」

殘空的一句話提醒了幾人，四人都沈默了。其實，這也是他們心中所擔心的，只是都沒有說出來而已。

漓渚望向三人，道：「我們要不要進去看看？看到底發生了什麼事？」

殘空道：「我也是這麼想的，萬一發生了什麼事，我們也好有個照應，而且聽漓渚兄說，裡面兩人的修爲高深莫測，其中一人是天下，另一人卻不知是誰。」

「是無語。」落日回答道。

「無語？」殘空詫異道：「就是那有『無語道天機』之說的無語大師？」

落日緩緩點了點頭。

天衣與漓渚同時驚詫，按理，現在的無語應該在遼城才對，何以會出現在空城？這其中到底有何原因？

漓渚不敢相信地道：「落日兄有否記錯？」

落日搖了搖頭道：「不會，我曾與無語大師有一面之緣，是他在朝陽手下救了我，並指引我來西羅帝國，他身上散發出的氣機我很熟悉，絕不會有錯！」

是的，落日說得沒錯，在幻魔大陸，修爲達到如無語的沒有幾個人，數都數得出來。

漓渚望向三人，徵求意見道：「那我們到底要不要進去看看？」他對無語並不是太瞭解，何況，按理說，無語應屬朝陽之人，而且，如此簡單的六子棋要下三個時辰，這是絕無僅有的。

天衣十分肯定地道：「不用，王讓我們在外面等，我們就應該在外面等。我們應該相信王有能力解決任何問題。」

三人默然。

與此同時，竹林小亭內，影子手執一顆棋子，雙眉緊蹙，冷汗不斷地從額頭流下。

無語與天下則在閒談著喝茶。

第廿五章　幻魔之戰

影子不知自己殺死了多少人，他的手臂已經發麻，但一輪一輪的騎兵仍如潮水般地攻至，他手中的聖劍還在不停地揮舞。

他不明白朝陽爲什麼讓這麼多人送死，難道朝陽真的那麼冷酷無情？視生命如草芥？他不敢相信朝陽所做的一切是自己性格另一半的體現。他雖然身爲殺手，但從未發現自己有如此邪惡的性格隱藏在內心深處。抑或說，以前的自己還沒有遇到適合這種邪惡的性格成長的環境？

影子如此想著，他手中的劍不得不一次又一次地揮出去，爲了漠，爲了月魔，他不能敗，他必須生存下去！

但如此多的死人在面前一個一個地堆積，他漸漸有種力不從心的感覺。

「王，我們來救你！」

這時，層層將影子圍住的大軍中，被衝開了一道口子，影子看到，落日、天衣、殘空、漓渚揮動手中兵器，策馬而至。

影子心中一喜，卻看到一支冷矢突然破空射至，自背後穿透漓渚的身體。

漓渚動作一慢，一柄閃著寒光的刀「嗤……」地一聲，將漓渚的頭從脖子上割下，掉落地面，一匹急速飛馳的馬奔過，漓渚的頭頓時被踐踏得腦漿四濺。

影子還未來得及有所反應，只見殘空策馬回頭，殺向那將漓渚的頭割下之人，嘴中罵道：

「我要通通殺了你們這些王八蛋！」

手起劍落，那殺死漓渚之人被殘空劈得一分爲二，連坐下戰馬也被劈成兩半。

可就在這時，數十柄刀同時砍在了殘空身上。

殘空神情爲之一愣，彷彿全身一下子變得很冷，嘴裡道：「王……」

數十柄刀同時回收，殘空的身子在空中一個迴旋，一臉茫然地落往地上。

「殘空——」

落日的劍殺退數百人，接著破空揮出，將那殺死殘空的數十名騎兵攔腰斬斷。

「嗖……」又是一支冷矢射至，穿透落日的右手。

落日的手一陣哆嗦，手中之劍無奈地落往地上。

同時，一匹戰馬臨空躍起，馬蹄重重地踢在了落日胸前。

「咔嚓……」落日胸前肋骨悉數折斷，身子似斷了線的風箏飛了起來，「轟……」地一聲，落在了影子腳下。

影子被這接二連三的一幕驚呆了，彷彿忘了自己置身何處，手中的聖劍頹然地跌落地面。

他蹬下身子，將落日抱起，聲音嘶啞地道：「你怎麼樣了？」

落日睜開眼睛，滿眼愧色，道：「王，對不起，我幫不了你……」

「哇……」一口鮮血噴出，落日的頭便往旁一歪。

這時，二十多柄戰刀破空向影子砍來。

影子卻沒有絲毫反應。

「王，小心！」

天衣揮劍蕩開向自己攻來的數十人，從戰馬上飛身向影子撲來。

二十幾柄戰刀齊齊砍在了天衣身上，而影子則被天衣壓在了身下。

天衣用自己的生命替影子擋了這二十幾柄戰刀。

影子放下落日，又回身抱住天衣。

「對不起，王，我們幫不了……你。」說完，天衣的眼睛緩緩合上。

影子將天衣放下，提起掉落之劍，站了起來。

「爲什麼？」影子仰天長嘯，手中之劍爆漲出萬丈劍芒。

影子舉劍正欲劈出，一道血紅劍芒刺穿向影子攻來的數百名騎兵。

「嗤……」劍芒刺進影子胸前，聖魔劍停在了影子胸前。

影子高舉而起的聖劍劍芒潰散，他的身子一個踉蹌，手中的劍也落了下來。

這時，所有攻向影子的騎兵盡數後退，回歸原位，將影子圍在中間。

在影子面前是成千上萬的屍體，這其中包括天衣、落日、漓渚、殘空。

朝陽策馬向影子走來。

在影子面前，他停了下來，道：「我說過，你不是我的對手。」言畢，伸手拔出了聖魔劍。

影子只感一陣天旋地轉，身子便往下倒去……

「怎麼會這樣？」

從影子額頭上，豆大的汗珠滴在了棋盤上，手上的棋子頹然落地，在棋盤上不停旋動。

「這就是你的心障，你如果想戰勝朝陽，就必須破除心障。」天下望著影子平靜地道。

「我的心障到底是什麼？」影子擡頭望向天下。

「是你認爲你會輸給朝陽，你在害怕著你自己。」天下道。

「害怕我自己？」影子顯得茫然。

「因爲你知道沒有人可以戰勝自己。你心中種下了敗的陰影，所以你認爲你會敗給朝陽。」

「可我能夠戰勝自己麼？」影子不禁問道，心中沒有絲毫信心。

「能！」天下的語氣十分肯定。

影子擡眼望向天下，滿臉疑惑。

天下道：「當你在想這個問題的時候，朝陽同樣在想這個問題。他也想知道到底能不能夠戰勝自己，這就是你戰勝朝陽的機會。」

影子心中一下子明白了。是的，自己所擔心的問題又何嘗不是朝陽所擔心的問題？重要的是，誰擁有著絕對的自信！而不是總想著自己的不足。剛才的那局棋，暗示的不就是這個道理麼？自己見到朝陽，就是他率領百萬大軍、意氣風發的時候，而自己是孤軍深入，團團被困，處於最不利的時候。從一開始，自己就沒有戰勝朝陽的自信，所以導致那局棋未下先敗。

影子心神收定，望向天下道：「你爲什麼要告訴我這些？」

天下道：「因爲我不准你敗！」

影子一下子怔住了，他還從未聽到一個人可以說出這樣的話，而這句話也讓影子認識到聞名幻魔大陸的天下是怎樣一個人，有著何等的自信。奇怪的是，影子對天下說出這樣的話竟沒有絲毫的反感不快，相反，這話讓他感到很踏實，彷彿是一位值得尊敬的老者滿懷善意的嚴厲。

影子道：「這就是你讓我來見你的目的？」

一陣風吹來，竹影搖曳，天下的銀白長髮隨風而動。她拂了拂被風吹亂的長髮，恬淡地道：「是的，你與朝陽之間的戰爭已經開始。」

影子望向無語，無語輕輕地品著茶。

是的，戰爭已經開始……

四日後。

遼城。

大將軍府議事廳內，朝陽端坐在最上方，無語坐於下首左側，驚天、安心、櫻釋站立兩邊。

「大師，聽說隱風魔使曾經來過？」朝陽望著無語道。

無語點了點頭，道：「就在前天，當時安心魔主有事外出，是無語接待他的。」

朝陽道：「他可說了些什麼？」

無語道：「隱風魔使告知無語，百萬大軍已經準備就序，只待聖主一聲令下，便反攻回西羅帝國。」

朝陽道：「大師認為他所說之話可信嗎？」

無語沈吟片刻，然後搖了搖頭。

安心看向無語，禁不住問道：「大師何以敢如此肯定？」顯然，在安心心目中，軌風是一個絕對値得信任之人。

無語道：「因爲無語曾觀星象，代表著隱風魔使的守護之星已經隕落。」

安心驚訝道：「大師是說軌風已經死了？」

無語點了點頭。

安心不敢相信地道：「不可能！軌風怎麼可能突然間便死了？我們之間的聯繫一直未中斷過！」

無語道：「與安心魔主聯繫的也許是前天所來之人，在隱風魔使死之前，他所有的一切，包括與魔主聯繫的方式都已被人摸得一清二楚。」

安心駭然道：「大師是說，軌風其實早已死了，與我聯繫的一直是假冒軌風之人？」

無語喝了一口茶，沒有說話，因爲這個答案是顯而易見的。

安心臉上現出一種很重的挫敗感，沒有什麼比這種欺騙更令人心痛。

驚天這時忍不住道：「大師既然已經知道前天所來的是假冒軌風之人，何以還要放他離開？」

櫻釋道：「大師是故意放他走的，他們利用軌風來欺騙我們，大師是將計就計！」

「將計就計？」驚天頓時明白了，剛才臉上的一絲忿然被笑意所代替，「哈哈哈……大師可是比我們想得遠多了。」

安心收定心神，望向無語，道：「大師可知那天所扮軌風之人是何身分？」

無語的臉上突然間顯得憂心忡忡，道：「如果無語所猜不錯的話，所扮軌風之人是天下所遣，天下已經正式現身。」

驚天奇道：「不是有消息說，天下已經死了麼？何以又突然來個『正式現身』？難道天下沒有死？那死的又是何人？」

無語搖頭道：「無語不知道，無語只知道，我們這次所面臨的對手除了影子，還有天下。」

「天下，一個深諳天下興衰之秘的人，被稱爲三大奇人之首，相傳是一個女人，有著絕世的容顏，從來沒有人見過她的面目，其名字『天下』也是世人所取。」朝陽這時兀自念道，隨後將目光投到無語身上，道：「大師有否見過她？」

無語道：「無語不曾有緣相見，但曾經在極北之境，我們都感應到過對方的存在。人如其名，被尊爲三大奇人之首，毫不爲過。」

朝陽忽將目光一轉，望向驚天，道：「驚天魔主，大軍現在情況如何？」

驚天立即恭敬回答道：「三軍經過多日休養，整戈待發，一切處於最佳狀態。」

朝陽又將目光投到安心身上，道：「安心魔主可有找到通往西羅帝國空城之路？」

安心回答道：「自妖人部落聯盟沈沒沼澤之中後，原先通往空城的那條沼澤之路也隨之沈沒，屬下找了多日，亦未找到適合百萬大軍通過之路，但在原先的妖人部落靠北二百里許，有一條路，是以往的走私商販和竄逃之人所選到西羅帝國之路。但這條路太過狹窄，下面沼澤是流動的，危險非常大，很難通過百萬大軍。以往的走私商隊，不知有多少人死於此路。其他的地方，更是沒有一條適合百萬大軍通過之路。」

朝陽道：「安心魔主的意思是說，我們沒有辦法到達空城？」

安心回答道：「也不盡然，如果我們把軍隊的人數控制在十萬，便可以通過商販所走的死亡之路，只是軍隊必須簡裝而行，且須找到一個熟悉此路的商販帶路。」

朝陽道：「十萬大軍？而在空城駐有百萬大軍，大師認爲夠麼？」朝陽把目光投向了無語。

無語道：「一切聽憑聖主定奪。」

朝陽道：「我認爲已經夠了。」轉而道：「驚天魔主在三天內速速將魔族的軍隊和人族的精銳之師整編出十萬，而櫻釋魔主則負責去找一個精於帶路的商販，四天後出發，直取空城！」

驚天與櫻釋同聲道：「屬下遵命！」

空城校場位於空城城東，面積達五萬平方，是西羅帝國最大的校場，較之帝都阿斯腓亞軍部總府的校場還要大。長久以來，位於西羅帝國的南方邊界，與妖人部落聯盟相接，是西羅帝國戰事最多的地方。由於不斷的戰爭，為了方便軍隊操練，所以擁有了西羅帝國，乃至幻魔大陸最大的軍事校場。

在校場的閱兵台上，影子身穿銀亮的戰甲，黑色的戰袍，腰佩代表著西羅帝國至高軍權的逖邇戰劍。相傳此劍是西羅帝國的第一代君王征戰天下時所佩之劍，一直供奉於帝都聖殿，此時卻掛在了影子腰際。

在影子的身後，則是落日、天衣、殘空、漓渚四人，只是四人的裝束一如往昔。

偌大的校場上，密密麻麻，整齊有序地站著西羅帝國二十萬精銳之師。

校場四周的旌旗隨風而動，獵獵作響，校場內則是一片寂靜，沒有半絲聲響。

這二十萬精銳之師正是直屬於軍部總府，由軌風親自訓練而成，是西羅帝國最中堅的力量。

已經一個小時過去，影子沒有說一句話，他只是站在閱兵台上，觀望著下面靜待訓話的將士。二十萬將士也都望著影子，他們知道，眼前之人曾是當今陛下褒姒所選之駙馬，也是大鬧軍部總府、被帝都阿斯腓亞居民奉為天神下凡之人，卻不知為何突然間代表軍部首席大臣軌風站在了閱兵台，而且腰佩代表著西羅帝國軍隊最高權威的逖邇戰劍。雖然二十萬大軍心中充滿了臆測，卻不敢有絲毫表現在臉上。作為西羅帝國的精銳之師，他們深深知道，他們的天職是服從命令！而且，影子雖沒有說過一句話，但從影子身上所散發出來的氣度，使他們不敢對影子有絲毫的冒犯，相較於軌風的冷漠與高傲，影子身上所散發出的氣度則顯得無比高貴，令人折服，如同天上孤月。

兩個小時過去，影子終於開口，他的目光掃過校場上每一名將士，然後道：「我給了大家兩個小時的時間認識我，從此刻開始，我們將生死與共，迎接這場即將到來的、絕無僅有的聖戰！」

校場內先是一片死寂，接著便呼聲雷動，二十萬大軍同時喝道：「生死與共！誓死捍衛西羅帝國！生死與共！誓死捍衛西羅帝國……」

兩個小時沈寂的激情，隨著影子的話落，一下子點燃了起來，聲音震越整個空城上空。

此時，影子領著落日、天衣、殘空、漓渚四人走下了閱兵台。

「王，沒想到你還真有一套，不鳴則已，一鳴驚人！那二十萬大軍突然間就像發了瘋似的，連我在那一刻也是激情澎湃。你這句話是哪學來的？可不可以教教我？」落日一臉渴望地望著影子求道。

此時，他們已回到將軍府。

影子一聲輕笑，道：「我這是從電影裡學來的。」

「電影？」落日不明白。

影子也不解釋，道：「要學可得交學費。」

「交學費？王，你有沒有搞錯，我們跟你混，一分錢不給不說，還要交學費，真是太不公平了！」落日大聲叫道。

影子道：「不學拉倒，要是給你學去了，我還怎麼混？這可是我吃飯的本事。」

落日裝著十分不滿地道：「王，你未免也太小氣了吧？再怎麼說，我們跟你在一起也是拚死拚活，一分錢不給，還不讓學東西，連打工的都不如！」

漓渚、天衣、殘空忍不住大笑起來，影子也一起大笑。

漓渚道：「落日兄，你這是自哪裡學來的亂七八糟的話？我怎麼從沒聽說過？」

落日沒好氣地道：「要是給你學去了，我還怎麼混？這可是我吃飯的本事！」

學的竟是影子的原話。

影子四人再次大笑。

落日這時搔了搔頭，傻傻地一笑，有些不好意思地道：「不過我也不知道這話突然間從哪裡來的，只是一下子就自嘴裡蹦了出來，連我都有些莫名其妙。」

影子四人笑得更厲害了。

落日有些急道：「我這次說的可都是真的。」

笑聲依舊，卻沒有人理他。

落日抱怨道：「這個世界真是奇怪，真話沒人聽，假話倒是相信得不得了。」

「好了。」影子這時道。

四人停止了笑聲，知道影子有話要說，皆一臉肅然地望向影子。

影子道：「今晚我想去見一個人。」

天衣立時明白，道：「王想要去見無語是麼？」

影子點了點頭，道：「我想知道他怎麼會出現在空城。」

漓渚道：「難道天下沒有告訴王麼？」

影子道：「我沒有問她任何問題。」

落日道：「王覺得天下値得信任麼？」

影子回答道：「在阿斯腓亞發生的事情讓我有千萬個不相信她的理由，但我覺得還是應該相信她。不，應該是絕對相信她！她的存在讓我心裡有一種天生的安全感。」

落日等人並不能完全理解影子所說之話的意思，確切地說，是這話裡包含了多少感情的成分，也不明白這包含的感情有多少是値得信賴的。但作爲他們，應該相信影子，相信影子的任何判斷。

天衣道：「王，既然你相信她，我們會堅決擁護你的選擇。無論將來發生什麼事，你應該

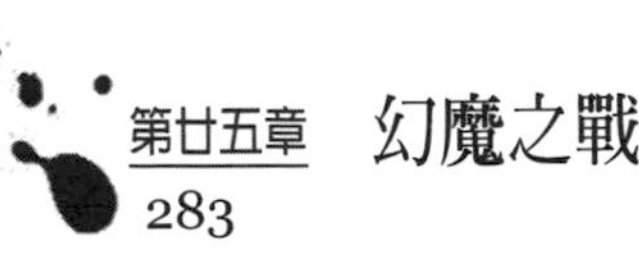

相信，我們是始終與你在一起的。」

影子望向天衣，又望著四人，他的心中湧起了暖流。

已經很久了，影子沒有感受到如此這般的踏實和溫暖。

天氣有些冷了，彷彿是突然間變冷的，白天還有著溫暖的太陽，夜晚就讓人不得不多穿兩件衣服。

也許是老了的緣故，無語今晚穿得特別多，厚厚的棉衣穿在身上顯得極爲臃腫，平時因爲睿智而顯得內斂、空洞的眼神，此時看起來有些呆滯。

無語在喝著酒，酒杯是透明的水晶製成，晶瑩的酒水在酒杯裡晃動著，裡面映著一輪殘月。

無語端著酒杯，淺淺啜吸著。

影子在無語面前坐了下來。

無語放下手中的酒杯，淡淡地道：「來客人了，而我只有一個酒杯。」

影子道：「大師但喝無妨。」

無語亦不多作客氣，道：「你找我一定有事吧？」

影子道：「是的，我想知道大師何以會來空城。」

無語想了想道：「是天下請我來的吧，也許不是，是我自己來的。」

影子道：「大師很喜歡打啞謎嗎？」

無語似乎這才意識到自己的回答有些欠妥，道：「不好意思，一時之間不知說了些什麼。事情是這樣的，無語在遼城見了陰魔宗魔使軌風，卻突然間失去了自己的思維意識。當我醒來之時，已經身在空城，且見到了天下。」

影子道：「大師又說是自己來的。」影子這才明白前面之話並非事出無因。

無語道：「也許我早應該知道，與天下之間應該有一次相見之緣。」

影子望著無語的眼睛道：「所以大師就來了。」

無語擡頭望向東方的夜空，滿臉悵然地道：「不管怎樣，那一天很快就要到來了。」

影子知道無語言中所指，道：「大師認爲我一定會輸嗎？」

無語道：「我不知道，但我已經看到了那個看不太清的未來，不是通過占星術所得，而是真真切切地看到的。那個結果屬於一個人，既不像是你的，又不像是屬於朝陽的，但也不太像是屬於『他』的，那到底是一個怎樣的未來呢？」

無語陷入了一片沈思，過了許久他又道：「我實在是看不清。」

影子對無語的話感到疑惑，但他又無法駁斥無語的話。一個看不清的未來到底是一個怎樣的未來？是否真的有這樣一個未來的存在？它不屬於任何人，是否證明著根本沒有這樣一個未來的存在？

但無語又看到了，他的「看到」又不是通過占星術，那咒星神有沒有看到？「他」有沒有看到？

影子道：「那大師是否看到了自己的未來？」

「自己的未來？」無語的神情爲之一愣，這是他從未去想過的事情，從一開始離開星咒神殿就從未去想過自己的未來。對於有一種人來說，他是沒有未來的，他只是想在死之前回到星咒神殿，回到自己的家鄉，可真的僅僅是如此麼？他拒絕了顏卿，不就是拒絕回家麼？抑或，他只是想用自己的腳走回家？

無語搖了搖頭道：「不，我沒有未來。」

影子不再說什麼了，他起身離去。

他找無語是想瞭解一些事情，而他瞭解的卻是一個人。事情很簡單，而人卻是複雜的，當一件簡單的事情變得複雜時，最好是及時抽身而退。否則，連你自己都會不知道你想瞭解的是一個人還是一件事。

影子站在了城牆頭，空城的夜空很澄靜，遠遠地可以看到遠處遼城那微弱的燈火，中間的沼澤之地是一覽無遺的空曠。

「遠處的朝陽，此刻又在做什麼呢？」

第廿六章　大陸風雲

朝陽站在遼城的城牆頭，夜風掀動著身上的黑白戰袍，他的眼睛望著遠處的空城方向，深邃幽遠。

前面就是他必須跨越的最後一道關口，千年所期待的結果很快就要到來。他聽到了自己的心跳，很平靜，曾經以爲會很興奮的，有著瘋狂的戰鬥的欲望，但沒有。很多事情在沒有發生之前，有著很多的幻想和期待，但事情一旦開始，反而會變成連自己都感到驚訝的平靜。

夜風有些冷，朝陽卻感到很舒服，當外界的事情很難觸動一個人的時候，是需要有些東西直面心靈的，而這冷風讓朝陽感到自己的毛孔在慢慢收縮，血液流得緩慢。

「聖主在想著這場戰爭？」

無語出現在了朝陽身側。

朝陽回過頭，道：「大師這麼晚還沒睡？」

無語道：「睡了又醒了，想出來吹吹風，沒想到巧遇聖主。」

朝陽道：「大師的睡眠狀態愈來愈不好了。」

無語道：「這大概是人老了的緣故吧。」

朝陽道：「老?!」

無語道：「是的，我已經老了。」

朝陽望向無語道：「究竟怎樣才算老？破天活了千萬載，元神在煉神殿內卻不滅，他老麼？一個普通的人族中人，生命再長也只能活二百載，能說他們年輕麼？大師怎樣衡量自己的老，是用時間麼？」

無語道：「無語沒有想過這個問題，無語只是感到自己剩下的時間不多了。就像有什麼正不停地追趕著自己，讓人連喘氣的機會都沒有。」

朝陽道：「看來大師是真的老了，我第一次認識到，什麼叫做即將老死之人所說的話。」

無語道：「聖主應該知道，一個即將老死之人是不希望將話帶進泥土裡的，死就意味著放下一切。」

朝陽道：「大師今晚是有話要說吧？我已洗耳多時。」

無語道：「也許這話不該我說，但無語還是必須告知聖主，無語真的希望能在死亡之前回到星咒神殿，回到家。」

朝陽目光投向無語，道：「大師何時變得如此吞吞吐吐？這不像大師的性格，一定是有什麼重要的事令大師難以啓口吧？」

無語望著夜空，沈默了片刻，道：「是有關於安心魔主……」

「安心魔主？」朝陽的目光一下子變得犀利。

「在聖主進入妖人部落聯盟祭天台禁區的這些天，安心魔主與一個叫月戰的人見過面，而這個人是天下唯一的弟子。」無語道。

「月戰？」朝陽自是認得這個人，對於這個木無表情之人的不屈意志，他有著不同於常人的欽佩。

半晌，朝陽道：「大師知道他們見面？」

無語道：「是的，當安心魔主知道聖主被困祭天台禁區，很有可能再也不會出來之時，他見了月戰。」

朝陽道：「這是大師親眼所見？」

無語道：「那一晚，無語也是無法入睡，站在城牆頭，當時，安心魔主與月戰就在城牆外通往妖人部落聯盟的路上。」

朝陽道：「大師可知他們爲何要相見？」

無語道：「無語不敢妄加猜測。」

「那大師可曾聽到他們說了些什麼？」朝陽望著無語。

無語道：「也沒有聽到。」

朝陽道：「那大師何以要向我提及此事？」

無語很平靜地道：「因爲安心魔主沒有向聖主提及，而聖主需要無語也正在於此。」

朝陽望向遠方的夜空，沒有說話……

大將軍府議事廳。

安心走進來便看到了端坐在最上方的朝陽。

安心站定道：「聖主找安心有事？」

朝陽卻道：「安心魔主很忙？」

安心聽得一震，隨即解釋道：「屬下不是這個意思。」

朝陽問道：「安心魔主近些時日在做些什麼？」

安心雖然一直無法捉摸朝陽心裡所想，但今日的朝陽讓他有種異常的感覺，他也貴在不明白朝陽突然間找自己來，問這些問題有什麼用意，只得如實道：「屬下這些天一直都在籌備軍需，爲進攻遼城做準備。」

朝陽道：「我是說在我離開遼城的這些時日。」

「離開遼城的這些時日？」安心想了想，似乎覺察到有什麼事情已經發生了，道：「聖主今日找安心來，是不是有什麼事要告訴安心？」

朝陽輕慢地看著自己翻動的手，道：「魔主還沒有回答我的問題。」

安心道：「安心一直在遵照聖主旨意爲事，並未做過其他的任何事情。」

朝陽道：「再想想。」

安心努力想了想，忽然心中一跳，心忖：「難道聖主所指的是這件事？但聖主又怎會知道？」

思慮一二，安心道：「在聖主離開的這些日子，安心曾見了一個人。」

「誰？」

「月戰。」安心回答道。

朝陽擡眼望向安心，道：「你們爲何要見面？」

安心道：「是他來見我的。」

「哦？月戰爲何要來見你？」朝陽道。

安心回答道：「他來告知天衣的消息，還有天衣之妻思雅，說她現在正在空城。」

朝陽將視線收回，重又投到不斷翻動的左手上，道：「是嗎？那安心魔主爲何前幾天沒有向我提及此事？」

安心道：「因爲安心怕聖主擔心，影響進攻空城大計，所以未向聖主稟報。況且，聖主已在妖人部落聯盟見到天衣，安心知道天衣未死，這與月戰告知安心的消息完全兩樣，安心覺得月戰之話不可信，所以始終未向聖主稟明。」

朝陽輕慢地道：「僅僅如此嗎？」

安心心中一緊，道：「聖主在懷疑安心？」

朝陽沒有言語，只是看著自己的手。

安心看著朝陽的樣子，知道朝陽已經知道這件事了，只是不知是何人向他提及，更不知道此人向他說了些什麼。按理說，自己與月戰相見之事，沒有人知道才對，爲何聖主會知道？也正是此人的話才讓聖主對自己起疑，此人的目的到底何在？

安心心潮起伏。

良久，朝陽道：「既然安心魔主與月戰之間沒其他事，那就先下去吧，就當今日之事沒有發生過。」

安心道：「可是……」

安心已經想不出自己應該說一些什麼，聖主仍在懷疑他，可他又無法用言語來證明自己的清白。而且這等事情，沒有充足的佐證，只會愈說愈不清，過多的解釋，只會適得其反。

安心的心中不由得壓上了一塊重石，無奈地道：「好吧，安心這就退下。」

安心離開了議事廳，心事重重地往自己的住所走去。

一路上，他心中不停地想著那個向聖主道及此事之人到底是誰，可是想了一個又一個對象，全都被自己否決，實在是理不清頭緒。

「安心魔主有心事？」

安心的思緒被這聲音打斷，擡起頭來，見到無語正在前面六角亭內獨自喝酒，他現在所站之地是通往自己的房間與六角亭的分叉路口。

安心沒有言語，踏上了通往六角亭的台階，在無語對面的石凳上坐了下來。

無語在安心面前放好一只杯子，爲安心斟滿酒，然後道：「安心魔主是在爲三天後進攻空城之事擔心麼？」

安心沒有言語，兀自將面前的一杯酒一飲而盡。無語再度爲安心的酒杯斟滿，安心又是一飲而盡，無語倒了第三杯，安心將酒杯舉起，湊近嘴邊，卻又放了下來，歎了口氣。

無語看著安心，將手中所執之酒壺放下，然後端起自己的酒杯放至嘴邊，輕啜一口。

安心望向無語，道：「大師的心境總是這般好，對任何事情都能夠處變不驚，不知安心何時才能達到大師這般修爲！」

無語道：「是何事讓魔主有這份感慨，能告訴無語麼？」

安心苦笑一聲，道：「有些事情只能夠自己獨自承受，是不能夠告知他人的。」說完，又將面前的那杯酒一飲而盡。

無語重又爲安心斟滿酒，道：「安心魔主說得極是。能讓安心魔主煩惱不已的，一定是大事，但無論是什麼事，不妨姑且放到一邊，沒有什麼是不會過去的。」

安心有些無奈地道：「但願如此。」

安心與無語在後園六角亭內喝著酒，天色漸漸暗了下來。

大將軍府的燈漸漸亮起。

安心已經喝得醉眼朦朧，望著無語道：「大師認爲安心是一個怎樣的人？」

無語道：「魔主已經喝多了，還是先行回去休息吧，無語讓人攙扶你回去。」

安心固執地道：「不，我沒醉，不要任何人攙扶，我要大師回答我的問題。」

無語道：「無語並不知怎樣評定一個人，只是在無語的眼中，安心魔主是一位絕對忠誠於聖主、忠誠於魔族之人！」

「忠誠於聖主？忠誠於魔族？」安心哈哈大笑，然後道：「大師恐怕是看錯了吧？」

無語見安心肆無忌憚地大笑，道：「安心魔主還是先行回去休息，你已經喝多了。」

「不！」安心的聲音更大了，道：「我沒有喝多！」

無語看著安心，道：「那魔主心中有什麼不痛快就發洩出來吧，或許這樣會好些。」

安心道：「大師認爲一個人最大的悲哀是什麼？那就是無法獲取別人的信任。而聖主卻懷疑我對他的忠誠，大師說這可悲不可悲？」

無語沒有言語。

安心繼續道：「安心自成爲魔族陰魔宗魔主之後，經歷大小戰事上千，爲魔族立下汗馬功勞，就算當初與驚天魔主連手奪取天脈，也是爲了魔族光復大業著想。曾經以爲，就算天塌下來，也不會有人懷疑安心對魔族的忠誠，可就在今天，聖主卻懷疑我與月戰勾結，天衣是我唯一之子，是愛妻臨死之前留下的唯一骨肉。可爲了魔族的統一大業，我卻忍痛將他從小寄養於人族，承受著多年骨肉分離不得相見的痛苦。爲了自己魔族中人的身分，天衣痛苦不堪，甚至不能與自己最愛的妻子相守，這又卻是爲何？如今天衣棄魔族而跟隨影子，思雅被禁空城，聖主便懷疑我對魔族的忠誠！大師可知，在我心裡又要承受多大的壓力和痛苦？天衣是我妻子留在世上唯一的血脈啊！」

說著，一直深沈內斂的安心竟泣不成聲。

無語從未見過有人像安心這般委屈無助地哭泣，特別是安心的性格是屬於深沈內斂的那一種，這種人從不會將自己最脆弱的一面外露，除非遇到了難以解決的天大問題。無語知道，安心對妻子之愛有多深，其妻雖已死多年，卻是一直未娶，也未再去碰第二個女人。這種感情若是沒有絕對忠誠的愛是沒有人可以做到的，而安心又自小將天衣寄養於人族，這份對死去妻子和天衣所深藏的感情，外人是根本無法想像的，今日又遇聖主的懷疑，難怪安心會表現得如此反常。

無語道：「也許事情並不像魔主想像的這般糟，聖主也許並非懷疑魔主的忠誠。」

安心經過發洩，似乎平靜了許多，苦笑一聲道：「大師不用安慰我了，沒有誰比我更清楚聖主。不過，無論怎樣，我都是魔族陰魔宗的魔主，要爲整個魔族著想，而事情也終究會有水落石出的一天。」

說完，站起身來，又對無語道：「謝大師的酒。」然後，在無語的視線下，那孤獨無助的身影漸漸消失。

無語看著安心離去的身影，眼中閃過複雜的神色……

第廿七章　聖者詭計

深夜。

大將軍府一片靜謐，每間房內都一片漆黑，唯有掛在門口及迴廊上的燈在寒風中發出微弱的光芒。

大將軍府內一直沒有禁衛，一隻貓此時在屋頂發出一聲叫聲，然後飛竄而下，躲到一避風處。

大街之上，冷冷清清，幾片落葉隨風飄舞。

空氣中瀰漫著一種蕭索之感。

這時，大將軍府內，安心的房門從內打開，安心穿著整齊地從房間內走了出來。

他身子輕輕一縱，飛身上了屋頂，隨即，身形在虛空中劃過一道軌跡，向遼城北城門方向掠去。

一隊巡衛在城牆頭走著，安心從他們頭頂飛掠而過，待他們擡頭望時，卻早已不見了安心的身影。

待安心落地，身子一個機伶，彷彿打了一個冷戰。他張眼望去，在他身子左側，有著一棵歪脖子桑樹，正是上次他與月戰相見之地。

安心心中一緊，忖道：「我怎麼會來到這裡？」在他的記憶中，他現在應該是躺在床上睡覺。他的頭有著隱隱的痛，那正是喝多了酒的緣故。

這時，一道勁風破空而至，他的心中一緊，擡眼望去，卻見月戰已經站在了他的面前。

安心道：「怎麼又是你？」

月戰木無表情地道：「不錯，又是我。」

安心道：「我怎麼會來這裡？」

月戰道：「是我約你在此相見的，至於怎麼來，你應該比我更清楚。」

安心心中一驚，道：「『精神遙感入夢術』？」他忽然想起了自己的成名絕技，也只有此術才可以控制人的夢境，讓人做出不自覺之事。而又是誰可以對他施以「精神遙感入夢術」呢？顯然這個人對他很清楚，若非他今天意志薄弱，根本沒有人可以對他施術而不被他發覺。而這個人，不太可能是眼前的月戰。

安心讓自己冷靜了下來，道：「你有同夥？」

月戰道：「是的，那個人就是你。現在，天衣與思雅都在空城，爲了他們，你必須成爲我的同夥。」

安心道：「上次我已經告訴過你，休想利用他們來要挾我，那對我沒有用！」

月戰道：「不，我根本沒有要挾你的意思，我只是想與你談條件。你應該很清楚，你現在已經失去了朝陽的信任，如果你不與我合作，你所失去的遠遠不只是信任，還有可能是你的生命。你應該比誰都清楚朝陽的性格，沒有他做不出的事情。而與我們合作，你不但擁有現在的一切，更重要的是，你可以與天衣、思雅一家三口享受天倫之樂，這也是你最明智的選擇。」

安心冷笑道：「你以爲憑這些就可以說服我麼？那你也未免太小看我了。說吧，到底是天下，還是影子派你來的？那個與你同夥之人到底是誰？否則，今晚這裡就是你的葬身之地！」

月戰臉上仍是一貫木無表情的樣子，他道：「你可以不顧自己的性命，但你真的如此肯定，不顧及天衣與思雅麼？」

安心心中一動，剛才無比堅決的態度似乎開始有些動搖了。

是的，他可以不顧及自己的生死，但他能不顧及自己的兒子和兒媳麼？

月戰這時繼續道：「聽說思雅現在已經懷孕了。」

「思雅懷孕了?!」安心不知是驚還是喜地望著月戰。

月戰道：「在我接她從阿斯腓亞來空城之前，大夫對我說的。一路之上，我常見她嘔吐。」

安心忖道：「看來事情似乎愈來愈由不得自己了，但自己可以為此背叛魔族、背叛聖主麼？」他不屑地道：「你以為我會相信你的話？你上次就欺騙我說天衣已死！」

月戰道：「那是因為他突然消失多日，卻沒想到他是跟了影子，現在正在空城。」

安心冷笑道：「在事情沒有證實之前，找一個藉口很容易，只看有沒有人相信。」

月戰語氣一成不變地道：「我從不會撒謊，師父告誡我說，做人沒有必要撒謊，無論任何事情本身，都是值得尊重的。好比這個世界，盛極而衰，衰極而盛，天下是這樣，萬物的生存法則也是這樣。」

安心道：「這是天下自我標榜的話麼？恐怕沒有人會相信，一個深諳世道興衰之秘、玩弄權術之人是不會撒謊的，你這個謊言未免撒得太大了吧？」

月戰道：「只有深諳這個世道之人，才會敬畏這個世道，任何的謊言都是對自己的欺騙，而欺騙自己的人又如何把握天下？」

安心心中明瞭，「是了，連自己都欺騙的人又如何把握天下？天下被譽為三大奇人之首，絕非浪得虛名之輩。無語的能力已經是有目共睹的了，天下又豈會比無語差？」

「哈哈哈……」安心突然大笑，道：「就算這是事實那又如何？我安心又豈是為個人利益而棄整個魔族之輩？就算是天衣、思雅犧牲，也是為了魔族，是我安心的驕傲！」

月戰木無表情地道：「看來你是冥頑不化，不聽勸告！」

安心不屑地道：「憑你也想來勸告我？我安心縱橫幻魔大陸數千年，什麼風浪沒有見過？」

月戰平靜地道：「你想知道爲什麼讓你今晚來此與我相見麼？」

安心詫異，道：「難道不是爲了說服我與你們合作？」

月戰搖了搖頭，道：「這只能算是其中的原因之一，但並不是今晚見你的主要原因。我早知道，以你的性格是不可能與我們合作的，你也應該早已知道我與你相見的目的也不僅僅是如此。」

安心笑了。

是的，以安心思維如此縝密之人，又豈能想不到這一點？當一個人有心去做一件事情的時候，自然不會讓人一眼就看穿他的目的。安心深知這一點，所以他知道月戰今晚的目的不僅在於要與他合作，還有其他的目的，但其他的目的是什麼呢？

安心道：「那你的目的到底是什麼？」

月戰道：「讓你被朝陽唾棄！」

安心心中一陣劇震，半晌，他道：「你以爲你可以做到？」

月戰道：「現在已經做到了。」

「已經做到？」安心顯得有些不明白。

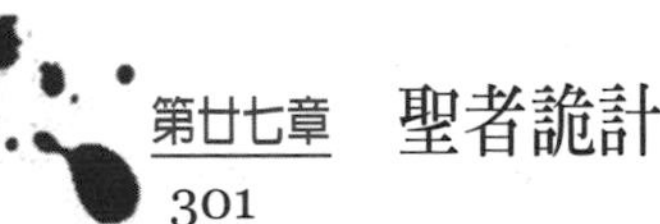

月戰道：「不信你可以看看身後遼城的城牆上。」

安心回頭看去，他看到了遼城城門上方朝陽偉岸的身影，還有朝陽身後的無語、驚天、櫻釋三人，似乎所有人都在等他與月戰相見。

安心心下陡然明瞭，原來，他來此與月戰相見，就已經證實他確實背叛了朝陽，背叛了魔族，月戰的目的便是讓朝陽他們看到這個事實。

安心回頭望向月戰，道：「你以爲聖主會相信你所設下的詭計？」

月戰淡淡地道：「他信不信，你應該比我更清楚！」

安心不能夠再說什麼了，沒有人比他更清楚自己的處境。現在對於他來說，已經是百口莫辯，但他心中還存在一線希望，那就是朝陽的判斷能力。他相信朝陽不會如此便懷疑他對魔族的忠誠，但他又想起了白天朝陽對他所說的話，這一線希望又變得很渺茫了。

安心眼中殺機陡現，道：「那我現在就殺了你，向聖主證明我的清白！」

說罷，安心的手疾電般向月戰抓去……

城牆上。

驚天望著遠處的安心與月戰，道：「他們打起來了，安心魔主似乎沒有背叛魔族，大師是不是估計錯了？」

驚天轉而望向無語，他怎麼都不相信安心背叛魔族這一事實，只是礙於朝陽之面，不敢直言不諱地說出自己內心的真實想法，而今晚他們來此，正是朝陽的意思。驚天實在不明白，朝陽爲何會懷疑安心對魔族的忠誠？隱隱中他感到此事與無語有關，所以問向了無語。

無語沒有直接回答，道：「他們已經發現我們的到來。」

驚天道：「無語大師是說他們在演戲？」

無語沒有言語。

驚天望向朝陽，他見到朝陽的目光不帶任何表情地看著遠處兩條激戰在一起的身影，驚天摸不清朝陽此刻心裡在想些什麼，他的心怦怦跳著，暗暗爲安心擔心。

這時，只聽朝陽道：「上次他們也是在此處見面嗎？」他的眼睛仍是望著遠處的兩人。

無語知道朝陽這話是問他的，道：「上次無語所見的也正是此處。」

驚天驚愕地望向無語。原來此事真的與無語有關，但他不知無語回答的話是什麼意思，難道安心上次已經與月戰見過面？難道安心真的已經背叛魔族？安心這樣做到底是爲什麼？抑或，是無語在撒謊？以無語的身分，根本沒有任何撒謊欺騙的必要，這也不像是無語的性格所爲。

驚天心中忽然想到一件事，不由得脫口道：「既然他們上次在這裡見面，爲何這次又同在一個地方相見？難道他們不怕被發現麼？如果安心魔主真的背叛魔族，應該十分小心謹慎才對，怎會如此粗心？這樣簡單的問題連我都想得到，何況是安心魔主？」

無語道：「沒有人說安心魔主已經背叛魔族，我們只是想知道安心魔主為何要與月戰相見，聖主需要的只是一個解釋。」

驚天一時變得無話可說，原來從來沒有人說安心背叛魔族，是驚天自己在想，但又是誰在引導著驚天這樣想的呢？這些人站在城牆頭上，不就是對安心的懷疑麼？而這一切又是做得如此滴水不漏，彷彿沒有人懷疑安心，難道是安心自己在讓人懷疑？

驚天不再說什麼，他陡然發現自己此刻變得很蠢笨，有一種強烈被玩弄的感覺。更重要的是，連玩弄自己的人是誰都不知道。

朝陽與無語此時都只是看著遠處激戰的兩人，唯有櫻釋，在看著的同時，眼中帶著迷離。

月戰不是安心的對手，雖然他有著無人能及的超強意志與卓越的劍術，但安心不是易星，他不是安心的對手。

數百招過去，月戰身上已多處受傷，左肩胛更是被安心的手硬生生撕下一塊肉來，他手中之劍完全被安心快捷無比的進攻壓制住，無法施展，每每是在險中求生，但月戰臉上沒有絲毫即將敗北的表情，在木無表情中隱隱透著一絲無法覺察的笑意。

但就是這種無法覺察的笑意，讓安心的進攻一輪快過一輪，每一輪進攻也變得更為狠毒，欲置對方於死地。

安心此時心中只有唯一的意念：無法如何，都必須擊殺月戰！可月戰的修爲雖然不如安心，但安心要想儘快殺死月戰也是很難做到。畢竟月戰的師父是天下，而他愈是想儘快殺死月戰向朝陽證明自己的清白，就愈是難以達到目的。一向性格沈穩的安心此刻已有了不該有的浮躁，也正是由於他的浮躁，使每次必殺的進攻都變成了無功而返。

而月戰所選擇的策略也是避其鋒芒，不再正面與其交鋒。是以，一時之間，彼此尚沒有出現勝負即分的跡象。

安心是不能夠讓事情就這樣繼續發展下去的，他知道，時間拖得愈長，對他就愈是不利，聖主對他的懷疑也就愈大。特別是人人都可看出，他的修爲遠遠高出月戰，這不能不讓人想到，他們之間的拚殺是一場表演。可他偏偏又有種力不從心的感覺，他不知道爲何，每次月戰即將要死在自己手下之時，對方總能夠死裡逃生，似乎像是月戰對自己的修爲有所保留，又像是他自己的原因，又好像是有人在暗中幫助月戰。總之，有著一種力量在左右著他的進攻、月戰的躲避，他的進攻雖然每次都是全力施爲，卻總顯得不能暢快。

安心恍然間明白，決定著這場勝利的不是他，也不是月戰，就算他真的殺死月戰，也不是他的勝利，而是有人在暗中利用這場勝利達到某種目的。確切地說，是達到讓朝陽不信任他的目的。所以，在他每次對月戰形成絕殺之時，儘管表面看來他總是有意或是無意地爲月戰留下一條生路，而事實上爲月戰留下這條生路的絕不是他自己，是由其他人讓安心不得不在關鍵時爲月戰留下一條生路。而「他」爲月戰留下的這條生路，顯然是無法逃過朝陽犀利的眼睛的。

這是何等險惡的用心?!

「難道是他?!」安心心中不禁一震，對月戰的進攻頓時一滯。

而月戰此時趁機倒退後掠。

只聽月戰木然地道：「安心魔主可要記住我對你所說之話，你的兒子天衣及思雅現在都在空城。」說完，便橫空飛掠而去。

安心心神一收，正欲追趕，心中卻聽到一個聲音響起：「安心，你一向可好？哈哈哈哈……」

「九翟！」安心不由得驚呼道，腳下對月戰的追趕不自覺地停了下來，他四處張望尋找著，卻根本沒有發現他心裡說話之人的身影。

安心站立著，他的心開始往下沈，望向遠處城牆上的朝陽，而此時朝陽已經轉身往城牆下走去，他知道事情已往最壞的方向發展了……

大將軍府議事廳，此時燈火通明。

安心走了進去，無語、驚天、櫻釋、朝陽此時都在，還有風、火、光、金四大精靈。

該來的人似乎都已經來了。

除了朝陽與無語，每一個人的臉上都顯得很沈重。當安心走進時，所有人的目光都投在了安心身上，隨著安心腳步的移動而移動。

安心在朝陽身前三丈遠處站定，道：「聖主。」

朝陽輕慢地道：「安心魔主有話要說是吧？趁所有人都在，最好能夠把話說清楚。」

安心道：「安心不知該如何說起，但安心對聖主、對魔族的忠誠從未動搖過。」

朝陽不動聲色地道：「是嗎？既然你對魔族有著絕對的忠誠，那就先談談今晚為何要與月戰見面，然後為何又與他相戰，最後怎麼讓他跑了？」

安心擡頭望向朝陽，道：「聖主仍在懷疑安心？」

朝陽毫不掩飾地道：「借用無語大師的一句話：沒有人懷疑你，大家只需要一個解釋。」

安心不由得苦笑一聲，道：「聖主以為安心能夠解釋清楚麼？所有人都在懷疑我，誰能夠相信一個被懷疑之人自己的解釋？」

朝陽道：「這得看你給大家的是一個什麼樣的解釋。」

安心道：「該解釋的，安心上次已經向聖主道明，今晚安心之所以離城與月戰相見，是被人用『精神遙感入夢術』所控制，完全是在無意識的狀態下所為，非安心要與月戰相見。」

安心此話一說完，所有人的目光都投向了他。包括驚天在內，似乎沒有人相信安心這合乎事實，但不合乎情理的解釋。以安心對「精神遙感入夢術」的修爲，竟然有人對他使用「精神遙感入夢術」，這顯然有些匪夷所思，令人不敢相信。

安心見眾人的反應，接著道：「我知道不會有人相信我的，安心向聖主道出這件事，不是爲了想得到聖主的信任，而是爲了讓聖主注意一個人，這個人叫九翟，是安心曾經的師父。」

「九翟？你的師父？」朝陽道。

沒有人聽說過這個人，也從沒有人聽過安心提起自己的師父。在眾人的意識中，這完全是一個陌生的人，陌生的名字，而這樣一個人會是安心的師父嗎？還是安心有意編造出來的？沒有人可以下斷言予以證明，更重要的是師父何以要對自己的弟子下手？

安心道：「是的，正是九翟對我施以『精神遙感入夢術』。」

朝陽道：「你的師父何以要向你下手？」

安心搖了搖頭，道：「我不知道，自離師之日起，我便再也沒有見過他。這期間已有二千年，我不知道他何以會突然出現，而且與月戰沆瀣一氣。」

朝陽望著安心的眼睛，道：「這就是你的解釋？」顯然對安心的話不太相信，至少是不太滿意。

安心道：「不，這並不是安心的解釋，安心早就知道不會有人相信這種漏洞百出的片面之詞。而且聖主親眼所見，正是安心親手將月戰『放』走的。相較安心的話，我相信聖主及各位，更相信的是自己的眼睛，所以安心打一開始，就沒有打算解釋。」

是的，眾人都看到，安心與月戰之戰，雖然看起來是生死之戰，但往往在關鍵的時候，安心的進攻似乎有所保留，讓月戰在危險之際得以逃脫。按照安心的修爲，這種情況本不應發生，但又偏偏發生了，這一點雖然表現得很隱秘，但當時觀戰的每一人，仍都看出來了。

這種親眼所見的事實，足以比任何解釋來得有說服力。

朝陽道：「既然如此，那麼安心魔主這次重回大將軍府，是爲了得到我的仁慈原諒麼？」

安心深深吸了一口氣，仰起頭，悵然道：「安心是魔族中人，無論事情本身怎樣，都無礙安心對魔族的忠誠。」

朝陽的語氣突然間變得十分冷硬，道：「你是說我在冤枉你？」

安心不作回答，也沒有言語，只是擡頭望著上方的一根橫樑，橫樑上雕畫著一條蒼龍在雲霧中穿行，不見天日。

驚天此時緊張地看著安心，心爲之懸起，雖然他對安心的解釋同樣是不太相信，可他並不希望安心有事，但依目前的情況來看，安心要想不出事，似乎很難。

櫻釋冷傲的臉上，也隱隱透著對安心的擔心。

無語的臉上是一貫的平靜，似乎事情與他並沒有絲毫關係。

朝陽一時之間也沒有說話，議事廳內的空氣愈來愈沈重，清晰可聽眾人的呼吸和心跳聲。

半晌，朝陽開口道：「驚天。」

驚天恍然道：「屬下在！」

朝陽道：「按照魔族律法，通敵叛族者該當何罪？」

「這……」驚天支支吾吾半天沒有說出話來。

朝陽望向驚天，道：「驚天魔主的喉嚨是不是不舒服？」

驚天這時連忙跪下，道：「求聖主網開一面，安心魔主罪不至死。」

朝陽毫不理睬，道：「這樣說來，安心所犯的是死罪囉？」

驚天又道：「求聖主恕饒安心魔主死罪。」

櫻釋這時也跪下道：「求聖主看在安心魔主多年爲魔族效力，並未對本族造成傷害的份上，寬恕他的死罪。」

四大精靈此時亦道：「安心魔主雖有通敵叛族之事實，但是爲人所逼，情非得已，還望聖主酌情處理。」

朝陽望向四大精靈，道：「連你們都爲他講話，看來安心的人緣倒是不錯的。」

他轉而望向無語道：「大師認爲該怎樣處理？」

無語道：「無語當初告訴聖主安心魔主與月戰相見之事，是爲了防止在進攻空城之前發生什麼意外，但幸而沒有造成什麼後果。若是在行軍之前處置安心魔主，恐怕會動搖軍心，適得其反，還請聖主三思。」

朝陽道：「看來大師也是這個意見，但在我的世界裡，沒有『寬恕』二字，不論任何人，都必須爲他所做的事情負責。」轉而望向安心道：「安心魔主，你還有什麼話可說？」

此言一出，驚天、櫻釋、四大精靈大驚，齊聲道：「還請聖主開恩！」

但朝陽似乎主意已決，對眾人的求情不予理睬，只是望著安心。

安心將自己的目光從頭頂橫樑上收回，轉而望向身後求情的眾人，面帶感激地道：「謝謝諸位對安心的擡愛，但安心所做之事，由安心一人負責，相信不久，自有公道還於安心，謝謝諸位！」深深地鞠了一躬。

轉而回過身來，面對著朝陽，由衷地道：「安心願意接受聖主的一切處罰！」

朝陽道：「那你就自行了斷吧。」說完，從座位上站了起來，轉身離去。

安心望著朝陽離去的背影，嘴中道：「謝聖主。」然後擡起了右手，往自己天靈蓋拍去。

驚天、櫻釋只見眼前血光一濺，接著就是安心身體倒地的聲音……

「王，你看到了嗎？那顆逝去的流星很明亮。」天衣與影子並排站在一起，看著天際滑過的流星說道。

影子道：「看到了。」

「聽說每一個人都有自己的守護之星，一顆星星的殞逝，就代表著有對應著的一個人死去。這顆流星如此明亮，死去的一定是個極爲重要的人。」天衣道。

影子道：「我曾聽人說過。」

「可王知道今晚死去的人是誰嗎？」天衣道。

影子有些詫異地望向天衣，這才發現天衣與平時有些不同，他今晚的話似乎變多了。

影子道：「你想說什麼？」

天衣淡淡地一笑，笑中帶著一絲木然，道：「這個死去的人是我父親。」

影子聽得一震，詫異地道：「你父親？」他從未聽天衣提到過有一位父親。

天衣很平靜地道：「他就是魔族陰魔宗的魔主安心，其實我也是魔族中人。」

這個答案大大出乎影子意外，一時之間，他不知自己該說些什麼。半晌，他道：「你怎麼知道這死去的人定是……」

他本想直接道出「安心」兩字，卻又發現此時對天衣直接道出安心的名諱有些不妥。

天衣望著深藍的夜空，道：「因爲我是他的兒子。」

影子默然。有些東西是無法解釋的，但它會微妙地存在於人的情感中，正如他與朝陽，有時，他甚至能感到朝陽的心跳。何況，天衣與安心有著血肉之親。

天衣望著夜空道：「知道嗎？王，一直以來，我都以爲自己是人族，曾經我很驕傲地想，如果哪一天魔族入侵人族，我會盡我的生命保護人族的安全。我娶了妻子思雅，很大一部分原因是思雅看到了我身上的這一點。可是有一天，有人告訴我，其實我是魔族中人，而且是魔族陰魔宗魔主安心的兒子，是爲了族人匡復大業才被自小寄養人族，希望有一天能夠對魔族有所幫助。而告訴我這些事情的人對我說，他就是我的父親。」

說到這裡，天衣淒然一笑，然後道：「後來我便到了西羅帝國的帝都阿斯腓亞，爲魔族履行我的義務。而且，在阿斯腓亞我見到了『死去』的妻子思雅，當我告訴她，我的身分其實是魔族中人的時候，她的目光讓我感到很陌生，一剎那，我感到我們之間的距離比生死相隔還要遙遠。我問自己，我到底是人族還是魔族？爲什麼我是魔族中人卻要從小接受人族的思想觀念？如果我屬於人族，爲什麼體內流著的是魔族的血液？我弄不清自己到底是誰，無法面對思雅，更無法面對我自己！我不清楚，不同的族類何以要將人拉開比生與死還要遙遠的距離，我的存在，到底是父親的有意安排，還是上天無意安排的一種巧合？如果是一種巧合，爲何要在數以千萬計的幻魔大陸人當中選中我？」

「滴焰給予我的重生並沒有讓我得到答案，可在剛才，安心告訴我了。他說，他唯一愛著的妻子其實是人族中人，她的死並非是難產，而是自殺。她說她愛上了一個不該愛的人，所以只好用自己的生命作爲這段愛的了結。她曾以爲愛一個人是很簡單的事，可是後來她發現，有些東西是她無法承受的，她只好選擇了死，她希望她的兒子不要再承受這樣的痛苦，所以求他從小將兒子送給一個平凡的村人撫養，過著簡單的生活。他答應了，但他終究是魔族中人，他的兒子也是。爲了魔族，他們可以犧牲一切，一個男兒更應該勇敢地面對自己。所以，他最後又放棄了當初對妻子許下的諾言。他說他此刻終於可以去向妻子請罪了。」

說完，天衣的嘴角浮著淡淡的笑。

影子也望著夜空，道：「也許他的妻子早已經包容了他的一切，在另一個世界等著他。」

天衣道：「但願如此。」

接著，兩人都沒有說話。

夜色中，遠處的黑暗無邊無際延伸，寥落的星辰漫無邊際地點綴著，整個世界靜得可怕，彷彿已經死去。

翌日，影子欲前往見天下一面，刑台在一片殷紅的光芒中出現在影子眼前，那是一處隱於竹林中呈「品」型建造的三座神廟，一條小徑自通最中間的那座神廟，路面上落滿枯黃的竹葉。此時，正有一個穿著灰舊長衫、類似小沙彌之人在清掃著小徑。

影子逕自沿小徑走去，那清掃之人見影子走來，深深鞠了一躬，也不作言，退往一邊。

影子穿過小徑，踏上二十餘級的台階，來到了最中間的神廟門口。

神廟大門敞開，裡面香火繚繞，光線幽暗，在最中間是擦拭乾淨的巨大神像，由似銅非鐵的物質鑄成，高約二丈。

神像是站立著的，影子看到這神像與自己極爲相似，應該是聖魔大帝的神像，這在幻魔大陸到處可見，只是這座神像的與眾不同之處是在它的神情與裝束。以往看到的聖魔大帝都是腰佩聖魔劍、身披黑白戰袍的模樣，但眼前的神像卻不是。神像穿著的是普通的灰白素衣，臉上的神情也與以往神像的睥睨天下不同，而是透著孤寂。

神廟內只有一人在擦拭著神台，影子正欲開口相問，左側卻傳來聲音，是天下的聲音。

「歡迎你來到刑台。」天下白衣勝雪，銀髮及地。

影子側頭望去，直接道：「知道我爲什麼來找你麼？」

天下道：「什麼原因並不重要，重要的是你已經來到了刑台。如果不介意的話，不妨隨我看看這裡。」說罷，也不待影子答應，逕自轉身在前面帶路。

影子站著看著天下的背影，正如他第一次見到天下時的感覺，這個背影帶給他的是信任，這種信任讓他在一瞬間忘記了自己來找天下的目的。他邁開腳步，跟上了天下的背影，可當他想起自己來找天下的目的時，已經跟著天下從神廟左側後面的門轉入了神廟的後面。中間是一個潔淨的廣場，天下帶著他穿過廣場，往左自一扇小開的後門進入了另一座神廟。

這座神廟內的神像讓影子有一種很熟悉的感覺，臉上的表情很溫和，帶著寬容，不是那種什麼都想得到的寬容。影子不知道什麼時候見過這座神像，或者說是神像裡的人，彷彿他早已存在記憶深處，影子見到他，便油然升起一種親切感。

影子感到有些恍惚，記憶中彷彿有什麼東西要突破出來，卻又抓不住，直感到頭痛欲裂。

天下看著影子，道：「你認識他嗎？」

影子道：「我不知道，我不知道……」

天下道：「他是你師父。」

「師父？」影子心中豁然開朗，一切都明瞭了，所有記憶紛至遝來。

千年前與朝陽相戰的一幕……

千年前坐在山之巔望著西落晚霞的一幕……

千年前親手殺死自己師父的那一幕……

請續看《幻影騎士》卷六

·龍人作品集

★ 購買套書85折優待 ★

東方奇幻境界新視野　全球奇幻迷最期盼的小說

著名華人奇幻小說作家。一部《亂世獵人》奠定了奇幻小說宗師的地位，其著作《滅秦》、《軒轅·絕》在美、日、韓、港上市後，興起了一股全球東方奇幻小說的風暴，引發網路爭先連載，網路由此而刮起一股爭先閱讀奇幻小說的熱潮。新浪讀書頻道、搜狐讀書頻道、騰訊讀書頻道、網易文化頻道、黃金書屋、起點中文網、龍的天堂等幾大門戶網站和「天下書盟」等原創奇幻文學網站瀏覽人數的總點閱率達到億兆。

滅秦（1~9冊）

15X21cm　單冊$240

龍人絕世巨著《滅秦》挑戰黃易巨著《尋秦記》

大秦末年，神州大地群雄並起，在這烽火狼煙的亂世中。隨着一個混混少年紀空手的崛起，他的風雲傳奇，拉開了秦末漢初恢宏壯闊的歷史長卷。大秦帝國因他而滅，楚漢爭霸因他而起。十面埋伏這流傳千古的經典戰役是他最得意的傑作。這一切一切的傳奇故事都來自他的智慧和武功……

封神雙龍傳（1~10冊）

15X21cm　單冊$220

古典與奇幻的極致結合

商紂末年，妖魔亂政，兩名身份卑賤的少年奴隸，於一次偶然的機會被捲進神魔爭霸的洪流中……輕鬆詼諧的主角人物，玄秘莫測的神魔仙道，天馬行空的情節架構；層出不窮、光怪陸離的魔寶異獸，共同造就了這一部曲折生動、恢宏壯闊的巨幅奇幻卷冊！

霸·漢（1~10冊）

15X21cm　單冊$220

無賴？英雄？梟雄？霸王？無恥與高尚只在成功與否的結局

戰火燎燃，民不聊生，逆賊王莽篡漢。奸佞當道，民不堪疾苦，卒不堪其役，聚山澤草莽釀就亂世。無賴少年林渺出身神秘，紅塵的污穢之氣，蓋不住他體內龍脈的滋長。憑就超凡的智慧和膽識自亂世之中脫穎而出。在萬般劫難之後，因情仇憤起。聚小城之兵，巧妙借勢，以奇蹟的速度崛起北方，從而對抗天下。

亂世獵人（1~10冊）

15X21cm　單冊$220

要在狩獵與被獵的亂世中生存，必須要成爲強者……

北魏末年，一位自幼與獸為伍的少年蔡風，憑著武功與智慧崛起江湖，他雖無志於天下，卻被亂世的激流一次次推向生死的邊緣，從而也使他深明亂世的真諦——狩獵與被獵。山野是獵場，天下同樣也是獵場，他發揮了自己狐般的智慧、鷹的犀利、豹的敏捷，周旋於天下各大勢力之間，終成亂世中真正的獵人。

軒轅·絕（1~8冊）

15X21cm　單冊$220

引發全球東方奇幻小說風暴　刮起網路閱讀奇幻小說熱潮

黃帝姓姬，號軒轅，人稱軒轅黃帝，被尊為華夏族的祖先。我國早期的史籍《國語》、《左傳》，都把黃帝說成是神話人物。本書述說華夏帝祖——「黃帝軒轅」創下了神州的千秋萬業的傳奇故事。作者根據古籍《山海經》等多部上古傳說，加之人物間的恩怨錯綜，形成了一本充滿冒險與傳說的奇情故事。

戰神之路 卷5 糾纏千年（原名：幻影騎士）

作者：龍人
發行人：陳曉林
出版所：風雲時代出版股份有限公司
地址：105台北市民生東路五段178號7樓之3
風雲書網：http://www.eastbooks.com.tw
官方部落格：http://eastbooks.pixnet.net/blog
Facebook：http://www.facebook.com/h7560949
信箱：h7560949@ms15.hinet.net
郵撥帳號：12043291
服務專線：(02)27560949
傳真專線：(02)27653799
執行主編：劉宇青
美術編輯：許惠芳

法律顧問：永然法律事務所 李永然律師
北辰著作權事務所 蕭雄淋律師

版權授權：蔡雷平
初版日期：2014年5月
初版二刷：2014年5月20日
ISBN：978-986-5803-99-5

總經銷：成信文化事業股份有限公司
地　址：新北市新店區中正路四維巷二弄2號4樓
電　話：(02)2219-2080

行政院新聞局局版台業字第3595號 營利事業統一編號22759935

定價：280元　特價：199元

國家圖書館出版品預行編目資料

戰神之路 ／ 龍人著. -- 初版-- 臺北市：風雲時代，
2014.03 -- 冊；公分

ISBN 978-986-5803-99-5（第5冊；平裝）

857.7　　103001635

有華人的地方就有

龍人的作品